SENHOR SABOROSO

MILA WANDER

SENHOR SABOROSO

essência

Copyright © Mila Wander, 2021
Copyright © Editora Planeta do Brasil, 2021
Todos os direitos reservados.

Preparação: Roberta Pantoja
Revisão: Laura Folgueira e Mariana Cardoso
Diagramação: Vivian Oliveira
Capa: Rafael Brum
Imagens de capa: romanolebedev/Adobe Stock e Vidady/Adobe Stock

Dados Internacionais de Catalogação na Publicação (CIP)
Angélica Ilacqua CRB-8/7057

Wander, Mila
  Senhor saboroso / Mila Wander. – São Paulo: Planeta, 2021.
  240 p.

  ISBN 978-65-5535-311-2

  1. Ficção brasileira 2. Literatura erótica I. Título

21-0575   CDD B869.3

Índices para catálogo sistemático:
1. Ficção brasileira

**Acreditamos
nos livros**

Este livro foi composto em Dante MT Std para a
Editora Planeta do Brasil em março de 2021.

2021
Todos os direitos desta edição reservados à
EDITORA PLANETA DO BRASIL LTDA.
Rua Bela Cintra, 986, 4º andar – Consolação
São Paulo – SP – 01415-002
www.planetadelivros.com.br
faleconosco@editoraplaneta.com.br

Para o meu amado Nordeste.

PRÓLOGO
O começo do recomeço

Fazia quatro anos que eu havia concluído o curso de Gastronomia em uma universidade pública brasileira e dois anos do término de meu mestrado em Culinária Internacional, na França, o que só foi possível por eu ter me formado com louvor e ganhado uma bolsa de estudos. Nesse meio-tempo, fui estagiária em botequins mequetrefes e restaurantes renomados, sempre com o mesmo empenho. Descasquei toneladas de batatas e milhares de pratos foram lavados pelas minhas mãos, que nunca tiveram medo de trabalho pesado.

Eu amava a cozinha. Sobretudo, amava cozinhar, inventar pratos, participar do processo de criação de chefs experientes, encontrar e reencontrar os melhores sabores, fornecedores e produtos naturais. Comer, para mim, sempre significou magia. Eu me sentia retirando um coelho da cartola quando concluía um prato especial, capaz de aguçar o paladar dos clientes, minha plateia. Era o meu jeito de dar um show.

Embora o meu pai nunca tenha superado o fato de eu ter querido seguir os seus passos, ele morreu sabendo que eu não seria uma simples padeira, como era o seu maior temor desde que contei que cursaria Gastronomia em vez de Administração. Ele era um ótimo padeiro, é bem verdade, mas nunca teve mais dinheiro do que o estritamente necessário para sustentar a nossa família.

Enquanto eu me dedicava ao mestrado, fiz duas especializações, lembro-me de épocas em que dormia apenas três horas por dia. A garra nunca me abandonou, bem como o sorriso que eu levava no rosto toda vez que falava e pensava em Gastronomia. Sendo assim, depois que fui contratada como uma das principais chefs do La Cuisine, um bistrô famoso e badalado de Paris, achei que poderia finalmente relaxar e dar um adeus definitivo a todos os meus sentimentos de fracasso.

Mas eu estava esquecendo um detalhe muito importante.

— É claro que essa receita leva leite. Apenas duas colheres e está ótimo — disse o homem, com ar superior, como se eu fosse uma leiga. — Vamos, não temos tempo, tragam a porra do leite! — esbravejou em um francês carregado, cheio de sotaque, afinal, o cara era croata. Pelo que eu sabia, um estagiário metido a chef que viera estudar na França, assim como eu, havia uns anos.

Só que eu nunca fui petulante daquele jeito.

— Não vai leite nesta receita! — insisti e removi o prato de suas mãos, depois de pedir licença. — Belle, por favor, leve ao forno — orientei, apontando para o enorme aparelho já ligado.

A ajudante de cozinha nem teve tempo de se mover, pois o croata praticamente arrancou o prato de volta das minhas mãos e insistiu:

— Maurice, traga o leite!

O subchefe assentiu e trouxe o líquido pré-aquecido.

— O senhor está louco? — questionei já sem paciência, incomodada com sua ousadia. O homem era apenas um estagiário e estava querendo mandar na cozinha? Olhei ao redor, e os outros membros da equipe faziam o trabalho deles depressa, sem se envolver com a pequena confusão na ala de sobremesas, a minha favorita e a qual lutei para comandar. — Ponha-se no seu lugar e me dê este prato agora mesmo!

— Não vou servir uma receita incompleta para os meus clientes — disse ele em tom arrogante, estufando o peito. Ele era muitos centímetros mais alto do que eu, mas não me botava medo de jeito nenhum.

Eu já estava acostumada a lidar com gente que se achava a última bolacha do pacote.

— Sabe essa receita? — Apontei para o pedaço de papel que jazia na nossa frente, pendurado em um painel iluminado. — Fui eu que criei depois de muita pesquisa. — O homem fez uma careta como se sentisse verdadeiro nojo. — Não sabe ler em francês ainda, não é? Essa porra de receita criada por mim não tem leite!

— É por isso que senti um sabor estranho quando experimentei. Sem dúvida essa sua receitinha foi criada de uma forma completamente errada!

Maurice, ignorando a nossa discussão, talvez por ser um homem prático que gostava de efetuar o seu serviço, não de pensar a respeito dele, começou a despejar a primeira colher do leite dentro da massa. Não fazia o menor sentido que estivéssemos discutindo a respeito de uma receita que fora criada quando os proprietários do restaurante me solicitaram algo sem lactose. Eu poderia ter usado outro tipo de leite, como o de amêndoas, por exemplo, mas não foi necessário, já que o sabor era perfeito e a consistência, ideal, após os vários testes realizados por mim e por parte da equipe.

— Com que embasamento o senhor supõe isso? Tenha mais respeito! Não há nada de errado na receita. O seu paladar que não é apurado para os sabores franceses — resmunguei, sentindo que estava alcançando o limite da minha paciência.

Não era a primeira vez que uma situação como aquela acontecia. Eu não sabia direito o motivo, mas os outros chefs também tinham uma mania irritante de questionar os meus conhecimentos. Eu estava quase publicando o meu primeiro livro acadêmico sobre culinária brasileira e já tinha convênios com universidades do mundo todo. Meus artigos eram bem aceitos e alguns deles faziam parte da bibliografia de muitas disciplinas. O que estava faltando para aquele povo maluco me respeitar?

Foi então que tive absoluta clareza do motivo:

— Uma mulherzinha mestiça como você nunca teria a capacidade de ser uma boa chef — sussurrou, para que só eu ouvisse. O Maurice já havia se retirado e estava preparando outra coisa. Uma cozinha tem um ritmo frenético, é como o coração de alguém jovem e saudável. — Vai arranjar um marido para resolver esse seu problema de histeria. Lugar de mulher não é à frente de um restaurante como este.

Eu não tive a menor dúvida antes de desferir um soco poderoso bem no meio da fuça do cara. Pelo barulho, que chamou a atenção de todos, com certeza doeu. Claro que um idiota como aquele iria revidar, embora a pancada que recebi na cara não tenha sido suficiente para me conter.

Quanto mais batia nele, mais ele revidava, e acabamos atracados no chão da cozinha, com funcionários berrando enlouquecidos, tentando nos separar.

Não foi uma cena bonita e ainda bem que eu não era uma espectadora.

O caso foi parar na delegacia, onde passei uma noite inteira entre trâmites altamente burocráticos. O sujeito também foi detido, mas, assim como eu, foi liberado na manhã seguinte. Obviamente, fomos demitidos e precisamos retornar aos nossos países de origem, já que perdemos o visto de trabalho. E, claro, ele prosseguiu com a sua carreira como se nada tivesse acontecido. Nos últimos tempos, se tornara um chef renomado e até havia protagonizado um episódio em uma série da Netflix.

Já o meu primeiro livro foi completamente rejeitado pelo meio acadêmico, bem como todos os artigos e receitas com a minha assinatura. O meu nome ficou manchado no meio gastronômico mundial. Fui taxada de louca, descontrolada, sem qualquer escrúpulo ou profissionalismo. Foi impossível arranjar um emprego decente, de acordo com minha formação e experiência. Quando voltei ao Brasil, os únicos locais que me contrataram foram restaurantes sem qualquer requinte, irrelevantes no quesito gastronomia e que serviam pratos estilo fast-food.

Como diz o ditado, a corda sempre arrebenta do lado mais fraco, e eu sabia bem qual era a minha fraqueza: ser mulher. Fui questionada, desqualificada e xingada por esse simples fato.

Só que eu sempre fui criativa e sabia que os meus problemas podiam ter uma solução. Precisava de paciência, mais tempo de pesquisa, uma boa equipe e uma credibilidade que seria fácil de atingir se ninguém soubesse quem eu era. Afinal, eu conhecia a minha capacidade. Sabia que podia ir muito longe, se quisesse.

Assim nasceu Francis Danesi, o meu poderoso codinome.

CAPÍTULO 1
O primeiro sabor

Levei o garfo à boca em um movimento lento, pois adorava saborear a expectativa. Era o primeiro sabor que eu sentia, o que abria alas para o que viria em seguida. Ainda que tivesse noção do que esperar apenas ao observar o prato bem montado diante de mim, havia sempre um segredo guardado por trás da aparência de cada alimento.

Era aquela surpresa que me impulsionava, que fazia com que eu me sentisse viva e disposta a continuar exercendo o meu trabalho com rigor. A expectativa era meu principal equipamento de trabalho, talvez mais importante do que o paladar apurado após anos e anos como crítica gastronômica.

Eu me encantei primeiro pelas texturas. A carne macia derreteu e explodiu em mil partículas de sabores, que se misturaram ao molho, certamente de maracujá, especiarias e pimenta-do-reino, além de outros temperos que não consegui identificar logo de cara, para em seguida se juntarem ao toque de manjericão e queijo parmesão.

Degustei mais uma porção da comida que me foi tão bem servida e, novamente, senti a mágica da culinária acontecendo em minha boca. Aproveitei o sabor em cada mastigada. Peguei a taça de água e, em um segundo, todo e qualquer sabor desapareceu. Tomei mais um gole de vinho e sorri. Enfim, havia encontrado mais um prato à altura do meu selo gastronômico Sabores de Francis.

Olhei para o salão requintado pela milésima vez nos últimos dias. A música ambiente era uma belíssima melodia tocada por um grupo de violinistas locais. Fiquei maravilhada. Meu corpo respondeu de imediato às emoções, era como se eu estivesse apaixonada por algo que não existia. Aquele restaurante havia superado todas as minhas expectativas, e a sensação era única.

Quando criei o selo, meu objetivo era exatamente aquele: ser surpreendida. Infelizmente, havia muitos chefs ruins espalhados por aí, bem como péssimos restaurantes, de forma geral. Às vezes, a comida era boa, mas o ambiente não ajudava. Às vezes, a localização era espetacular, mas a comida não passava de um punhado de "mais do mesmo".

Avistei um garçom que logo se aproximou, atento e disposto a servir bem. Sorri educadamente para ele.

— Muito bem — falei ao depositar a taça de vinho na mesa meticulosamente decorada. — Sou Francis Danesi. Poderia chamar o chef Gustavo Medeiros para que eu lhe dê as congratulações em pessoa?

O garçom abriu os olhos como se visse um fantasma. Eu adorava aquela reação. Sentia-me uma mulher realizada em deixar o universo culinário de cabelo em pé. O orgulho brotava em meu peito por ter desobedecido ao meu pai e viajado pelo mundo à procura de sabores inusitados. Ele queria que eu me casasse com um rico empresário. Eu queria casar com minhas ambições.

— S-sim, senhora… Só um segundinho, por favor. — Ele soava a cada instante mais desesperado. Pelo menos, não comentou nada sobre o fato de eu ser mulher, porém sua expressão não negava a surpresa.

O garçom andou apressado pelo salão reluzente, quase atropelando um companheiro que surgia com uma bandeja. Soltei um riso discreto. Enquanto esperava o chef, observei as famílias endinheiradas conversando aos sussurros e bebendo vinho. Joias, gravatas, portes impecáveis, roupas de grife. O restaurante era, naturalmente, frequentado por pessoas com grande poder aquisitivo. Pudera, só a carne com a qual eu acabara de me deliciar custava mais de cem reais.

Entretanto, quanto valia a arte de agradar ao paladar? Comida não tem preço, assim como não há como calcular o valor das emoções.

Percebi um homem se aproximar logo na frente do garçom assustado. Quanto mais perto chegava, mais rugas sua testa ganhava. Eu não me levantei, permaneci impassível. Observei-o com postura profissional enquanto Gustavo Medeiros compreendia quem era a mulher sentada naquela mesa.

— Francis Danesi? — perguntou, meio desconfiado. Abri um sorriso discreto, reservado para a situação. — A senhora é Francis Danesi?

— Senhorita Francis Danesi — corrigi e lhe estendi a mão. O chef pareceu em dúvida sobre o que fazer, mas acabou me cumprimentando. — Pode se sentar, por favor. — Apontei para a cadeira vazia ao meu lado como se fosse a dona do restaurante, e não ele.

Gustavo ainda estava atônito, e eu permanecia excitada por causar, mais uma vez, aquela cara de bocó em mais um renomado chef.

— Desculpa, eu não imaginava que... que...

— Que eu fosse uma mulher — completei sem delongas.

— Bom... Também... — Ele apoiou uma mão na mesa e reparei na manga de seu uniforme. Havia uma mancha de molho do tamanho de uma azeitona bem ali. A imagem foi como um monstro que se apossou do restaurante e engoliu tudo. — Não imaginava que receberia sua visita hoje.

Todos os dias de avaliação minuciosa foram por água abaixo em poucos segundos. Tanto trabalho para nada, muito gasto de energia à toa. Afinal, eu, Francis Danesi, não aceitava nada diferente da perfeição. Deus me livre oferecer o meu selo de qualidade a um restaurante cujo chef é descuidado com o asseio mais básico.

— Sempre venho sem avisar... — respondi, encarando a mancha de molho fixamente, meio distraída. Não dava para tirar meus olhos daquilo. Era um absurdo. Um absurdo dos grandes. — Não teria graça se o senhor soubesse da minha presença. Gosto de avaliar a espontaneidade dos restaurantes que visito.

Gustavo abriu um sorriso nervoso.

— Compreendo... Caramba, não acredito que finalmente conheci Francis Danesi. É uma honra tê-la aqui. Espero que traga notícias boas... — disse o chef, sem disfarçar a ansiedade. Ele fez um sinal para o garçom, que aguardava atento a qualquer comando. — Traga mais uma garrafa de vinho para a senhorita.

Só mais vinho para me fazer esquecer que eu estava em um restaurante em que o chef não tinha cuidado com o uniforme ao ir cumprimentar um de seus clientes. Senti tanto asco que até me deu tontura.

— Como o senhor já deve saber, seu restaurante passou por todas as etapas para ganhar o primeiro selo Sabores de Francis. — Gustavo percebeu que eu não olhava diretamente para o seu rosto. Ele viu a mancha na manga de seu dólmã e logo abaixou a mão, escondendo-a por debaixo da mesa.

— Sim, fiquei tão feliz! É o reconhecimento de um trabalho que faço há anos. Comecei do zero aqui em São Paulo, morando perto da cracolândia e sem dinheiro pra nada.

Ele certamente tentava mostrar humildade. Não era novidade o fato de que alguns chefs se vitimizavam em troca de privilégios, quaisquer que fossem. Aquilo me desagradava a ponto de me dar sono. Quem decidia trabalhar com cozinha tinha que colocar na cabeça que nada seria fácil na vida. Eu não saí de casa para me aventurar na França achando que não sofreria preconceito e que jamais passaria fome. Fui ciente de que cada pedra em meu caminho seria utilizada para montar o meu castelo particular.

Claro que não esperava pelo desastre que aconteceu, mas, quanto ao trabalho, sempre fui uma guerreira. Lembro-me de cozinhar durante o dia inteiro em vários restaurantes e chegar ao meu apartamento sem ter absolutamente nada na geladeira. Ocorreu diversas vezes.

— Não foi nada fácil, mas tenho colhido bons frutos — prosseguiu Gustavo, sorrindo nervoso. — Meu grande sonho é, sem dúvida, receber o primeiro selo Sabores de Francis.

Modéstia à parte, não havia um chef brasileiro que não desejasse possuir o meu selo. Foram anos de muito trabalho árduo para conquistar o respeito e a credibilidade merecidos. Não fora usando a emoção que eu tinha chegado tão longe, por isso, ouvir tais palavras de Gustavo não me tirava o foco.

— Muito bem — murmurei, aquiescendo.

O garçom apareceu com uma garrafa de vinho e nos serviu. Ele estava tão nervoso que por pouco não derrubou o líquido escarlate na toalha de mesa branca. Gustavo Medeiros fez nossas taças tilintarem antes de dar um gole farto. Eu o acompanhei, mas logo um sentimento desagradável subiu pela minha garganta. Eu conhecia aquele tipo de olhar. Poderia identificá-lo há quilômetros de distância. Como se não bastasse a mancha de molho, o filho da mãe começou cedo a flertar.

Suspirei fundo e usei todo o meu autocontrole para não dar mais um dos meus costumeiros chiliques.

— Seu restaurante é muito agradável — falei porque costumava sempre elogiar antes de jogar a bomba. Ao menos minha equipe pedia para que eu fizesse isso. — Vim aqui nos últimos dias no intuito de provar cada prato e devo admitir que o senhor faz um ótimo trabalho.

— Muito obrigado. — Ele deu uma piscadinha e eu cerrei os lábios, furiosa.

Ser levada a sério em um universo dominado por homens arrogantes de egos inflados era a minha maior dificuldade. Precisei de muita paciência, engoli muitos sapos, provei a minha capacidade inúmeras vezes e, por fim, criei um selo famoso, sobretudo no Brasil. Meu objetivo era fazê-lo tão importante quanto o Guia Michelin. Vários indícios deixaram óbvio que todas as minhas conquistas só haviam sido possíveis porque Francis Danesi era um nome comumente masculino.

— Mas não posso oferecer o meu selo a um chef que não se preocupa com sua aparência — completei, sem me abalar. — Essa mancha de molho é tão absurda que vejo que perdi o meu tempo oferecendo a minha última avaliação ao senhor.

Gustavo esbugalhou os olhos em um segundo, mas no outro já estava esbravejando:

— Minha aparência? Pelo amor de Deus, não há nada de errado com a minha aparência!

— O senhor deve saber que um chef que se preza se mantém devidamente asseado — continuei com o mesmo tom de voz. Estava acostumada com aquele tipo de rompante. Muitos chefs se achavam tão superiores que não reparavam em nada além do próprio umbigo. Eu o perdoaria fácil se simplesmente pedisse desculpas.

Mas Gustavo começou a rir, chamando a atenção dos clientes ao redor.

— Você só pode estar brincando comigo! Perdi o meu selo por causa de uma mancha?

— O senhor perdeu por causa de sua prepotência.

— O que uma mulherzinha vadia como você sabe sobre mim? Duvido que sequer saiba o que é uma cozinha de verdade! — Poderia até ter me ofendido, se aquelas palavras não fossem tão parecidas com as que já tinha me cansado de escutar ao longo de minha trajetória. É aquela velha história: lugar de mulher é na cozinha, exceto se for para ser um grande destaque gastronômico. Eu tinha verdadeira repulsa desse pensamento. — Acompanho minha equipe a cada passo, e uma mancha é mais do que natural!

Ele ainda não tinha entendido que o problema não era a mancha, mas sim ter se apresentado sem antes conferir se estava tudo dentro dos conformes. O perigo mora nos detalhes, bem como a perfeição.

— Se o senhor acha que não sei nada sobre cozinha, então não tem por que querer receber um selo criado por mim. — Eu me levantei e peguei minha bolsa e a prancheta onde realizava as anotações. — Passar bem, meu caro.

— Espera aí, sua vaca! — Gustavo Medeiros puxou o meu braço.

— Me solte, agora! — ordenei e ele obedeceu prontamente. Meu olhar rígido sempre funcionava. — E trate de não quebrar as cláusulas do contrato que o seu restaurante fez com o selo. Se minha identidade for vazada pelo senhor ou por sua equipe, temo que esta espelunca não consiga pagar o valor da indenização.

Gustavo não falou mais nada. Caminhei como se nenhum olhar atravessado fizesse diferença na minha vida – e não fazia mesmo. Não tinha chegado tão longe para ter medo ou dúvidas. Sabia perfeitamente do que eu era capaz. Meu trabalho era a coisa que me trazia mais confiança na vida. Era o ar que eu respirava.

Não era um chef metido a besta que me colocaria no chão. E, ainda que colocasse, eu saberia como me reerguer.

CAPÍTULO 2
Uma viagem ao paraíso

No dia seguinte, após o fatídico jantar no restaurante do chef Gustavo Medeiros, a reunião com a minha equipe não foi nada agradável. Eu não podia tolerar que as pessoas em quem mais confiava tivessem me feito perder meu precioso tempo. Eu havia acabado de voltar de uma viagem à Itália em busca das melhores massas do mundo porque eles tinham me garantido que dois restaurantes brasileiros mereciam a minha atenção imediata, já que tinham suprido todas as exigências dos últimos meses de avaliação.

Minha equipe, composta pelos dez melhores críticos gastronômicos do país, sabia o quanto eu era rigorosa, qualidade que havia me permitido chegar tão longe. Meu padrão de exigência devia ser atendido por inteiro, sem erros. O selo dependia diretamente da precisão de nossa avaliação. Não podíamos cometer o engano de selecionar um restaurante ruim ou um chef descuidado.

Foi olhando para a avenida Paulista, através da janela do meu escritório no imenso prédio comercial, que lamentei o fim da minha viagem por terras italianas. Terminei de redigir a resenha narrando a tragédia do restaurante do chef Gustavo Medeiros que seria veiculada em todos os meios de comunicação de culinária do mundo. Após a publicação, ele dificilmente continuaria fazendo sucesso. Eu não dava um ano para que sua espelunca fechasse e ele tivesse que se contentar trabalhando para alguém.

Nunca tive pena de falar a verdade. Eu tinha o compromisso de ser sincera com meus leitores, que esperavam ansiosos pela minha avaliação. Não colocaria panos quentes na terrível situação que vivenciei, pois no meu primeiro deslize ninguém teve a generosidade de relevar e ainda criaram inverdades a meu respeito. No entanto, jamais era injusta ou cruel.

Aprendi a usar as palavras precisas em minhas críticas. Por isso, fiz questão de ressaltar os pontos positivos do restaurante: o bom atendimento, a boa comida, a boa música.

Uma crítica de verdade nunca apenas detonava. Afinal, sempre havia coisas positivas para serem ditas, ainda que fosse algo pouco evidente. Eu tinha perspicácia o suficiente para detectar cada detalhe dos restaurantes que passavam pela minha minuciosa avaliação. No fim, a resenha sempre descrevia exatamente o que significava o trabalho de cada chef, de forma que o leitor pudesse sentir que experimentou a comida que jamais atravessou sua boca.

Alguém bateu à porta do meu escritório e entrou antes que eu respondesse. Eu sabia que só poderia ser Débora, meu braço direito. Nenhuma outra pessoa entrava na minha sala sem autorização. Ela era uma das melhores críticas que eu havia conhecido. Infelizmente, o fato de ser mulher e jovem demais arrancou dela muitas oportunidades. Eu ficava de cabelo em pé toda vez que ela me contava episódios de sua trágica carreira na cozinha.

O Sabores de Francis ofereceu a Débora a chance de se destacar no mercado.

— Não acredito que você não está no aeroporto, Francis! — Ela correu até o meu armário, arrancando minha bolsa e o meu casaco de lá. — Já sei, esqueceu de novo de conferir sua agenda?

— Aeroporto? Pra onde eu tenho que ir? — Levantei da cadeira apressada. Se Débora dizia que eu tinha que viajar, então eu tinha que viajar. — Não conferi mesmo. Passei a noite toda redigindo essa maldita resenha!

— O segundo restaurante fica em Pernambuco. — Débora me entregou uma pasta pesada, carregada de documentos e informações importantes para a viagem. — Suponho que não tenha feito sua mala... — Ela me olhou, assustada.

— Tenho umas duas mudas de roupa que sempre carrego na bolsa. Devem servir. A volta é para amanhã?

— Não, para daqui a cinco dias. — Débora me encarou como se eu tivesse enlouquecido. Às vezes, eu não conseguia raciocinar direito. Era meio avoada. Claro que, se o restaurante precisava de minha avaliação, um dia só não bastaria. Eu teria que ficar quase uma semana na cidade. — É a avaliação final, Francis. Todas as informações recolhidas pela equipe estão na pasta. Acredito que será o primeiro selo dado a um restaurante nordestino.

Fiz uma careta.

— Você acha?

— Visitei o lugar pessoalmente. — Débora sorriu de orelha a orelha. — Aposto que você vai amar conhecer o Senhor Saboroso. — Ela gargalhou de repente. Seu rosto chegou a ficar vermelho.

— Senhor Saboroso? O que é isso, um prato novo? — Peguei a bolsa, vesti o casaco e segurei a pasta. As demais roupas teriam de ser compradas lá mesmo. Não era a primeira vez, e eu tinha certeza de que não seria a última, já que viajava às pressas e era obrigada a renovar o guarda-roupa.

Débora me deu um envelope com um monte de papéis dentro.

— Aqui estão as reservas do hotel e do carro e todas as informações necessárias para quando chegar lá. Dê uma olhada durante o voo e vá depressa! — Ela era tão competente no que fazia que eu não ousava questioná-la. Débora era do tipo que pensava em tudo e eu amava isso. — Você tem menos de uma hora para estar no aeroporto! Pelo amor de todos os deuses, o de Congonhas, não vá para Guarulhos sem querer, como da outra vez.

— Tudo bem, mas o que é Senhor Saboroso? Não vale soltar a informação e me deixar curiosa!

Minha assistente gargalhou mais uma vez.

— Você vai ver por si mesma. Me ligue assim que descobrir. — Débora praticamente me enxotou. — Vá logo! Tem um táxi esperando por você no térreo!

Como sempre, antenada, prestativa e ótima profissional, Débora já tinha resolvido tudo para mim, dando-me a segurança de que eu precisava para realizar o meu trabalho. Não estava em meus planos deixar São Paulo tão cedo, porém sempre amei viajar e o Nordeste tinha uma culinária peculiar, pela qual eu era apaixonada. Não me surpreendi ao saber que o segundo restaurante selecionado era de lá.

Seria divertido.

Quase perdi o voo por causa do trânsito e da grande quantidade de pessoas circulando pelo saguão do aeroporto. Só consegui pegar o avião porque o voo atrasou um pouco, ainda bem. Finalmente, um atraso que estava ao meu favor.

Assim que sentei na poltrona, abri o envelope entregue pela Débora. Para minha surpresa, o restaurante não ficava em Recife, como supus, mas em Porto de Galinhas, um lugar que sempre quis conhecer, mas nunca tive tempo.

Havia um carro com GPS reservado e o hotel em que eu me hospedaria, na verdade, era um resort cinco estrelas. Anexo a ele havia um restaurante chamado Senhor Saboroso, que recebeu a avaliação máxima da minha equipe. Não entendia por que Débora tinha achado tanta graça. O que mais existia era restaurante com nome tosco, aquele não tinha nada de diferente. No entanto, a curiosidade para descobrir o real motivo da gargalhada dela só aumentou, justamente por saber o quão séria era a minha melhor funcionária.

Mal cheguei ao aeroporto de Recife, após três horas e meia avaliando com satisfação os documentos e gostando de todos os comentários feitos sobre o Senhor Saboroso, comandado pelo chef Maurício Viana – de quem, confesso, nunca tinha ouvido falar –, e já me perdi nas lojas a fim de comprar pelo menos mais duas mudas de roupa para os primeiros dias. O resto, compraria em Porto de Galinhas mesmo.

Peguei o carro alugado no próprio aeroporto e segui viagem. O percurso até o resort de um dos litorais mais belos do Nordeste durou uma hora, usando a rota com pedágio indicada pelo GPS. Minhas lamentações pela interrupção da viagem pela Itália tiveram fim no instante em que adentrei o estacionamento do hotel e dei de cara com uma construção monumental.

Eu adorava luxo. Gostava de ser bem atendida, amava cheiro de limpeza, organização e, lógico, lindas paisagens. Agradeci mentalmente à Débora por ter reservado uma suíte de frente para área das piscinas, com coqueiros por toda parte e o mar ao fundo, todo azul, imponente.

Deixei as coisas na suíte e tratei de saciar a minha curiosidade. A fome me permitiria ir ao Senhor Saboroso de imediato. Ainda bem que Débora havia pensado em tudo e eu tinha reservas em seu nome, já que nunca revelava minha identidade nos primeiros dias de avaliação. Era uma estratégia para me manter no anonimato e assim eu receber o mesmo tratamento que o restaurante oferecia a uma cliente comum, deixando a avaliação mais fiel.

O Senhor Saboroso ficava localizado perto da praia, depois da área das piscinas. O céu era de um azul intenso, completamente diferente do tom acinzentado de São Paulo, e quase não havia nuvens. Também fazia muito calor e lamentei por não estar vestindo algo mais apropriado para o ambiente tropical. Lamentei, sobretudo, por não ter trazido um biquíni, mas logo compraria um.

Enquanto caminhava, precisei perguntar a um funcionário onde exatamente ficava o restaurante, já que não havia placas.

— O restaurante é logo ali, moça. — Ele apontou para frente, mas eu não via muita coisa além do mar, que brilhava em tons mesclados de azul e verde. Eu tinha certeza de que jamais vira o oceano com uma cor tão convidativa.

De qualquer forma, o meu destino me pareceu distante, o que me deixou irritada com a minha equipe. Um bom restaurante devia ser de fácil acesso para os clientes, era imprescindível. O fator localização contava muito na avaliação.

— Está certo, obrigada. — Pensei em perguntar mais detalhes ao funcionário, porém desisti. O jeito seria andar na direção indicada e rezar para encontrar logo.

Apesar do sol quente, tentei manter a tranquilidade, o que consegui sem muito esforço devido à paisagem maravilhosa. Ou pelo menos até alguém passar correndo na minha frente e mergulhar na piscina, espirrando água por toda parte, inclusive na única calça jeans que eu tinha.

Não consegui encontrar palavras para expressar a raiva que sentia, por isso, apenas olhei para a piscina, esperando o infrator voltar à superfície para que eu pudesse lhe dizer poucas e boas. Acompanhei um corpo masculino nadar até a borda oposta e sair da água pela escada. De um segundo para o outro, a minha raiva desapareceu. Só consegui me concentrar no homem maravilhoso – e todo molhado – que desfilou até pegar uma toalha sobre uma espreguiçadeira.

Acho que o cara percebeu que eu o encarava, pois virou o rosto na minha direção. Não tive tempo de disfarçar. Ele chacoalhou os cabelos pretos, deixando mais água respingar em seu corpo enorme e bronzeado.

— Eita, poxa! Te molhei? Desculpa aí, moça! — O forte sotaque nordestino chamou a minha atenção, mas nada se comparava à visão da sunga branca que destacava um par de pernas saradas. — Quer a toalha emprestada?

O homem se aproximou com um sorriso gigante no rosto, como se ter me molhado fosse divertido. Não sei por que, mas sua expressão descontraída me irritou e então esqueci que ele era lindo de morrer. Concentrei-me em ficar com raiva dele.

— Você devia era me dar uma calça jeans seca. Não uma toalha que não vai adiantar de nada! — resmunguei antes de pegar a toalha de suas mãos. — Da próxima vez, antes de mergulhar, verifique se não vai deixar ninguém em apuros!

— É só água, moça. Nem molhou muito. — O cara me analisou dos pés à cabeça. O olhar debochado, emoldurado por cílios longos e sobrancelhas escuras, me deixou atônita. — Daqui a pouquinho seca. Quanto tu veste?

— Hã?

— É que eu não sei comprar calça feminina. Uns quarenta e dois?

— Seu idiota — rosnei, devolvi a toalha e passei por ele morrendo de raiva. O cara tinha feito besteira e ainda queria tirar sarro da situação? Além do mais, eu vestia quarenta.

Enquanto ganhava distância, senti-me vulnerável porque sabia que ele estava olhando para mim. Arrisquei uma olhadinha de soslaio e comprovei que, sim, o homem secava a minha bunda. Como não queria que ele continuasse olhando, eu me virei e passei a andar de costas enquanto o encarava, com expressão desafiadora.

Ele começou a gargalhar.

— Não se preocupe, moça, não vou olhar mais. Desculpa, foi mais forte do que eu!

Morrendo de raiva por sua ousadia, virei de costas novamente e tentei correr até que me perdesse de vista. No entanto, acabei virando o meu corpo bem onde começava uma escadaria com uns quatro degraus para baixo. O resultado foi catastrófico. Só deu tempo de soltar um grito, no outro instante eu já estava estatelada no chão, não antes de tentar apoiar meu corpo com os joelhos.

A queda doeu tanto que meus olhos lacrimejaram.

— Machucou? Não é aqui que se mergulha, moça, é ali na piscina. — O homem ria, mas também me oferecia uma mão para que eu me levantasse. Só aceitei porque a sua presença era a menor de minhas preocupações.

Olhei para o meu joelho dolorido e constatei que havia perdido a calça jeans de uma vez por todas. Além de molhada, agora estava rasgada.

— Caramba, isso deve ter doído que só a poxa. — O homem mudou o tom de voz para um que parecia realmente preocupado. O sorriso faceiro deu lugar à seriedade. — Vem cá que eu te ajudo.

Não estava em condições de negar ajuda e aceitei calada. Ele me conduziu até a espreguiçadeira mais próxima. Em seguida, sentou-se também, ficando de frente para mim.

Ergui a calça jeans até depois do joelho. Ela tinha amortecido bastante o impacto, mas ainda assim a escoriação latejava de forma incômoda.

— Mas que droga! — bufei, assoprando o machucado.

— Da próxima vez, antes de mergulhar, verifique se não vai deixar ninguém em apuros. — Ele repetiu as minhas palavras, e o observei de perto. Sua expressão era tão divertida que acabei soltando um risinho. Ainda mais porque o homem era realmente gato, uma raridade. Eu me vi olhando demais para as gotas que caíam da ponta dos cabelos e escorriam pelo peitoral definido. — Sugiro que lave esse machucado o quanto antes. Tem um chuveirão ali — disse, apontando para a outra extremidade.

— Deixa pra lá. Não foi nada mesmo — suspirei.

— Tô me sentindo culpado agora. Tem alguma coisa que eu possa fazer além de comprar uma calça nova?

— Não. — Levantei da espreguiçadeira antes que o desconhecido tomasse mais liberdades. Ele continuou sentado, com a toalha encharcada sobre o ombro robusto. — Você não me deve nada.

23

Eu me preparei para voltar à suíte, mas o homem me fez parar ao dizer:

— Tá com fome? Tô no meu intervalo de almoço.

— Não está tarde demais para almoçar? — questionei, sem mencionar que eu também ainda não tinha comido nada.

— Já tô acostumado a almoçar bem tarde. Eu me empolgo no trabalho. E então, vamos?

Ainda o observei por um tempo antes de tomar uma decisão. O homem era interessante fisicamente, mas me parecia só mais um babaca sarado. Não gostaria de perder o meu tempo com alguém que acionava o meu alerta de homem escroto, principalmente porque precisava me concentrar no trabalho e não estava a fim de me decepcionar de novo.

— Não. Estou sem fome — menti na cara dura.

— E um jantar? Simbora, moça, me dê uma chance. Só uma. — Ergueu um dedo e riu de um jeito quase infantil. Ele parecia novo demais para mim. Acho que eu me entediaria se conversássemos por mais de dez minutos.

— Vou trabalhar esta noite. — Não era mentira. Precisava jantar sozinha no Senhor Saboroso. Eu nunca ia acompanhada durante uma avaliação porque odiava me desconcentrar.

Além do mais, duvidava que aquele rapaz pudesse pagar um jantar naquele restaurante tão bem avaliado. Ele devia ser apenas um simples funcionário do resort, já que mencionou estar na pausa para o almoço.

— Tudo bem, eu também vou trabalhar — disse, decepcionado.

— E por que me convidou pra jantar?

— Pretendia escapar um pouquinho, tô tão cansado... — Ele soltou um suspiro que pareceu sincero. — Mas tudo bem, moça, não quero ser um desses caras chatos. — O homem se levantou da espreguiçadeira e trocou a toalha de ombro. — A gente se vê por aí.

Assenti por educação, sem dizer nada. Ele ainda me ofereceu um largo sorriso antes de ir embora. Daquela vez, foi ele quem girou o corpo e se distanciou da área das piscinas.

E eu, sem querer, acabei secando a sua bunda.

CAPÍTULO 3
O real sabor litorâneo

Precisei voltar à suíte para trocar de roupa, já que não queria pagar mico frequentando um restaurante tão bem falado vestida em trapos. Coloquei um vestido leve que comprei no aeroporto e fiz, novamente, toda a trajetória pelas piscinas até chegar a uma construção que demorei séculos para entender que era um restaurante.

Jamais tinha visto coisa igual em toda minha carreira gastronômica, e olha que já tinha viajado para mais de cinquenta países em busca da melhor culinária local. A placa que indica o Senhor Saboroso era de madeira e estava encravada na areia da praia, fazendo-me supor que se tratava de um local rústico.

A construção nada mais era que uma palhoça grande, em formato de meia lua, que nem piso tinha; apenas a mesma areia branca da praia. As mesas e cadeiras eram feitas de tocos de coqueiros. Parecia um simples restaurante de praia, daqueles que servem tudo banhado a muito óleo e com ingredientes que geram desconfiança.

A diferença era que o lugar não estava lotado com gente de tudo quanto é tipo, só havia umas quinze mesas dispostas de uma maneira peculiar. Também não havia muito barulho além do das ondas beijando a praia. Os clientes falavam baixinho, como se estivessem em uma biblioteca. No mesmo instante, liguei para Débora a fim de perguntar o que diacho havia dado na cabeça dela para me enviar a um local como aquele.

— Por favor, Débora, me diga que cometeu algum engano — falei tão logo ela atendeu a ligação. Estava parada a alguns metros do restaurante, sem entender nada. — Ou que é uma espécie de pegadinha.

— Já encontrou o Senhor Saboroso? — A voz dela era divertida, ignorando a minha seriedade. — Não se deixe levar pelas aparências, Fran, aproveite a experiência. Tudo vai acabar fazendo sentido.

— Eu espero, porque neste momento não consigo encontrar nenhum. Como um lugar desses pode ser digno do meu selo?

— Prossiga. Apenas prossiga — Débora sugeriu com veemência. — Depois do almoço, sua opinião será completamente diferente, isso eu garanto.

Soltei um longo suspiro, balançando a cabeça.

— A sua sorte é que eu confio em você. Do contrário, já teria dado meia volta.

Ela começou a rir e, depois de uma breve despedida, desliguei e guardei o celular de volta na bolsa.

Claro que eu já havia frequentado muitos lugares que tinham se revelado verdadeiras minas de ouro; locais escondidos, feios, de difícil acesso, mas que eram agradáveis e ofereciam uma comida maravilhosa. Eu gostava daquele tipo de surpresa, sempre me fazia repensar os conceitos sobre o que significava ser um bom restaurante. Só que a minha equipe sabia que tínhamos uma gama de requisitos para preencher. E como o selo era relativamente recente, uma rigidez maior era necessária para que ganhássemos mais prestígio. Oferecê-lo a um lugar como aquele seria arriscar muito. O Senhor Saboroso precisava ser muito bom em vários outros quesitos para que a minha visita valesse a pena.

Enquanto analisava a construção minuciosamente, andei ao redor dela e, para o meu alívio, havia uma espécie de recepção na outra lateral, comandada por uma mulher muito bem-vestida, só que descalça porque, afinal, usar sapatos na areia não era boa ideia. Eu estava com muita fome, por isso deixei a avaliação externa de lado e me aproximei com cautela da recepção humilde.

Fui recebida por um sorriso enorme da funcionária.

— Bem-vinda ao Senhor Saboroso! A senhora tem reserva?

— Sim... Está em nome de Débora Vasconcelos.

— Débora Vasconcelos... — Ela conferiu uma prancheta com bastante atenção. — Aqui está. É sua primeira visita ao nosso estabelecimento... E nenhuma restrição alimentar, confere?

— Isso — respondi embasbacada. Eu não acreditava que aquele restaurante praieiro tinha um sistema de menu degustação. Se eles perguntavam sobre restrições alimentares, era muito provável que sim. E eu não podia acreditar!

Pensei em perguntar a respeito, mas o espanto me manteve calada. Talvez fosse melhor deixar as expectativas fluírem até obter uma resposta.

— Mesa para uma pessoa? — perguntou a mulher, conferindo se havia alguém comigo.

Para mim, não era nada estranho frequentar qualquer lugar sozinha. Eu estava mais do que acostumada a reservar mesa para uma pessoa, apesar de receber alguns olhares por causa disso. Não havia companhia melhor do que a minha própria.

— Exatamente.

— Quer uma mesa mais perto da praia ou mais central?

— Hum... — Olhei para o "salão". — Acho que mais central.

Parecia gozação com a minha cara. Eu me senti no meio de uma pegadinha ao caminhar pela areia fofa entre as poucas mesas ocupadas. O formato meia-lua fez sentido depois que percebi que a construção de madeira que lembrava a metade de um barco gigante protegia do vento, deixando algumas frestas somente para que a brisa circulasse e os clientes não morressem de calor.

De fato, o clima do lugar era muito agradável, eu precisava reconhecer. A sensação foi mesmo de estar em uma embarcação simples, daquelas que os pescadores de cidadezinhas litorâneas utilizavam. A surpresa foi tanta que esqueci de dar uma olhada nos pratos que os outros clientes consumiam, coisa que sempre fazia.

A recepcionista afastou a cadeira, que tinha um formato oval bem peculiar, e me sentei com certa dificuldade por causa da areia sob minhas sapatilhas. Apesar de não parecer, a cadeira era bem confortável. Olhei para a mesa feita de coqueiros, trabalhada de um jeito bem artesanal. Não estava forrada. Não havia nada sobre ela, nem mesmo guardanapos.

— Senhora Débora, aqui no Senhor Saboroso temos uma política diferenciada dos outros restaurantes. — Observei a mulher, fazendo uma careta de quem insinuava que já tinha percebido. — Sugerimos que a senhora retire seus sapatos e sinta a areia em seus pés enquanto saboreia nossos pratos. O ideal é que observe o mar e escute os sons do oceano, assim nossa comida fará muito mais sentido, tudo bem?

— Tudo — murmurei, tão baixo que nem sei se ela ouviu.

— Um dos nossos garçons vem atendê-la em um minuto. Tenha uma ótima refeição!

Eu não sabia nem onde colocar as mãos. Depois de ter frequentado os melhores e mais refinados restaurantes franceses com destreza, simplesmente não sabia o que fazer em um lugar como aquele. Olhei para os lados, desconfiada. Só então percebi que todos os clientes estavam sentados de frente para a praia. Não tinha uma cadeira sequer de costas para ela, de modo que todo mundo era presenteado pela melhor paisagem.

Tirei meus pés da sapatilha e os depositei, com cuidado, na areia fofa abaixo da mesa. Fazia tanto tempo que eu não sentia nada em meus pés, além da dor causada pelos saltos altos, que não contive um suspiro de prazer. O clima não era quente e nem frio à sombra da palhoça, apenas agradável. Eu me surpreendi com a velocidade com que meu corpo se sentiu à vontade naquele ambiente.

— Boa tarde, senhora! — Um garçom com cara redonda se aproximou, todo animado e de modos extremamente educados. — Os pratos chegarão em breve, e fazemos algumas recomendações alcoólicas e não alcoólicas para acompanhá-los. A senhora tem preferência?

— Hum... — Olhei ao redor para saber o que as pessoas estavam tomando. A maioria das mesas tinha sobre elas enormes taças feitas de algo estranho marrom-escuro. — O que eles estão bebendo? — Apontei enfaticamente.

— O vinho recomendado pelo nosso chef, o Paralelo 8 Premium, feito no Vale do São Francisco. Faz parte de nossa recomendação alcoólica para os pratos de entrada.

Fiz uma expressão decepcionada ao descobrir que o vinho era nacional, embora aquele realmente fosse bem premiado. Não era muito caro, mas interessante. Eu o conhecia. Poucas vezes frequentei um restaurante brasileiro e recebi a recomendação tão direta de um vinho da terra, exceto na região sul do Brasil, onde as vinícolas são mais tradicionais.

— É esse mesmo que eu quero, então. Pode enviar todas as recomendações alcoólicas.

— Perfeito.

O garçom trouxe o vinho tão rápido que estranhei. Estranhei mais ainda porque as taças colocadas na minha frente eram feitas de casca de coco. Depois de um gole de água, o líquido escarlate invadiu o meu paladar de um modo inexplicável. Nenhuma das vezes em que tomei aquele vinho eu me senti tão livre.

Fiquei absorta olhando para o mar e ouvindo os sons que vinham dele, como fui recomendada a fazer. Nem tinha comido nada, mas já me sentia pertencente àquele lugar de um jeito incomum. Era tudo tão estranho que eu ainda não conseguia assimilar direito. Quando o primeiro prato chegou, o cheiro maravilhoso me chamou logo a atenção.

No entanto, não havia talheres.

— Aqui, senhora. — Antes que eu pudesse perguntar por eles, outro garçom apareceu com um tipo de vaso de barro. Fiz uma expressão de quem não estava entendendo nada. — Coloque suas mãos aqui, por favor.

Fiz o que o garçom pediu e ele jogou, com uma jarra também de barro, uma bela quantidade de água com cheiro de flores em minhas mãos. Era refrescante. Fiquei tão admirada que perdi a fala. Por fim, ele me ofereceu um tecido diferente e macio para que eu enxugasse as mãos.

— Bom apetite, senhora. — O homem fez uma reverência e partiu.

Olhei ao redor pela milésima vez. Eu não entendia como não tinha percebido que as pessoas estavam comendo com as mãos. Mas era isso.

Não havia talheres, eu teria que me virar. Entretanto, o primeiro prato servido era um líquido de aparência viscosa dentro de mais uma casca de coco e eu precisaria de uma colher.

Depois de passar alguns minutos só observando, segurei o recipiente improvisado e o levei à boca. O sabor explodiu dentro de mim em mil partículas deliciosas. Fazia muito tempo que eu não comia um prato e não descobria logo de cara quais eram os ingredientes. Só comecei a detectá-los quando tomei ciência dos meus pés tocando a areia e do mar levando e trazendo suas ondas.

O ato de comer é sagrado. Sempre achei, desde que era pequena. Ainda na padaria em que meu pai trabalhava, eu adorava misturar os sabores de seus quitutes. As refeições eram feitas em família, religiosamente. Comer não era apenas comer. Era pensar, era lembrar-se, amadurecer memórias e aflorar as sensações, os instintos, o prazer. Em poucos restaurantes, eu pude afirmar, com convicção, que me diverti de verdade com o ato de degustar um alimento, como fazia antigamente, antes de tornar minha paixão pela culinária um trabalho sério.

O Senhor Saboroso me fez esquecer o mundo. Esqueci até o que estava fazendo, como se tivesse sido hipnotizada pelo conjunto do que significava estar viva e me alimentar com tão saborosa comida. Outros pratos vieram, e eu ficava cada vez mais surpresa. A comida era sempre fresca, na medida certa, muito bem temperada e com toques especiais. Havia consistência, crocância, maciez, sabor. O chef era, de fato, muito inteligente e criativo.

O modo como esse sujeito decidiu apresentar os pratos não tinha nada de luxuoso. Ora a comida era servida em prato de barro, ora em casca de coco ou em recortes de telha ou madeira. Tudo tinha que ser comido com as mãos, exceto alguns alimentos que vieram com talheres improvisados, feitos de pata de caranguejo, osso ou qualquer outra coisa que caísse bem com o prato. No começo, isso me incomodou um pouco, porém fui relaxando e saboreando despreocupadamente, deixando de lado qualquer crítica.

Depois de uma das melhores sobremesas que comi na vida, que, pelo que pude detectar, era feita de frutas vermelhas e uma mistura macia que lembrava *panna cotta*, o garçom que lavara minhas mãos voltou e as lavou novamente, como havia feito entre a apresentação de um prato e outro. O maître passava pela minha mesa de vez em quando, e, apesar de ter muitas perguntas, não fiz qualquer questionamento.

No fim do almoço, enquanto tomava a última recomendação alcoólica – uma dose curta de conhaque de alcatrão mais artesanal impossível –, ele retornou e perguntou se eu estava satisfeita.

— Sim, muito obrigada — agradeci e sorri amplamente. Não conseguia pensar com propriedade. Francis Danesi estava embasbacada a ponto de ser incapaz de fazer o seu trabalho avaliativo. — Dê os meus parabéns a toda equipe e ao chef.

— Pode deixar, senhora! Ficamos muito contentes em servi-la.

Terminei o conhaque despreocupada, ainda olhando o oceano. Apesar de a paisagem não ter saído da minha frente durante toda a refeição, cada segundo era único e nada nunca ficava igual. Era um barco que passava, uma lancha, um grupo de turistas, um pescador. O mar trazia algas para a praia, depois as levava. A maré subiu um pouco, perceptivelmente diante do meu olhar atento. De repente, a vida fazia sentido.

Senti que alguém afastou a cadeira ao meu lado e ergui a cabeça, já me perguntando se havia mais surpresas para mim naquele lugar especial. De fato, havia: o homem maluco da piscina se sentou bem ao meu lado, sem pedir licença.

— O que está fazendo? — Fiz uma careta, até que percebi suas vestes brancas de cozinheiro. Fiquei impressionada por ele trabalhar na cozinha de um restaurante conceituado. — Você trabalha aqui?

— Não, só passei pra olhar a paisagem. — O desconhecido observava a praia como se eu não estivesse ali, porém manteve o ar meio irônico. Fazia isso só para me provocar, claro. — Tu me *deixasse* meio arretado, moça. Podia ter dito que não queria comer comigo.

— Ah... Você disse que não queria ser um desses caras chatos. Sinto te informar, mas está sendo. — Balancei a cabeça, irritada de verdade por ter sido incomodada. — Só um cara chato não entende o recado e invade a minha mesa sem mais nem menos, e ainda por cima nem olha pra mim.

O homem virou o rosto na minha direção. Parecia ainda mais bonito com aquele uniforme, mas certamente eu o julgava assim porque tinha uma queda por cozinheiros.

Por que será, né?

Por outro lado, seu comportamento poderia prejudicar a minha avaliação. Eu não devia amenizar ou me tornar menos rígida.

— Desculpa de novo. Só tô dando bola fora, né não? — A expressão que fez me deu pena de verdade.

Ele não parecia ter invadido minha privacidade por maldade, apenas por desatenção. Mesmo assim, eu não pretendia abaixar a guarda. Aquele homem era meio doido, e eu não queria um perseguidor durante a semana que passaria em Porto de Galinhas.

— É — afirmei com seriedade, mantendo a pose rígida.

Ele observou a mesa, depois me olhou de novo.

— *Gostasse* da comida?

— Eu... — Pensei um pouco a respeito. Preferi me limitar a dar uma resposta simples e rápida. A opinião crítica ficaria para depois, quando eu compreendesse o que tinha acabado de vivenciar. — Gostei. Dê meus cumprimentos ao chef Maurício Viana.

O cara deixou a testa enrugada em uma expressão esquisita.

— Conhece ele, moça?

— Não pessoalmente... — disfarcei, tomando mais um gole do conhaque. Não queria que o chef e nem ninguém da equipe descobrisse que eu era Francis Danesi. Colocaria tudo a perder se me revelasse tão cedo. — Já ouvi falar nele. Sou uma curiosa.

— Mesmo? — Riu de um jeito bonito. O homem pareceu pensar muito antes de me oferecer uma mão. — É um prazer conhecê-la, moça curiosa. Fico feliz por ter gostado da comida.

Segurei a mão dele por educação e porque foi a primeira reação do meu corpo, não por ter raciocinado direito sobre o que significava aquele cumprimento. O homem continuou sorrindo e me olhando, então a ficha foi caindo devagar.

— *Você* é o Maurício Viana? — quase gritei a pergunta.

Não dava para acreditar que estive com o autor daqueles pratos deliciosos antes mesmo de prová-los. Nem que fui convidada para jantar com ele. Nem que ele secou minha bunda e eu retribuí na maior cara de pau.

— Sou... — Maurício parou de rir muito de repente. Seu olhar ficou um pouco triste. — Não quero ser invasivo de novo, mas sou um curioso também. Posso saber o seu nome?

— Hum... — Prendi os lábios. Eu não queria mentir dizendo que meu nome era Débora, como estava na reserva, mas também não queria ser descoberta. Sendo assim, optei por entregar-lhe o meu nome de batismo: — Franciele.

— Franciele — repetiu de uma maneira sussurrada, que considerei bastante sensual.

Eu o olhei com mais atenção. Maurício parecia muito novo para ser um chef no nível dos pratos que experimentei. Fiquei muito curiosa sobre ele, mas não conseguiria arrancar informações sem que despertasse suspeitas. E eu, definitivamente, não poderia correr esse risco. Seria um desastre para o meu trabalho. Ainda bem que neguei sair com ele. A minha prudência muitas vezes me tirou de apuros.

— Bom, não quero te aborrecer mais. — Maurício se levantou da cadeira. — Desculpa de verdade por...

— Tudo bem, relaxa.

— Tá difícil relaxar, Franciele. Essa cozinha parece que vai acabar com a minha raça — disse, olhando para a construção de madeira na parte de trás, que eu sabia que escondia a sua milagrosa cozinha. — Minha única felicidade ultimamente é quando vejo as pessoas satisfeitas. É para elas que trabalho, não pra mim, sabe? Acho que cansei.

Seu desabafo repentino me deixou tão surpresa quanto curiosa. Nenhum chef que soubesse que eu era Francis Danesi falaria comigo com tanta sinceridade, sem nervosismo e sem medir as palavras. Era por esse e por vários outros motivos que esconder minha identidade era tão importante. De um modo geral, eu precisava saber mais sobre Maurício Viana.

— Por que está me dizendo isso?

Ele me encarou, depois virou o rosto para o mar.

— Não sei, não. Talvez eu precise de alguém que não tenha nada a ver com gastronomia pra conversar, falar sobre outro assunto... — Ele bufou e soltou um sorriso sem graça. Voltou a me olhar. — Já *tentasse* ser perfeita em alguma coisa?

Aquiesci, sabendo muito bem do que ele estava falando. Eu tentava, o tempo todo, ser perfeita em tudo o que me prontificasse a fazer. Foi minha vontade de acertar que me fez andar pelos caminhos certos, ainda que tortuosos.

— Então, deve saber que é um trabalho que não tem fim nunca... Uma pressão, uma coisa que me dá nos nervos! — Maurício chacoalhou a cabeça. Voltou a sentar sem ser convidado, porém daquela vez não me incomodei. Para ser sincera, eu já estava incomodada de vê-lo em pé. — Era mais divertido quando eu só cozinhava sem pressa, criava sem medo, testava sabores...

— E você não faz mais isso?

Balançou a cabeça em negativa.

— Acho que perdi a vontade de cozinhar.

Eu me identifiquei tanto com Maurício que senti meus olhos se encherem de lágrimas. Tinha desistido de me aventurar na cozinha há algum tempo. Não ousei falar nada porque não quis abrir o maior berreiro na frente de um desconhecido. Quando ele descobrisse quem eu era, que tipo de moral eu teria? Precisava ser profissional e séria do início ao fim, assim ele me respeitaria antes mesmo de saber o real motivo de minha viagem a Porto de Galinhas.

— Certo, tô tomando muito do seu tempo. — Ele sorriu para mim como se, por um segundo, tivesse esquecido os seus problemas. — Perdoe o desabafo.

— Não se preocupe.

— A gente se vê? — perguntou ao se levantar novamente.

Maurício não parava quieto.

— Com certeza nos veremos com frequência — soltei de uma vez, assim ele não estranharia minha presença marcada em seu restaurante. — Gostei muito da sua comida. Fico imaginando como ela seria se você não estivesse tão cansado. — Era uma curiosidade genuína. De fato, queria vê-lo cozinhando naturalmente, sem qualquer pressão externa, mas sabia que era um desejo que jamais seria satisfeito.

Ele sorriu mais uma vez. Foi naquele instante que senti que alguma coisa estava errada comigo. Um simples sorriso não deveria fazer o meu coração acelerar como se eu fosse uma adolescente sem qualquer experiência. Não era a primeira vez que um homem bonito sorria para mim, e eu esperava que não fosse a última.

— Que sorte a minha — murmurou, por fim, e soltei o ar dos pulmões.

O chef ainda sorria e eu só conseguia fazer cara de bocó. Não respondi porque ainda estava tentando retomar o controle da minha respiração e dos batimentos cardíacos.

Antes de ele virar as costas, nós nos encaramos por um tempo que considerei longo demais para o meu gosto. Maurício Viana caminhou por entre as mesas, a fim de falar pessoalmente com seus clientes. Passei algum tempo observando seus modos; o jeito de andar, falar, ouvir.

Ele era um homem muito interessante, sem dúvidas, mas eu ainda o via como o menino travesso que tinha espirrado água em mim. Não conseguia separá-los, até porque, mesmo sendo um ótimo profissional, o chef era jovem e ainda carregava um ar de garoto que pouco sabia sobre a vida. Ao menos aquela era a minha impressão ao analisá-lo minuciosamente.

Sendo assim, a concepção que eu tinha dele não mudou tanto, mesmo depois de descobrir que era um chef dos bons. Talvez porque, antes de qualquer coisa, eu o tinha conhecido como um ser humano normal, apto ao erro e ao acerto. Às vezes, eu me esquecia de que as pessoas que trabalhavam na cozinha eram feitas de carne e osso, o que me ajudava bastante a ser uma crítica objetiva. Contudo, Maurício trouxe certo toque de humanidade que me foi bem-vindo.

A precisão quase cirúrgica de minhas avaliações me fazia tratar todos os envolvidos como seres que tinham a obrigação de ser perfeitos. Maurício, com poucas palavras, me convencera de que toda perfeição não passava de utopia e do quanto essa busca poderia ser estressante e antinatural. Sentia-me uma estúpida por sempre ter corrido atrás dela. Por outro lado, era tarde demais para me arrepender.

Talvez, eu fosse mais feliz sem as infindáveis resenhas e o selo Sabores de Francis, apenas criando diferentes tipos de pães em uma cozinha simplória.

Ou talvez eu estivesse ficando louca mesmo.

CAPÍTULO 4
Um delicioso convite

Deixei o Senhor Saboroso sem conseguir me livrar das mil e uma reflexões que fervilhavam, sem parar, na minha mente. Sabendo que precisava de um tempo para pensar melhor no que vivenciei, voltei para a suíte e redigi os primeiros comentários em meu notebook. Escolher as palavras certas foi muito complicado. Não queria deixar de ser objetiva, mas Maurício tinha me feito experimentar novos conceitos.

Eu ainda não sabia se estava pronta para mudar tanto.

Ao reler o texto que passei horas escrevendo, ficou evidente que eu estava apenas tecendo elogios, por isso, resolvi parar de trabalhar. Precisava ser totalmente imparcial e não sabia o que estava acontecendo comigo para não mencionar as partes incômodas da visita, os pontos negativos do restaurante: o difícil acesso, as questões de higiene, a procedência dos pratos, os talheres artesanais etc.

Débora enviou algumas mensagens perguntando sobre a minha primeira visita e a única palavra que encontrei para resumir tudo foi "interessante". Não deu dois minutos que enviei a resposta, e a minha assistente ligou.

— Interessante? Nem vem com essa, Fran! Simplesmente, não posso acreditar que você não se encantou por aquele deus grego! — Ela parecia tão animada que estranhei seu comportamento. Débora costumava ser bem séria e calada.

— Algo me diz que você não está falando sobre o restaurante... — Eu me deitei na cama de casal e observei os coqueiros que balançavam do lado de fora através da porta envidraçada da varanda. Aquele lugar era um paraíso na terra.

— O nome "Senhor Saboroso" com certeza não foi escolhido em vão! — Ela começou a rir e fiz uma careta. O que um homem bonito não faz com uma mulher? — É assim que o chef Maurício Viana é conhecido em toda região. Ele é um amorzinho! Tratou nossa equipe muito bem. E os pratos que cria? Você experimentou a Sopa do Mar? Juro que voltarei à Pernambuco só para tomá-la de novo.

— Você está tão empolgada.

— E você, não? Francis, o cara é incrível. Lindo, talentoso e criativo. É um achado que o Sabores de Francis poderá oferecer ao mundo! Já viu a ficha dele?

O nosso selo já havia revelado talentos que atualmente eram nomes importantes no mundo gastronômico. Costumávamos fazer outros tipos de contratos comerciais com alguns chefs, vinculando-os à nossa marca e aumentando a publicidade para ambas as partes. Maurício Viana aparentemente seria a nossa próxima aquisição.

Só dependia do meu discernimento.

— Não. Você sabe que não vejo ficha alguma antes das primeiras visitas. Gosto de ser surpreendida — menti. A verdade era que tinha visto e revisto as informações sobre Maurício pelo menos umas mil vezes desde que chegara à suíte. Eu só não queria conversar a respeito do assunto. — Sinceramente, ainda não sei como foi a minha refeição. Estou intrigada.

— Me ligue assim que tiver mais novidades! Estou curiosa pra saber sobre sua avaliação final! — Alguém começou a conversar com Débora e percebi que alguma coisa tinha acontecido. Ela falou com a pessoa algo que não compreendi e, depois de um tempinho, voltou a falar comigo. — Francis, sua resenha sobre Gustavo Medeiros já tem mais de quatro milhões de visualizações. O homem está acabado!

— Sério? — Eu me sentei rapidamente na cama. Minhas resenhas eram sempre bem visualizadas, mas não esperava que tivesse tanto sucesso logo nas primeiras horas, antes mesmo de sair nos principais veículos. — Tem alguma notícia?

— Por enquanto, não, mas te mantenho informada.

— Tudo bem. Preciso desligar agora. Até mais!

— Até! E não se esqueça de prestar bastante atenção no jantar do Senhor Saboroso. É ainda melhor que o almoço.

— Espero que sim.

Eu não tinha mais nada para fazer naquele resort luxuoso além de me concentrar no meu trabalho. Pensei em aproveitar a praia, a piscina ou dar uma caminhada no centro da cidade, que ficava perto, mas desisti. Percebi que estava cansada pelas viagens e pelo trabalho que jamais tinham fim, então, resolvi tirar um cochilo. Fazia tempo que não me dava o direito de descansar de verdade.

Eu tinha outras reservas no Senhor Saboroso, porém precisava ser mais cautelosa. Maurício podia desconfiar, ou pior, confundir o meu interesse pela sua comida com um interesse *por ele*. E, bem, com certeza eu não estava interessada nele em qualquer sentido além do profissional. Infelizmente, e cedo demais, acabei chamando muita atenção e não passaria despercebida. Por isso, resolvi que não frequentaria o restaurante todos os dias, como costumava fazer em minhas avaliações.

Acabei dormindo mais do que deveria. Meu cansaço era tanto que só acordei no dia seguinte, às quatro horas da manhã. Parecia que eu tinha levado uma surra de tão dolorido que meu corpo estava. Tomei um banho, vesti o short jeans e a blusa simples que tinha comprado e, mais tarde, aproveitei o café da manhã maravilhoso do resort.

Eu não pretendia almoçar de novo no Senhor Saboroso, queria apenas jantar e, assim, experimentar pratos diversificados. Coloquei na cabeça que não estava fazendo aquilo para evitar Maurício, estava apenas sendo cautelosa.

Lamentei mais uma vez ao chegar à praia o fato de não ter um biquíni. Fiz uma caminhada lenta, observando o horizonte maravilhoso que se estendia pela faixa de areia branquinha. Tentei não pensar em nada enquanto me exercitava, porém meus pensamentos foram guiados depressa em direção ao Senhor Saboroso e, principalmente, ao Maurício Viana.

Aguardava o jantar com muita curiosidade e uma ansiedade difícil de explicar. Poucas vezes estive tão louca para frequentar um restaurante e finalmente descobrir o que me surpreenderia.

Foi na volta da caminhada que observei o restaurante de longe. Estava tudo fechado àquela hora da manhã, ainda não eram nem sete e meia. A minha curiosidade foi tanta que me aproximei do lugar para analisar melhor as estruturas, daquela vez com mais atenção e sem me sentir um peixe fora d'água.

Circulei a palhoça para verificar o que havia por trás da construção de madeira. Tentei não me sentir uma intrusa, lembrando-me de que nunca tinha feito aquilo em toda a minha carreira: bisbilhotar em segredo um restaurante durante a avaliação. Não me parecia nada justo, porém a curiosidade era maior e foi inevitável que meus pés simplesmente ganhassem vida própria.

Parei diante de uma porta que não sabia para onde dava, atenta a qualquer movimentação.

— O que tu tá fazendo aí, Franciele? — Uma voz firme, com sotaque bem carregado, me fez soltar um grito e dar um pulo.

Olhei para trás e vi Maurício se aproximando.

— E-eu... e-eu... — Tentei pensar em uma desculpa que me livrasse do título de bisbilhoteira do ano, mas não consegui e Maurício continuou me olhando.

Foi sem querer que percebi que ele vestia apenas uma bermuda comum e uma camiseta regata que deixava à mostra seus músculos. Se eu já estava sem palavras antes, a situação piorou ainda mais. O chef abriu um sorriso malicioso enquanto minhas bochechas começavam a pegar fogo. Eu devia estar completamente vermelha e nada poderia ser mais constrangedor do que isso.

— Não se preocupe, eu também fui pego com a boca na botija! — Ele riu sozinho, pegando um molho de chaves de dentro do bolso. — Eu devia tá relaxando antes de pegar no batente, mas não consigo dormir direito faz um tempão. — Maurício abriu a porta diante de nós e voltou a me encarar. — Primeiro as moças que são *muito* curiosas — disse e ergueu um braço, abrindo passagem para dentro.

Eu podia ter dado meia-volta e saído correndo para bem longe dele depois do mico que paguei, contudo, ao dar uma espiadinha, percebi que ali era a cozinha do Senhor Saboroso. Não consegui fazer qualquer comentário ou ir embora.

Simplesmente entrei.

Maurício trancou a porta atrás de nós enquanto eu observava a cozinha bem equipada, organizada e limpa, do jeito que todas deveriam ser.

Não havia ninguém por ali. Engoli em seco diante dos pensamentos loucos que invadiram a minha mente ao perceber que estávamos a sós dentro de um ambiente fechado. Soltei um longo suspiro, tentando me acalmar e me sentir menos idiota.

— Vem... — Ele me conduziu até um armário onde guardava aventais e toucas.

Nós dois nos vestimos sem dizer nada. Meu coração batia tão forte que eu já estava me sentindo meio sufocada. Meu nervosismo e angústia tinham um motivo: fazia um bom tempo que eu não usava um avental de cozinheira. A touca era sempre necessária em minhas visitas à cozinha, mas um avental... Não, um avental era para quem colocava a mão na massa, não para quem só observava o serviço alheio.

— Tu *ficasse* ainda mais bonita vestida assim. Já *pensasse* em ser cozinheira? — Ele riu como o menino que era. Não consegui descobrir onde colocar minhas mãos diante de seu comentário. Creio que meu coração parou, visto que não dava para acelerar mais do que aquilo. — Algum bicho comeu tua língua? Não precisa ficar com vergonha, Franciele. Vem cá, vou te mostrar uma coisa bem massa.

Quando deixei minha suíte pela manhã, não imaginava que logo depois estaria dentro da cozinha vazia do Senhor Saboroso, em companhia do cara que tinha acabado com a minha única calça jeans. Era surreal demais para conceber.

Maurício me levou até a enorme despensa. Durante o caminho, foi acendendo todas as luzes. Eu já havia visto um monte de cozinhas, de todos os tamanhos e tipos, e aquela não tinha nada de diferente das demais, só que, ainda assim, minhas mãos tremiam ao descobrir cada parte do ambiente.

Tentava olhar tudo o que se revelava diante de mim com objetividade, mas a luta interna se mantinha constante. Não podia começar a minha avaliação com uma visita informal, era injusto e muito antiético. Precisava separar a Franciele, uma conhecida do Maurício que recebera carta branca para visitar a sua cozinha, da Francis, a profissional séria que mantinha um olhar crítico afiado e poderia acabar com a carreira dele caso fizesse uma avaliação negativa.

— Pode escolher o que quiser. — Maurício apontou para os alimentos dispostos nas prateleiras. Havia de tudo um pouco ali, quero dizer, tudo que não perecia fora da geladeira. — Hoje, você será a chef.

Meus olhos se abriram ao máximo.

— *EU?* — gritei, apavorada. Ele levou um susto que o deixou com uma expressão confusa. Não dava para julgá-lo, o meu rompante foi inesperado e constrangedor, mesmo. — Desculpa. E-eu... Eu não sei cozinhar — menti na cara dura para que não desconfiasse de nada.

— Todo mundo sabe cozinhar, Franciele. — Maurício soltou um risinho e entrou na despensa. Eu o segui porque não queria me distanciar muito dele. Parecia uma garotinha assustada dentro de um trem fantasma, uma reação, no mínimo, bizarra. — Só que alguns cozinham e outros não.

— Algumas pessoas não devem cozinhar — soltei.

Ele me encarou.

— O que importa não é o resultado, sabe? — Deu de ombros, demonstrando muita sinceridade em seus olhos escuros. — Não ligo se ficar ruim. Claro que sempre me dedico e busco a perfeição, afinal, cozinhar é uma forma de demonstrar amor e o amor, pra mim, tem que ser perfeito. — Ele sorriu de um jeito suave e o meu maldito coração voltou a acelerar, tão forte que dava para senti-lo retumbando em minhas têmporas. — Mas o melhor de cozinhar é... cozinhar.

No fundo, eu sabia que ele tinha completa razão, mas não queria ceder de jeito nenhum. Uma atitude meio infantil, eu estava ciente.

— Não faz sentido se o resultado final ficar uma porcaria. — Cruzei os braços em frente ao corpo, uma reação defensiva ao ouvir aquelas palavras tão bem colocadas.

Evitei encará-lo. Mantive meus olhos atentos na despensa, mesmo que não devesse, a fim de encontrar algum erro na armazenagem dos alimentos, porém tudo parecia impecavelmente classificado e embalado. Eu não saberia o que fazer se constatasse algum problema, por isso, suspirei aliviada.

— Pois eu acho que faz todo sentido. O que não faz sentido é se preocupar tanto com o resultado que o ato de cozinhar passe a ser uma terrível obrigação.

— Esse é o seu trabalho, Maurício. Foi o que escolheu pra si — comentei rápido demais, de repente, me sentindo um pouco cansada daquela ladainha sentimental. Era Maurício quem precisava acordar para a vida, não eu quem deveria amansar. — Cozinhar é sua obrigação. A pressão de ter bons resultados faz parte do processo.

Ele ficou calado por tanto tempo que precisei virar o rosto em sua direção. Percebi um chef absolutamente transtornado, oferecendo-me um olhar tristonho.

— Tem razão — murmurou. — Vou parar de reclamar.

Eu me dei ao direito de prosseguir com o sermão, como uma mulher mais velha e experiente que já se ferrou muito na vida:

— Amadurecer é ter responsabilidade pelas suas escolhas. Nada é fácil pra ninguém. Se fosse, não teria a menor graça.

— Sim, você tem razão, Franciele. Só estou cansado.

Não respondi. Ousei caminhar entre as prateleiras enquanto o sentia atrás de mim. Sua presença tão perto era intimidadora.

— Queria te ver cozinhando — afirmou ele, em algum momento, num tom sussurrado que me fez arrepiar. — Não estou a fim de criar nada hoje. Na verdade, não consigo mais criar há semanas. Talvez uma distração me ajude.

— Eu sou uma distração? — Encarei-o com o cenho franzido.

— Não vou responder essa só pra não ser indelicado de novo.

— Quero uma resposta, mesmo que seja indelicada.

— Tudo bem, foi tu que *pedisse*... — Maurício se aproximou mais. Fiquei parada, esperando que ele falasse, porém seu olhar parecia disposto a algo muito mais surpreendente. Meu nervosismo se intensificou e, quando o chef ergueu uma mão na minha direção, fechei os olhos, atônita. Nada aconteceu durante vários segundos. — Pode abrir os olhos, Franciele — disse ele, descontraído.

Fiz o que pediu e dei de cara com uma fatia de queijo.

Demorei demais a notar que, na verdade, Maurício só se aproximara para poder alcançar um dos queijos que estavam curando naturalmente na prateleira. Fiquei tão envergonhada por ter pensado outra coisa – e por ter, inconscientemente, fechado os olhos e esperado – que senti minhas bochechas ardendo de novo.

Peguei a fatia de queijo porque era aquilo ou deixar a mão de Maurício no ar por mais tempo que o necessário.

— Prove — ele incitou. Mordi um pedacinho e o queijo derreteu na minha boca. O sabor era fantástico. Nem em Minas Gerais eu havia provado um queijo tão saboroso. — *Percebesse?*

— Percebi o quê? Que isso é uma delícia? Percebi! — Sorri, acanhada. Ainda tentava classificar o queijo, mas eu não era uma especialista. Naquele caso, contava apenas com minha experiência em viagens. — Que tipo de queijo é esse?

— Quando uma coisa é muito gostosa, eu me distraio com facilidade — ele soltou enquanto me encarava de perto.

Meus nervos pareceram congelar. Eu tinha me esquecido de que havia exigido uma resposta indelicada. No entanto, não esperava que fosse tão indelicada assim. E que pudesse me acender de um segundo para o outro.

Como um garoto sorridente podia mexer tanto com o meu corpo? Era revoltante.

Saber que o chef Maurício Viana estava flertando comigo na maior cara de pau me deixava meio tonta. Aquilo não podia estar acontecendo. Nossa relação deveria ser meramente profissional.

Naquele instante, pensei em lhe dizer a verdade sobre mim, porém mudei de ideia depressa. Não queria perturbá-lo e também estava curiosa para conhecê-lo a fundo. Expor minha identidade só dificultaria o meu trabalho.

Como não o respondi, Maurício pareceu envergonhado e se afastou um pouco, dando-me espaço para respirar.

— Esse queijo é feito por um produtor que mora em um sítio de Ipojuca, aqui pertinho — explicou enquanto cortava outra fatia e me oferecia. Aceitei de bom grado. — As vacas leiteiras ficam livres no pasto, o que faz toda a diferença com relação ao sabor do leite. Ele ainda fabrica seus queijos de forma artesanal, com equipamentos rústicos. Nós o chamamos de queijo-manteiga.

— Uau, esse é o famoso e tradicional queijo-manteiga? — Eu já tinha ouvido falar nele e até experimentado no Sudeste, mas não um tão gostoso. Aquele se derreteu em minha boca e era de outro mundo. — Adorei.

— O segredo de um bom prato está sempre nos ingredientes. Tomo todo o cuidado possível ao escolher os fornecedores, que geralmente são produtores da região mesmo. Quanto mais natural, melhor. — Permaneci atenta à sua explicação, mesmo sentindo que Maurício estava tentando ensinar um padre a rezar a missa. Mas, ao fim, acabei me surpreendendo: — A nossa culinária é muito rica. O sabor essencialmente nordestino é maravilhoso. Sabe, Franciele, eu poderia abrir um restaurante luxuoso com comida francesa ou italiana, mas o desafio de recriar pratos típicos da terra, de forma a trazer requinte ao que é nosso, foi o que me motivou a abrir o Senhor Saboroso.

Aquele chef não era o único a ter boas ideias, a escolher os melhores produtos para o seu restaurante e nem a querer levar a culinária de sua região a um nível mais elevado, por isso tentei conter as emoções diante de sua narrativa. Era besteira da minha parte ficar tão encantada, como se tudo fosse novidade. Não era.

Mas então por que o sentimento de surpresa não me largava?

— Como surgiu a ideia de não oferecer talheres? De sugerir que os clientes tirem os sapatos e... olhem para o mar?

Maurício abriu um largo sorriso.

— Foi assim que criei a maioria dos pratos, em caminhadas à beira-mar. Pra mim, comida tem que fazer sentido. E, às vezes, não é apenas o sabor do que se come que traz esse sentido... Me parece algo muito maior. — Ele logo parou de sorrir. — Pena que não está mais funcionando fazer caminhadas.

Tentei não me sentir tão emocionada nem ter compaixão por ele. Todo chef enfrenta dificuldades. Faz parte do amadurecimento.

— Não pensa em construir um piso e climatizar as instalações? Imagino que deve ser complicado manter a comida longe da areia... Em dias de chuva, então, deve ser um horror.

— Quem disse que o caminho mais fácil é o que faz mais sentido? — Ele sorriu, e eu não consegui não corresponder. Fiquei aliviada ao saber que Maurício gostava de se arriscar. — Não, quero que meus clientes sintam a areia e peguem os alimentos com as próprias mãos... — gesticulou todo empolgado. — Quero que experimentem as texturas com a mão e com a língua. Por que deixar de usar os sentidos quando posso explorar todos? Os sons do mar, o contato com a areia, a vista maravilhosa, os cheiros... Não, Franciele.

Eu o observei durante um bom tempo, pois perdi a capacidade de falar. Meu cérebro funcionava como uma grande e ruidosa engrenagem, maquinando tudo o que era assimilado e transformando na mais pura surpresa. Débora tinha total razão ao dizer que Maurício era um achado. Seu talento e criatividade eram inquestionáveis. E aquela voz cheia de sotaque me amolecia de um jeito incomum. Eu estava toda boba na frente daquele cara, o que jamais acontecia comigo dentro ou fora do trabalho.

— Cozinha pra mim? — pediu ele, usando um tom suave, capaz de me deixar ainda mais entorpecida. — Pode ser qualquer coisa. Pode não fazer o menor sentido. Só me deixe te ver cozinhando.

Meu estômago se revirou de angústia diante daquela possibilidade. Olhei para a saída da despensa a fim de calcular quanto tempo eu levaria para ir embora de uma vez por todas. O medo começou a nublar toda e qualquer surpresa que Maurício proporcionou.

— Eu... Não sei se quero te distrair — desabafei na tentativa de me desvencilhar do convite. — Não tenho jeito de quem gosta de ter um cara me observando e pensando coisas impróprias ao meu respeito, tenho?

— Acho que tu *entendesse* errado.

— Acho que entendi perfeitamente, Maurício. Não vou me prestar a esse papel. Desculpa, mas encontre outra louca pra te distrair. — Retirei o avental e entreguei a ele. A touca eu tiraria longe da despensa, pois não queria correr o risco de prejudicá-lo ao deixar algum fio de cabelo para trás.

Achei que ele impediria que eu fosse embora, mas ele me acompanhou até perto da saída com resignação. Tirei a touca quando considerei seguro, entregando-a a Maurício. O fato de ele não insistir me deixou um pouco confusa, talvez um lado vaidoso meu quisesse que o chef se empenhasse um pouco mais, de forma que não sabia se estava sendo realmente justa com ele e comigo.

Era tão ruim assim voltar a cozinhar? De onde vinha tanto medo?

Tudo bem, não podia me enganar e fingir que eu não sabia bem quais eram as raízes dos meus problemas com a culinária, só não queria aceitar e me mantinha distante porque era confortável.

Foi Maurício quem destrancou a porta e a abriu, em silêncio. Eu o encarei antes de sair, fazendo uma pausa significativa. Não sei direito o que me fez parar, talvez sua expressão visivelmente triste. Ainda assim, mantive-me calada.

— Desculpa pela indelicadeza, Franciele — ele falou, por fim. — Eu sabia que devia ter ficado de bico calado. Não é como se te ver cozinhar fosse uma fantasia sexual.

— E era o quê? — perguntei em voz baixa.

— Eu só queria te conhecer melhor. Mas, sei lá, palavras são tão vazias, tão insuficientes. Quando te vi na piscina, em vez de te chamar pra almoçar ou jantar, tive vontade de te chamar para cozinhar, mas tive medo de parecer ainda mais idiota aos teus olhos. — Ele fez uma pausa para que eu pudesse dizer alguma coisa, entretanto, mais uma vez, não encontrei as palavras. — Se alguém quiser me conhecer de verdade, é só me ver cozinhando. Eu sou o cara que tempera, descasca, mexe, monta, frita... Não sou esse idiota que só tá dando uma bola fora atrás da outra. Juro que não sou.

Reflexiva, olhei para a saída. Aquele sujeito não parava de me surpreender, bem como não fazia ideia das batalhas que eram travadas em meu peito. Será que ele estava apenas tentando me impressionar? Ele não parecia um canalha mentiroso, mas os canalhas mentirosos nunca parecem tão ruins à primeira vista.

— Tudo bem — suspirei, virando-me de frente para ele. Não podia me considerar uma mulher corajosa se saísse correndo diante de um convite que, pelo visto, era inocente. Não me perdoaria caso continuasse me escondendo. — Eu cozinho pra você... Desde que você também cozinhe pra mim.

Maurício abriu um sorriso tão grande que seus olhos quase sumiram.

— É pra já, moça.

Ele me devolveu a touca e o avental. Enquanto amarrava o avental, pensava na fria em que tinha acabado de me meter.

CAPÍTULO 5
De volta à cozinha

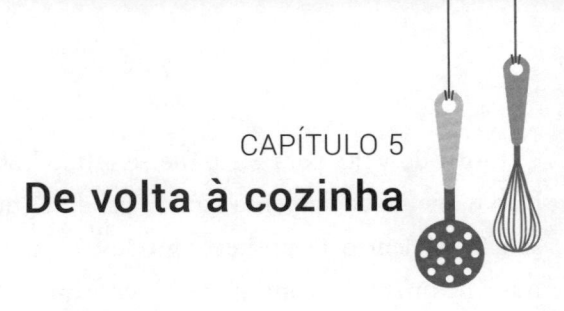

Desde que Maurício tinha me feito o convite para cozinhar, eu não consegui pensar em outra coisa que não fosse recriar um dos pães mais saborosos que já comi na vida, e que o meu pai sempre fazia na antiga padaria. Eu nunca mais tinha provado aquele sabor, pois, ao sair de casa, deixei absolutamente tudo para trás, inclusive as boas lembranças da minha infância. Não saberia dizer por que, depois de tantos anos, pensei naquele pão, mas atendi ao meu desejo inusitado.

A primeira coisa que encontrei na despensa do Senhor Saboroso foi um pacote de farinha de trigo orgânica. Sorri ao compreender que talvez fosse meu destino fazer o pão para Maurício provar.

— Já sabe o que vai fazer? — o chef pernambucano questionou enquanto procurávamos os ingredientes que precisaríamos. Ele pegou algo que eu não consegui identificar na prateleira mais alta.

— Sei.

— Posso saber o que é?

— Não. Cozinhar é sempre uma grande surpresa. — Suspirei, voltando a me lembrar de quanto tempo fazia que eu não colocava a mão na massa. Daquela vez faria isso literalmente. — O cozinheiro é como um feiticeiro que torna a magia possível.

Ele parou o que fazia para me encarar, todo sorridente. Sua cestinha estava cheia de alimentos dos mais variados, no entanto, Maurício começou a devolvê-los para as prateleiras, em seus devidos lugares.

— Desistiu? — Fiquei um pouco angustiada em vê-lo guardando tudo.

— Oxe, eu não! É que tive uma ideia. — Ele me olhou de soslaio, ainda sorrindo. — Tu me deu uma ideia, na verdade.

Sorri de volta para ele e me senti tão boba ao observar seu olhar brilhante que saí da despensa com os produtos que reuni na cesta, deixando-o sozinho lá dentro. Depositei os produtos em uma mesa, perto de um dos fornos e de um fogão com seis bocas enormes. Maurício apareceu carregando novos ingredientes e os depositou na mesa em frente à minha, de forma que podíamos nos observar à vontade enquanto manuseávamos os produtos.

Ele organizou os itens em fileira, como se fosse de seu costume deixar tudo separadinho antes de começar a cozinhar. De novo, não era uma novidade para mim, mas achei aquilo interessante como se jamais tivesse visto. Talvez porque não imaginasse que ele era meticuloso. Algo me dizia que o chef à minha frente era confuso, bagunceiro e criava de maneira desordenada, experimentando de forma livre e obtendo resultados conforme sua sorte desejava.

Eu me enganei completamente.

Como qualquer profissional que leva seu trabalho a sério, percebi a presença da disciplina e gostei do que vi.

— Vamos começar? — perguntou com o sorriso ainda aberto.

— Vamos, sim. — Soltei mais um longo suspiro. Abri a torneira mais próxima e lavei minhas mãos. O chef se aproximou e começou a lavar as suas também, usando a mesma pia. — Ei, tem outra torneira bem ali!

— E daí? — Ele pegou o detergente e lambuzou nossas palmas, que se uniram para tentar ganhar espaço no jato de água que jorrava.

Foi muito de repente que ele começou a massagear minhas mãos e esfregar minhas unhas com precisão. Fiquei absorta olhando seu gesto. Virei o rosto para observá-lo de perto, mas Maurício estava com o olhar fixo no que fazia.

O toque de suas palmas um tanto calejadas, provavelmente pelo serviço infindável na cozinha, me fez estremecer. Eu me senti cuidada por outra pessoa. Fazia anos que a única responsável por mim era eu mesma.

— O que está fazendo? — perguntei em um sussurro quase inaudível.

Sua proximidade estava mexendo comigo. Maurício era um homem grande e cheiroso, de forma que era impossível ficar tão perto sem sentir certas vontades pecaminosas.

Ainda que, aos meus olhos, não passasse de um menino.

— Lavar as mãos é uma forma de abençoar... — ele disse, compenetrado. Seu toque se tornou ainda mais macio. — O ritual de lavar as mãos de todos os meus clientes é uma forma de retirar deles tudo o que já conhecem sobre comida, para então lhes mostrar outras concepções. Significa se renovar, se preparar para o novo e deixar para trás todas as crenças preconceituosas.

— Achei que era por causa da ausência de talheres... Há muitos riscos de contaminação, não acha?

Ele me olhou de perto e sorriu. Meu coração pulou algumas batidas.

— Nasci em um bairro de periferia no Recife. Minha infância toda foi comendo com a mão, do jeito que mainha, uma pobre empregada doméstica, gostava de fazer. Ela enrolava a farinha e o feijão e passava no molho de carne antes de levar aquela gororoba à boca. — Maurício começou a rir e, mesmo impressionada com o que ele dizia, ri junto. Achei que ele fosse um filhinho de papai, nascido em berço de ouro e com muitas oportunidades ao seu dispor. Mais uma vez, me enganei a seu respeito. — Às vezes, não tinha carne e comíamos o bolo de feijão seco mesmo. Nunca fiquei doente.

Ficamos em silêncio por algum tempo.

Maurício terminou de nos lavar, pegou uma toalha e nos enxugou com delicadeza. Depois ele se afastou, retornando à sua bancada já bem organizada. Voltei para a minha, porém não me senti pronta para começar. Permaneci observando-o cautelosamente. Maurício pegou uma vasilha e começou a separar algumas uvas, retirando delas os caroços. Achei absolutamente normal para um homem que gostava de produtos naturais.

— Sua cozinha parece bem limpa — observei, um tanto envergonhada.

Maurício ergueu a cabeça e sorriu.

— Tu *entendesse* errado de novo. — Balançou a cabeça em negativa, porém sem deixar morrer o sorriso. — Minha cozinha é muito limpa, assim como a comida e todos os materiais que utilizamos. A vigilância sanitária passa aqui regularmente e somos muito cuidadosos. Não foi à toa que ganhamos diversos prêmios, muitos de referência nacional. Mas, depois que o prato sai daqui, não me interessa o que acontece com ele.

— Como não? Não se importa se os clientes vão gostar?

— Trabalhei a vida toda sem me importar com isso. — Ele deu de ombros. Comecei a despejar a farinha na mesa e a juntar os ingredientes para formar a massa do pão. — Pra mim, o mais bacana de cozinhar não é o resultado final, é o processo. Se as pessoas gostarem, tudo bem. Se não, paciência. Só que o restaurante se tornou conhecido, passou a ser avaliado pela mídia e minha equipe insistiu que nos cadastrássemos no processo seletivo do Sabores de Francis. Claro que sempre tive o sonho de receber esse selo... — Congelei ao ouvir aquele nome saindo de sua boca levemente rosada. — Já ouviu falar nele?

— Hum... Sim. É bem conhecido.

— É o melhor do país — murmurou e se calou.

Fiquei quieta. Mesmo que Maurício tenha dado uma pausa em sua explicação, não ousei falar nada para não me denunciar. Joguei o leite fresco na massa e comecei a misturar tudo com as mãos. Quando voltei a observá-lo, percebi que o chef me olhava com muita atenção.

— Foi então que perdi a vontade de cozinhar. O resultado se tornou mais importante. Eu me vi cozinhando baboseiras que não queria só para agradar o paladar dos outros. Precisei mudar ingredientes que, na minha cabeça, não se encaixavam de outra forma. — Ele voltou a separar as uvas, parecendo bastante abalado. — Perdeu a graça, *entendesse*? Perdi o propósito.

— Acho que entendi. Mas também acho que você está exagerando. — Fui muito sincera, já que sentia que ele também estava sendo verdadeiro. — Cozinhar não é fácil, bem como todos os trabalhos que existem. Nem tudo é apenas diversão. Por mais que você goste de fazer algo, a partir do momento em que se torna profissão, há uma responsabilidade maior envolvida.

— Eu sei, poxa. Mas acreditei naquela frase que diz que quando a gente trabalha com o que ama é como se não precisasse trabalhar nunca mais.

Comecei a rir de sua imaturidade.

— É exatamente o contrário. Trabalhe com o que ama e veja como é ser um escravo dos seus próprios sonhos. O serviço não para nem quando precisa. — Balancei a cabeça em negativa, sorrindo para aliviar a tensão, mas ciente de que o assunto era sério. Eu sentia aquilo na pele diariamente. — Não existe fim de semana, feriado, noites tranquilas de sono... Nada disso.

— Pois é... — Ele suspirou fundo mais uma vez. — Tô sabendo disso. Na verdade, sabia que não seria fácil quando a minha humilde barraquinha de beira de praia recebeu uma proposta espetacular feita pelo pessoal do resort.

Aquiesci, finalmente descobrindo um pouco de como foi que o Senhor Saboroso começou. Na ficha do estabelecimento, a história era bem resumida e não mencionava o envolvimento do resort no investimento.

— Se sabe, então por que continuar se lamentando? Você é dono de um bom restaurante, Maurício. É criativo, inovador... Não tem por que se sentir tão mal. — Não consegui me livrar da sensação de ser uma mulher mais experiente dando conselhos a um garoto perdido. Aquilo me irritou de um jeito incomum, já que sempre gostei de exibir minha experiência através de meus textos e críticas.

O chef não me respondeu. Passou a cozinhar em silêncio e aproveitei a oportunidade para me concentrar na massa. Eu não queria que desse errado. Diferentemente de Maurício, para mim, o resultado era importante. Se não fosse, que graça teria? Qual mérito existia em cozinhar um alimento intragável?

A busca pelo melhor sabor era a minha forma de sentir prazer. Achei que todo chef também quisesse oferecer o melhor às pessoas. Mas, pelo visto, Maurício fazia o tipo egoísta. Cozinhava pra ele. Criava para si. E, no fim, apenas seu prazer importava.

— Está escondendo o jogo? Tu sabe cozinhar — ele comentou em um momento tão silencioso que achei que estivesse sozinha. Foram longos e longos minutos sem nenhum dos dois dizer nada, por isso, dei um pulo de susto. — Duvido que uma leiga seja tão ágil com as mãos e com os ingredientes.

— Só sei fazer esse pão — menti, envergonhada por causa de seu olhar atento e confuso apontado pra mim. — Por isso que escolhi fazê-lo.

— Não, tu tem talento. O que tá me escondendo, Franciele?

— Eu? Nada! — Desviei meu rosto para a massa. Senti minhas bochechas esquentando porque nunca aprendi a mentir na cara dura. De repente, Maurício começou a rir. Voltei a olhar pra ele porque não entendi o motivo de seu rompante. — O que foi?

— Nada.

— Vamos, fale!

— Ah, moça curiosa, não tô a fim de ser mal interpretado de novo, não.

Dei de ombros, sem dizer mais nada. Terminei de enrolar a massa em uma assadeira e a coloquei dentro do forno, que eu já tinha ligado há um tempo para ficar aquecido. Meu trabalho tinha acabado. Quando me virei, bati a cabeça no peitoral de Maurício, que estava parado como estátua bem atrás de mim.

Ele me segurou pelos ombros.

— Eu ri porque, toda vez que tu fica vermelhinha como um pimentão, tenho vontade de te dar um beijo. — Ele sorria de orelha a orelha, e acho que fiquei mais vermelha ainda de tanta vergonha que senti.

Um lado meu gostou daquele novo flerte, mas o outro ficou irritado e achei por bem escutá-lo.

— Você acaba de ser interpretado corretamente. — Bufei diante de sua óbvia tentativa de me conquistar. — Fala a verdade, só estou aqui porque você tem esperança de que role alguma coisa entre a gente.

— Não é só por isso que tu tá aqui, Franciele. Mas não sou mentiroso, tenho esperança, sim. — Ele se aproximou mais. Dei um passo para trás e minha bunda acabou se encostando a uma das mesas. Maurício ficou bem perto, quase grudando seu corpo grande ao meu. Ele ergueu uma mão a fim de tocar a lateral do meu rosto. — Acho que, dessa vez, tu que tá exagerando.

— Eu? Exagerando? — Ri, porém sem achar muita graça. — Você não é o primeiro que enrola uma mulher com conversinha bonita pra arranjar sexo fácil.

Maurício finalmente me largou e se afastou um pouco, parecendo irritado.

— *Acabasse* de chamar a minha sinceridade de "conversinha bonita" — Maurício voltou para a sua mesa sem nem olhar para minha cara. — Faz ideia de quanta gente sabe sobre o bolo de feijão com molho da minha mãe? Três pessoas no mundo todo, duas são ela e eu. Se eu quisesse arranjar sexo fácil, nem teria me dado ao trabalho.

Dei de ombros sozinha, raciocinando um pouco sobre o que ele disse. Olhando-o com um pouco mais de cautela, percebi que era verdade. Maurício não parecia alguém que precisava fazer muito esforço para conquistar uma noitada.

— Desculpa, Maurício. Tudo bem, eu exagerei.

— É tão ruim assim o fato de eu estar interessado em você? — Ele começou a mexer a panela com força, mostrando toda sua chateação. — Tu tem namorado, é isso?

— N-não... Q-quero dizer, tenho — arquejei, apavorada. Maurício deve ter percebido a minha mentira, pois me encarou e semicerrou os olhos. — Não tenho.

— Tem ou não?

— Não.

— Oxe, então qual é o problema? Se quiser que sejamos só amigos, é só dizer. Mas não posso fingir que não quero mais que amizade. — Eu estava tão envergonhada, atônita e desbaratada que comecei a soltar um monte de palavras aleatórias. Maurício percebeu minha incapacidade de formular qualquer frase que fosse e soltou, parecendo mais calmo: — Deixa acontecer, moça. Sem forçar. Tá certo?

Respirei profundamente.

Ganhando um pouco mais de coragem, contornei minha mesa e o alcancei a passos largos. Maurício ficou me olhando sem entender, até que abri meus braços e os envolvi em seu pescoço. Como ele era alto demais, precisei ficar nas pontas dos pés para alcançar sua boca. O chef finalmente entendeu o que eu pretendia. Segurou-me pela cintura e me apoiou na mesa, juntando nossos lábios no instante seguinte.

Fiz aquilo porque, de repente, ele me ajudou a perceber que beijá-lo era exatamente o que eu queria. E que tinha aceitado ficar porque *eu* nutria esperança de que ele tentasse algo. Não dava para continuar me enganando e muito menos jogando a culpa nele.

CAPÍTULO 6
Entre uvas e arquejos

Maurício colocou o seu corpanzil entre as minhas pernas, diminuindo ainda mais a distância entre nossos corpos. Abracei-o forte, usando coxas e braços, enroscando-nos em um momento intenso. Eu o beijei com toda a vontade que tinha dentro de mim e ele não agiu diferente; sua ânsia ficou evidente pelo toque apertado em minha cintura e pela boca macia fazendo movimentos perfeitos, obrigando meus lábios a se movimentarem também.

Que beijo era aquele?! Parecia que nossos lábios já se conheciam havia anos.

Além do mais, fazia um bom tempo que eu não me permitia ter qualquer tipo de relacionamento com alguém, mesmo passageiro, muito menos um beijo inusitado roubado dentro de uma cozinha que eu devia estar avaliando. Meu trabalho e as longas viagens tinham me feito não ter tempo para qualquer outra coisa. Também nunca esteve em meus objetivos encontrar um homem com quem pudesse dividir minhas loucuras. Meu foco era atingir sucesso na área profissional e aquilo me bastava. Sendo assim, não sabia o que havia me impulsionado para ele.

Por esse e outros motivos, foi com muita estranheza que senti Maurício me inclinando sobre a mesa, erguendo minhas mãos junto com as suas e me beijando a orelha, o pescoço, os ombros... Deu para sentir a fome que ele tinha em tomar o meu corpo, pois um volume rígido cresceu entre suas pernas.

Aquele ponto interessante se manteve colado a mim, causando-me uma comichão embaixo do umbigo. Passei minhas mãos pelas suas costas e subi até seus cabelos castanhos, aproveitando ao máximo para tocá-lo. A touca que ele usava caiu em algum lugar desconhecido e nenhum de nós se importou com o paradeiro dela.

— Gostosa... — balbuciou em meu ouvido de um jeito tão intenso que não me sobrou qualquer dúvida: ele realmente me queria. Sua barba bem-feita roçou no meu pescoço, arrepiando o meu corpo da cabeça aos pés.

Maurício me colocou sentada de novo e não me restou mais nada além de seguir seus movimentos ardentes. Sua ousadia foi suficiente para que tomasse a iniciativa de desamarrar o meu avental. Aquela atitude me fez entender que o chef estava disposto a ir muito longe comigo, não seria apenas um beijo ardente, haveria muito mais intimidade. De um instante para o outro, travei, mas não o impedi de continuar a me beijar, nem mesmo evitei que retirasse a blusa por cima da minha cabeça.

Havia uma urgência nos rondando, uma insaciedade, um desejo absurdo.

Ele voltou a me beijar e eu continuei sem tentar impedi-lo de cometer aquela loucura. Eu não devia, de modo algum, transar com um chef que era dono de um restaurante que estava prestes a ganhar um selo meu.

Que tipo de profissional eu seria se deixasse tamanha maluquice acontecer?

Estava a ponto de afastá-lo quando Maurício me desceu da mesa e me girou de costas para ele. Foi um gesto rápido e preciso, tanto que só consegui dar por mim mesma quando senti suas mãos de cozinheiro massageando os meus seios por cima do sutiã. Minha bunda ficou na altura de sua ereção e não contive a vontade de rebolar lentamente, roçando em todo aquele volume como se fosse uma necessidade física.

Ouvi Maurício soltar o ar de seus pulmões com força.

— Gostosa! — Daquela vez ele rosnou em meu ouvido.

O sotaque carregado só me deixou ainda mais alucinada, pois era engraçada e ao mesmo tempo excitante a forma como pronunciava a letra "s"; parecia mais um "x". Esqueci completamente que eu deveria parar e ir embora o mais rápido possível.

Maurício deixou uma mão escorregar pela minha barriga e atravessar o meu short jeans. Foi com certa estranheza que senti seus dedos explorando a minha vagina.

— Que delícia, moça... Tá bem quentinha... Um pãozinho no forno.

Tive muita vontade de rir do que ele falou, mas em vez disso soltei um arquejo em forma de gemido. Não estava certo que ele me tocasse tão intimamente. Enquanto eu tentava voltar daquele caminho tortuoso, Maurício corria para ainda mais longe e me levava junto, deixando-me a cada segundo mais impossibilitada de retroceder.

Segurei seu braço na tentativa de arrancar sua mão de dentro do meu short, mas minha atitude foi tão fraca que acredito que ele sequer notou. Começou a massagear o meu clitóris em um ritmo que meu corpo considerou maravilhoso, tanto que deixei escapar outro arquejo.

Fazia quanto tempo mesmo que eu não me permitia um orgasmo dos bons?

Ele começou a dar mordidas, de leve, nos meus ombros. Eu me arrepiei em cada uma delas. Foi tão intenso sentir seus dedos, sua mão livre agarrando meu corpo, sua boca sempre ligeira me beijando, lambendo e estimulando que, sem fazer muito esforço, fiquei absolutamente entregue.

Maurício se inclinou um pouco, até ser possível alcançar a vasilha cheia das uvas que ele tinha preparado para usar em sua receita. Colocou uma na minha boca. Eu a mordi de imediato e o sabor atiçou meus instintos de um jeito surpreendente.

Se eram surpresas que eu queria ter em minha carreira, Maurício certamente sabia como me oferecê-las.

Fiquei meio tonta quando ele tirou a mão da minha vagina e me inclinou toda na mesa, de modo que meus seios e meu rosto tocaram o tampo frio. Eu não sabia o que ele ia fazer comigo. Ainda sentia o gosto ótimo da uva. Aquela posição me deixava totalmente vulnerável, à mercê de suas vontades.

Senti algo gelado nas minhas costas e abri os olhos, só então percebendo que eu os tinha fechado por não aguentar o nível de erotismo que alcançávamos. Maurício foi capaz de atiçar todas as minhas vontades, uma a uma, e eu sabia que, ainda que eu tentasse, jamais conseguiria sair dali sem tê-lo dentro de mim, sem explodir em um orgasmo dedicado a ele.

Senti mais pontos das minhas costas ficando gelados. Só então notei: o chef estava depositando as uvas sobre o meu corpo.

— O que está fazendo? — perguntei em um gemido, quase sem voz.

— Vou te chupar todinha, junto com essas uvas — explicou ele, em um timbre tomado pelo desejo. Soltei um gemido só de imaginar sua afirmação tomando forma.

Dava para sentir o corpo quente de Maurício muito perto do meu, provocando-me de um jeito que parecia impensável. Fiquei em êxtase quando ele se afastou um pouco para tirar o meu short junto com a calcinha, assim, como se eu já o pertencesse, como se não precisasse pedir licença.

Mais vulnerável que aquilo, impossível.

Ele voltou a se colocar entre minhas pernas, de modo que sua ereção conseguiu ser ainda mais sentida. Sua boca ligeira circulava pelas minhas costas, sugando-me, chupando-me, deixando a língua fazer um trabalho enlouquecedor.

Maurício se inclinou todo, espalmando as mãos no tampo da mesa, enquanto se esfregava em minha bunda e chupava as uvas sobre minha pele. Engoli a uva de uma vez, e ele não perdeu tempo, colocando outra entre os meus lábios, demorando-se com a ponta do dedo em minha boca. Aproveitei para chupá-lo de um jeito safado, deixando evidente que a sua hora em algum momento chegaria.

Era tão gostoso sentir sua barba raspando em meu corpo e sua língua trabalhando em movimentos ora delicados, ora agressivos, que soltei muitos gemidos involuntários. Aquela era, sem sombra de dúvidas, a experiência mais erótica que eu tinha vivenciado em todos os meus trinta e seis anos.

Achei que Maurício fosse parar depois de ter sugado a última uva, localizada no fim da minha coluna, mas ele não parecia a fim de encerrar o seu serviço estupendo. Seus lábios foram descendo, sem cansar, até atingir o meu ânus. O desconforto se apoderou de mim, porém nada foi maior do que o prazer que senti. Senti quando ele colocou mais uma uva geladinha bem na abertura, para logo em seguida chupá-la com gosto, arrancando-me um gemido profundo.

Aquela boca maravilhosa desceu até a minha vagina logo em seguida, sem me dar tempo de tomar fôlego ou de me acostumar com a sensação. Suas mãos começaram a apertar a minha bunda enquanto a língua me estimulava de muitas maneiras surpreendentes. Gemi tanto que temi que alguém pudesse ouvir.

Quando eu estava quase gozando, ouvi um barulho estridente, capaz de fazer Maurício se afastar depressa. Levantei rápido da mesa, como se estivesse fazendo algo muito errado. Ainda zonza, demorei muito a compreender que o meu celular estava tocando dentro do short recém-tirado.

— Que susto! — Maurício respirava de um jeito ofegante, apoiado na mesa e com uma mão no coração.

Coloquei a mão na cabeça para ver se conseguia raciocinar um pouco. Meu celular ainda tocava insistentemente. Peguei o short no chão e consegui retirar o aparelho do bolso. Era Débora, provavelmente, com novidades. A quebra do clima me fez ficar constrangida e arrependida. Não deveria estar nua na frente de Maurício, muito menos toda melada de uva e molhada de tesão.

— Preciso atender — disse sem olhá-lo.

— Tudo bem, não se preocupe.

— Preciso ir embora também... — Peguei minha blusa no chão e comecei a vesti-la. Maurício se aproximou e me segurou pelos braços.

— Não precisa ir, Franciele. — Ele tocou meus lábios com o polegar. Respirei fundo antes de encará-lo. O chef estava todo assanhado, ofegante e suado. — Não vá.

— Isso não devia ter acontecido, Maurício — desabafei de uma vez e ele fez uma expressão confusa. — Melhor eu ir.

Eu me virei para terminar de vestir a calcinha e o short.

Maurício não me impediu de colocar a roupa, porém, assim que o fiz, ele voltou a me segurar. Aproximou-se até ser possível me beijar outra vez, só que o beijo que me deu foi leve, delicado e gentil. Senti o meu gosto entre nossos lábios e fiquei ainda mais constrangida. Não dava para acreditar em como tinha sido tão inconsequente.

O celular parou de tocar, mas eu sabia que tinha que retornar a ligação o mais rápido possível.

— E o seu pão? — Maurício questionou em um sussurro, como se a ideia de desperdiçar a comida fosse muito triste. — Meu prato daqui a pouco fica pronto também.

Olhei para o forno, que ainda trabalhava.

— Preciso ir mesmo, Maurício. — Comecei a me afastar, mas ele não me largou.

— Amanhã? Podemos cozinhar amanhã? — Balancei a cabeça em negativa. Sua expressão estava próxima ao desespero. — Qualquer dia e qualquer hora, Franciele, só não me deixe sem saber se vou te ver de novo.

Não falei nada. Desvencilhei-me dele e o observei de modo que deixasse claro que eu não faria promessas, marcaria horários ou qualquer outra coisa que me deixasse vinculada a ele de um jeito que não podia.

Virei de costas e tirei a touca, único item que não fora retirado por suas mãos ligeiras. Deixei-a sobre um dos balcões e fui embora sem olhar para trás. Eu não sabia o que faria com a excitação que Maurício tinha provocado, que ainda fazia o meu corpo inteiro latejar. Nem com a memória de sua boca na minha. Muito menos o que faria para não voltar a cair em sua armadilha ousada.

No caminho para o resort, retornei a ligação para Débora. Ela parecia agitada do outro lado da linha.

— Francis, o restaurante do chef Gustavo Medeiros fechou! — ela berrou logo após o meu "alô". — Foi mais rápido do que imaginamos, hein?

— Sério? Mas já? — Aquilo era novidade. Ninguém nunca havia caído tão depressa assim, era até estranho que acontecesse.

— Sim. A vigilância sanitária fez uma visita hoje pela manhã e encontrou tudo destroçado. Tinha comida e utensílios espalhados pelo chão... Uma loucura total!

— Minha nossa... Mas o que houve? — Levei uma mão à boca, espantada.

Minha equipe havia visitado a cozinha de Gustavo Medeiros e estava tudo em perfeita ordem não fazia muito tempo.

— Alguns funcionários disseram que Gustavo enlouqueceu depois da sua avaliação. — A voz de Débora soou grave.

Revirei os olhos, impaciente. Não era incomum alguém com um ego inflado se deixar abater por causa de uma crítica minha. Cozinha nunca foi para os fracos. É uma habilidade obrigatória ser feroz e equilibrado. Por isso, Maurício me preocupava tanto. Seu sentimentalismo exacerbado podia ser um problema. Mas, bem, nós não estávamos falando do Senhor Saboroso naquele momento, logo, eu nem deveria estar pensando nele.

— Gustavo já era louco, Débora — comentei com toda indiferença que consegui reunir. — Não sou culpada pela loucura de ninguém.

— Eu sei, só estou te deixando ciente do que aconteceu. Você só fez o seu trabalho, ele que tinha que erguer a cabeça e fazer o dele. Já vimos tantos restaurantes com péssimas críticas usarem elas ao seu favor e se reerguerem. — Débora era um poço de sensatez, o que muito me agradava. — Sua resenha já está circulando em toda parte, o retorno está bem positivo para nós.

— Perfeito... — murmurei, um tanto distraída. A verdade era que eu ainda estava pensando em Maurício.

Se eu me sentia culpada por Gustavo Medeiros? Nem um pouco.

— E aí? Como estão as visitas no Senhor Saboroso? Já conheceu o chef Maurício Viana?

— Já... — Ô, se já conheci! — Hoje vou experimentar o jantar.

Pensar naquilo me fez compreender que à noite eu poderia vê-lo de novo. E que seria estranho demais frequentar seu restaurante depois do que tínhamos acabado de vivenciar na cozinha. Será que pensaria que eu estava correndo atrás dele?

Era só o que me faltava.

— O que achou do homem? Gostoso, né?

Fiquei alguns segundos em silêncio.

— Débora, eu... não reparo nessas coisas — menti feio e imediatamente me senti mal. — Vim aqui para avaliar o restaurante, não a beleza do chef. De qualquer forma, me ligue se tiver alguma novidade.

— Perfeito, ligo, sim. — Débora voltou ao seu tom sério e profissional, não comentando mais nada a respeito do Maurício, o que foi um alívio. — Dê uma olhada na sua caixa de entrada, tem umas coisas para resolver.

— Pode deixar, Débora, até mais!

Desliguei me sentindo derrotada.

Eu me tranquei na suíte e passei o restante do dia trabalhando. Não sabia o que me aguardaria no jantar do Senhor Saboroso. Só tinha certeza de que, ainda que eu não pudesse sequer pensar a respeito, queria muito ver Maurício outra vez.

CAPÍTULO 7
Um surpreendente prato novo

A noite chegou mais depressa do que eu gostaria e desconfiei que isso se devia ao fato de que eu não estava a fim de deixar a segurança da suíte para me arriscar no Senhor Saboroso. Certamente, Maurício me veria entre os clientes, e o restante era uma verdadeira incógnita. Eu não deveria ficar nua, de quatro, sobre uma de suas mesas de novo. Mesmo assim, havia trabalho a ser feito e eu não podia ter medo de prosseguir.

Tomei um banho, refiz a minha depilação – só pra garantir – e pus um vestido preto básico, com sandálias fáceis de tirar, afinal, meus pés ficariam descalços durante o jantar. Deixei meus cabelos castanhos e curtos secarem naturalmente. Estava sem paciência de cuidar deles, até porque o restaurante era ao ar livre e eu ficaria despenteada de qualquer forma. Respirei fundo, peguei um bloco pequeno de anotações, e não a prancheta que usava normalmente, já que não queria levantar suspeitas, e, por fim, deixei a suíte.

A recepcionista do Senhor Saboroso estava toda sorridente e logo me reconheceu. Tratou-me com tanta pompa que fiquei um pouco desconcertada, imaginando se toda aquela educação era proveniente do fato de ele ter comentado alguma coisa ao meu respeito. Ela ainda perguntou se havia um motivo para eu não ter comparecido para o almoço – Débora fizera reservas para toda a semana. Inventei uma desculpa para justificar o meu medo de dar de cara com Maurício Viana sem fazer qualquer ofensa ao serviço do restaurante.

Não deixei de perceber que, à noite, o lugar era ainda mais intrigante. Não havia nenhuma luz elétrica, todas eram provenientes de lamparinas estrategicamente posicionadas, de forma que o salão inteiro permanecia numa meia-luz romântica e ousada ao mesmo tempo. Depois de passar pela recepção, fui encaminhada a uma mesa e soltei um alto suspiro ao me sentar. O garçom veio lavar minhas mãos e, daquela vez, consegui fazê-lo com mais naturalidade.

Retirei as sandálias antes mesmo de alguém fazer a sugestão. Só então observei a paisagem; mal dava para ver o mar, exceto pelo brilho azulado refletido pela lua, que deixava uma faixa luminosa sobre a imensidão escura do oceano. Os sons, no entanto, eram diferentes. Como era noite, não havia quase ninguém circulando pela praia, portanto apenas os ruídos das ondas do mar se faziam presentes, inexoráveis.

Novamente, fiquei encantada com o clima que o Senhor Saboroso proporcionava aos seus clientes. Era como se algo ardente queimasse em meu peito, chamando-me para cometer loucuras, sentir as mais genuínas sensações. Cheguei a imaginar como seria me despir completamente e caminhar até o oceano para deixar que suas águas escuras me invadissem, compartilhando comigo os mistérios. Aquela vontade louca, que nunca me acometera em toda a minha vida, trazia-me a sensação de estar hipnotizada, talvez pelo canto de uma sereia.

Um garçom se aproximou, perguntando o que eu gostaria de beber. De novo, pedi a recomendação da noite e fui agraciada com mais um vinho maravilhoso, também nacional. Aquele tinha um leve sabor de frutas tropicais.

A simplicidade de Maurício me chocava. Passei bastante tempo pensando em como ele concebia a carta de vinhos. Será que não conhecia muito sobre vinhos e por isso vinha com aquele papo de valorização do produto nacional? Será que era uma decisão muito bem planejada, proveniente da facilidade de encontrar fornecedores?

A dúvida me deixou aérea até o momento em que o maître se aproximou, perguntando se a comida poderia começar a ser servida.

— Gostaria de saber os nomes de todos os pratos, com suas devidas descrições — avisei solenemente. Já era para eu ter feito aquilo desde o almoço do dia anterior, mas optei por ser surpreendida e acabei sendo, de um jeito inimaginável. O meu bloquinho estava sobre a mesa, junto com uma caneta, e o homem observou meu material com atenção. — Sou uma grande curiosa. — Não era de meu feitio abrir um sorriso fácil e ser agradável, mas acabei fazendo de uma forma estranhamente natural.

— Como quiser, senhora — o maître respondeu com bastante educação, soando igualmente agradável. Percebi que parecia mais velho que Maurício, porém mais novo do que eu. A equipe do Senhor Saboroso era bem jovem, de modo geral, o que me preocupava pela falta de experiência. — Começaremos daqui a alguns minutos.

Eu estava me sentindo ótima. Aquela era a verdade. Sentia-me descansada como há muito tempo não tinha o privilégio de sentir. Além do mais, havia alguma coisa naquela noite que me deixava bem-humorada, paciente e tranquila, ainda que existissem também o nervosismo e a ansiedade. Era uma antecipação deliciosa, talvez porque minhas expectativas estivessem lá nas alturas.

Enquanto a degustação não se iniciava, saboreei o vinho com calma e, em silêncio, observei os clientes que chegavam. A maioria era casais, provavelmente em lua de mel, tirando proveito do clima extremamente romântico do restaurante. Senti uma pontada de inveja. Seria maravilhoso ter uma boa companhia durante um jantar como aquele.

Espantei os meus pensamentos porque me assustei com eles. Eu sempre comia sozinha e adorava. Não precisava de companhia coisa nenhuma. Mesmo em um ambiente tão romântico, era perfeito ter liberdade e autonomia para sentir todas as sensações sem ter ninguém ao lado cortando o clima e falando besteira. Os poucos encontros que tive nos últimos anos só me deixaram entediada e arrependida.

Os pratos de entrada foram chegando em um ritmo bem cronometrado. Como foi solicitado por mim, os garçons sempre falavam os nomes e davam uma rápida explicação sobre como era feito cada um dos pratos montados pelo chef. Disfarcei antes de anotar qualquer coisa no bloquinho, pois não queria chamar ainda mais atenção.

Eu ficava em dúvida sobre o que anotar, além do nome do prato, como se minha inspiração tivesse se esvaído por causa das surpresas que me eram oferecidas, uma após a outra. Sempre esquematizava os sabores para me lembrar de cada um deles depois, mas o que eu provava era absolutamente novo e espetacular. Débora tinha razão. O jantar do Senhor Saboroso era ainda mais incrível. Fiquei dividida entre aproveitar a experiência ao máximo e traduzir as sensações em palavras.

Foi uma tarefa bastante complicada, porque sujei minhas mãos em vários momentos até que desisti de usar a caneta e fazer anotações, pelo menos por enquanto. Tratei de gravar na memória cada gosto saboreado, cada suspiro que soltei ao colocar na boca um misto de emoções novas. Os pratos de Maurício Viana podiam muito bem ser comparados às emoções. Parecia que eu estava comendo a felicidade, a alegria, o amor em pratos mais leves, e também a agressividade, o tesão, a loucura nos mais picantes.

A variedade de texturas me impressionava. Em uma única porção podia sentir várias delas que, juntas, faziam todo o sentido. Ao provar a comida, também percebi que a escolha do vinho frutado não podia ter sido aleatória. Combinavam de uma maneira que nunca imaginei. Aquele garoto tinha talento, não havia a menor dúvida. Ele estava levando a gastronomia a um outro nível, um que eu não havia visto nem mesmo em chefs renomados.

O último prato que compunha o vasto menu degustação veio depressa demais. Não que eu já não estivesse satisfeita, muito pelo contrário, mas não queria parar de me surpreender. No entanto, a sobremesa me causou arrepios assim que o garçom a colocou na minha frente e falou:

— Esta sobremesa se chama Franciele Surpresa.

Eu o encarei com olhos esbugalhados.

— F-franciele? — Abaixei o olhar na direção do doce. Era uma espécie de bolinho coberto por uvas, de forma que não tinha como saber o que havia dentro dele. — Franciele Surpresa?

— Exatamente. É um tipo de surpresa de uva ao contrário. As uvas estão por fora e, por dentro, há a surpresa — o garçom explicou cautelosamente. — É uma sobremesa inédita, entrou em nosso menu hoje. Espero que a senhora goste. Com licença.

O funcionário se afastou antes que eu pudesse fazer mais perguntas. Se bem que, naquele momento, eu não era capaz de raciocinar, muito menos de formular uma frase básica. Passei um tempo descomunal apenas olhando para a sobremesa à minha frente.

Havia uma pequena concha, feita de uma massa similar a casquinha de sorvete, no canto do prato. Peguei a colher improvisada e a afundei nas uvas, fazendo uma calda de chocolate escorrer pelo prato. Misturei aquilo tudo com uma uva e levei à boca.

Quase tive um orgasmo espontâneo ao sentir o sabor. O chocolate era amargo na medida certa e havia alguns pedacinhos crocantes que me deixaram louca. Afundei a concha mais uma vez e senti uma massa mais consistente. Ao colocar outra porção na boca, percebi que nada mais era que o famoso pão do meu pai. Senti o gosto da minha infância se misturar ao chocolate crocante e às uvas.

Aquela sobremesa unia o gelado e o quente, o doce, o salgado e o azedo das uvas, e também o úmido e o crocante. O sabor era surpreendente, bem como as sensações que me invadiram. Não havia outra palavra para definir.

— Puta merda! — balbuciei, um tanto quanto alucinada. — O filho de uma mãe usou o meu pão na receita! — Analisei o prato já disforme na minha frente. — E ainda batizou com o meu nome!

Terminei de comer o "Franciele Surpresa" porque simplesmente não consegui parar. Ele era do tamanho perfeito para satisfazer uma pessoa sem deixá-la enjoada, mas, quando terminou, confesso que queria mais. Se Maurício Viana queria me surpreender com o prato, não havia dúvidas de que atingira seu objetivo. Franciele ficou mesmo muito, muito surpresa.

Depois que outro garçom veio lavar minhas mãos novamente, permaneci sentada, terminando de saborear o vinho e enfim ganhando espaço para concluir as anotações. Tentei ser rápida para ir embora logo e não correr o risco de dar de cara com Maurício. No entanto, antes que pudesse concluir, observei o chef cumprimentando seus clientes do outro lado do salão.

Tarde demais.

Guardei o bloquinho na bolsa antes que ele visse. Não adiantava me levantar e ir embora, pois certamente chamaria atenção. O jeito era esperar que se aproximasse e rezar para que ele não me seduzisse com seu sotaque pernambucano e seu jeito especial de se comportar.

Quando Maurício me viu, depois de conversar com a maioria dos clientes, ele abriu bem os olhos e não conteve um sorriso cheio de malícia. O chef pulou duas mesas e veio em minha direção sem pestanejar. Eu me envaideci um pouco ao receber sua atenção imediata. Ele fez com que eu me sentisse especial, o que só acontecia quando os chefs tomavam ciência de que eu era Francis Danesi. Maurício tinha se interessado por Franciele, uma mulher que ele não fazia ideia de quem era. Obter seu interesse despretensioso me encheu de um orgulho diferenciado.

— Boa noite, moça. Que bom te ver de novo. — Maurício afastou a cadeira ao meu lado e se sentou sem ser convidado. Eu me sentia um tanto desesperada com sua proximidade, mas tentei parecer natural. — Achei que nunca mais te veria.

— Eu tinha uma reserva.

Ele fez uma careta. Eu adorava suas caretas. Gostava mais do que deveria.

— Que estranho. Não me lembro de ter uma Franciele entre as reservas da noite.

— A reserva está no nome de uma amiga... — expliquei de um jeito vago e logo mudei de assunto: — Por falar em Franciele, adorei a nova sobremesa. É deliciosa.

Ele abriu um sorriso amplo e bonito.

— Sim, é deliciosa mesmo. — Observou minha boca e então eu soube que ele não estava falando do prato.

Senti minhas bochechas esquentarem.

— Não imaginei que você usaria a receita do meu pão especial. Isso foi golpe baixo! — falei numa tentativa desesperada de mudar de assunto. Minha respiração precisava voltar ao normal, do contrário eu teria um colapso.

— Passei o dia inteiro comendo pão e revirando o lixo para descobrir o que diacho tu tinha colocado na receita e as quantidades. — Ele deu de ombros. — Peço desculpas pela tentativa frustrada de recriar.

— Ficou igualzinho, Maurício.

Ele sorriu de orelha a orelha.

— Espero que não se importe. Precisava ser o seu pão para a sobremesa fazer sentido.

Dei de ombros. A verdade era que não me importava, embora devesse. Aquela receita passara de geração em geração na minha família e eu não tinha dado permissão alguma àquele chef. Logo, poderia até mesmo processá-lo, já que eu a tinha patenteado.

Mas, sinceramente, eu não encontrava uma forma melhor de compartilhar o sabor da minha infância, visto que eu não cozinhava mais nem tinha filhos para manter a tradição. Também nunca quis publicar a receita, como a minha equipe sugerira, pois não desejava que outras pessoas a recriassem.

— Não me importo — falei, por fim. — Posso perguntar o que te inspirou a fazer uma surpresa de uva ao contrário? — Tomei mais um gole de vinho porque não suportei sustentar seu olhar por mais tempo. Ele queimava toda a minha pele.

Maurício era um homem tão transparente que chegava a ser misterioso. Uma coisa podia ter nada a ver com a outra, mas era seu jeito simples e humilde que lhe atribuía um ar de que algo importante ficava sempre oculto. Passei muito tempo desvendando sabores, porém nunca me interessara em desvendar uma pessoa.

Maurício me incitava esta vontade.

— Tu que me *inspirasse* — respondeu assim, na lata. — O que há de surpreendente em uma surpresa de uva? O nome já diz que existe uma uva dentro. E o doce fica por fora, ou seja, totalmente visível. Uma surpresa de verdade se mantém escondida e só é desvendada na hora certa.

— Faz sentido. Mas o que eu tenho a ver com isso?

— Porque, para mim, tu é uma surpresa de uva ao contrário. Por fora, há uma mulher linda, como uma uva madura e docinha. Por dentro, há a agradável surpresa.

Prendi os lábios com força, totalmente desconcertada.

— Você fala como se me conhecesse por dentro — murmurei. Meu corpo estava tão quente que uma gota de suor brotou da minha testa.

— Aí é que está, Franciele. Não te conheço, mas te vi cozinhar. Observei o jeito como mistura a massa e notei que é uma mulher metódica, centrada e com muita força de vontade. — Ele sorria enquanto se explicava. — Eu te vi misturando o leite, a manteiga e o açúcar. Percebi seu olhar atento e seu carinho ao provar a massa do pão antes de colocar no forno. Senti o jeito livre com que se entregou ao meu toque... — Maurício suavizou o tom de voz. — Tu tem fogo, tem garra, tem mistério e, ainda assim, é feminina. Tu é uma surpresa de uva ao contrário. E é tão deliciosa que eu quase enlouqueci com a ideia de não te ver nunca mais.

Sua mão repousou sobre o meu queixo. Ele brincou com meus lábios e depois se afastou. Foi um gesto tão ligeiro que acho que ninguém se deu conta, mas a quentura de sua pele permaneceu na minha mesmo quando se distanciou. Eu me vi hipnotizada pelas suas palavras, pelos elogios soltos com tanta facilidade. Um orgulho se apossou de mim.

Era intenso e me deixava confortável.

Segurei a gola de seu uniforme branco de cozinha e o puxei para mim sem pensar em mais nada. Maurício se deixou conduzir e trocamos um beijo lento, tão vagaroso que me senti flutuar sobre o oceano diante de nós. O sabor da sua boca era o que faltava para que toda aquela experiência gastronômica fizesse ainda mais sentido.

Ele segurou meu rosto com uma mão e me afastou devagar, sensato ao perceber que não era hora e nem lugar. Fiquei envergonhada por ter agido, novamente, como uma louca impulsiva. Estava chamando tanta atenção que a situação ficaria ainda pior quando todos descobrissem quem eu era.

Onde já se viu beijar o chef no meio de seu restaurante?

— Um dia vou tomar a iniciativa de te beijar, eu juro — falou e soltou uma risada, que acompanhei só para disfarçar a vergonha. Já estava arrependida e me xingando mentalmente. Pensava até mesmo na possibilidade de ir embora e voltar um tempo depois, quando todos tivessem esquecido o meu rosto, inclusive Maurício. — Tu não me *desse* nem um tempinho. Na próxima, espere um segundo.

Permaneci calada, desesperada para que ele saísse da minha frente e me deixasse em paz. Não dava para encará-lo e não desejar lhe roubar mais um beijo.

— Ei... — Maurício brincou com o meu nariz. Estava tão relaxado que senti verdadeira inveja. — Não se preocupe.

— Desculpa... E-eu... Não foi legal beijar você aqui, assim.

— Confesso que adorei. — Sorriu, mostrando os dentes perfeitos. Maurício voltou a observar os meus lábios e aquela porcaria de desejo só fez aumentar. — Quero mais, inclusive.

— Estou esperando — murmurei sem raciocinar, como se pensasse alto, e mal acreditei em minha própria ousadia.

Também foi difícil acreditar quando Maurício voltou a colar nossas bocas, daquela vez com mais intensidade. O beijo se tornou rápido, louco e cheio de movimentos. Pelo visto, ele não se importava nem um pouco de estar beijando uma cliente na frente de toda sua equipe. E aquilo tanto me tranquilizou quanto me deixou intrigada. Maurício não tinha a menor cerimônia para fazer o que queria quando queria. Eu gostava de homens decididos.

Foi ele quem, infelizmente, encerrou o beijo. Se dependesse de mim, ficaríamos grudados até eu perceber que o nosso envolvimento era inapropriado, o que dificilmente aconteceria enquanto seus lábios estivessem nos meus. Maurício anulava a minha capacidade de raciocínio com extrema facilidade.

— Tu me espera? Vou concluir umas coisas e fechar a cozinha. — Colocou uma mexa do meu cabelo para trás, mantendo um sorriso lindo aberto. Dava para perceber que estava feliz. Seus olhos brilhavam. — Quero que conheça um lugar.

— Um lugar? Com você?

— Oxe, claro. Por que não? — Não ousei respondê-lo e, diante de meu silêncio, o chef encontrou o consentimento de que precisava. Ele fez um gesto para um dos garçons, que se aproximou todo sorridente. — Bruno, essa é Franciele, minha musa inspiradora.

— Ah... — O homem pareceu bem surpreso. — Que prazer, Franciele. Ele não parou de falar em você o dia inteiro. Foi constrangedor! — Os dois riram como se fossem velhos amigos.

Eu não sabia onde enfiar a cara.

— Poderia trazer outro vinho, Bruno? E garanta que ela não vai fugir daqui, *visse*? Tenho que sequestrá-la ainda hoje.

Bruno soltou uma risada gostosa.

— Pode deixar, chefe.

— Vocês querem me embebedar? — perguntei depois que o garçom se afastou.

— Eu cuido de você. — Maurício me deu um selinho e se levantou. Antes de ir, inclinou-se e murmurou: — Se tu não me esperar, juro que te tranco na despensa com uma vasilha de uvas e só saio de lá quando elas acabarem, se é que me entende.

Senti o meu rosto esquentando de novo.

— Não acha que está forçando a barra? — fingi uma careta indignada, mas Maurício levou a sério. Estava mesmo era com vergonha e, ao mesmo tempo, louca de tesão.

— Desculpa. Não é como se eu fosse te trancar na despensa sem seu consentimento. Faço o que tu quiser, moça curiosa e arretada.

— Eu estava brincando, Maurício! — Sorri, embora ainda estivesse envergonhada. — Vai logo. Estou curiosa pra saber aonde vai me levar.

Ele sorriu, beijou a minha testa e foi embora depressa.

Permaneci concentrada apenas em saborear o vinho e esperar o chef voltar. Não refleti sobre a loucura que seria sair com Maurício. Nem imaginei o que poderia acontecer durante o passeio. No fim das contas, percebi que não era a Francis Danesi que estava sentada a uma das mesas do

Senhor Saboroso. Era Franciele, pura e simplesmente. E ela estava louca de excitação, pirada com a ideia de seguir adiante.

No fundo, eu sabia que, em algum momento, aquilo daria em merda. Mas, enquanto pudesse adiar, Franciele, a mulher sedenta que descobri que habitava em mim, aproveitaria ao máximo a oportunidade de sentir tantas emoções quanto fossem possíveis.

Ao menos era o que eu estava pensando até receber uma mensagem de Débora no celular, que só então percebi que tinha esquecido no silencioso:

★★★

Creio que você já deve ter terminado o jantar no Senhor Saboroso. Eu sei que o homem é um tremendo pedaço de mau caminho, mas tem novidade sobre o Gustavo e não consigo falar com você! Me ligue assim que puder, é urgente.

★★★

E então a ficha caiu com toda força. O que eu estava fazendo era um completo absurdo. Feito uma adolescente, havia me encantado pelo chef Maurício Viana e estava fazendo papel de ridícula na frente de todo mundo. Meu comportamento era inconcebível, antiético e nem um pouco profissional. Logo eu, que sempre prezei pelo meu nome, dando um vacilo dos grandes como aquele?

Não, não e não. Aquela palhaçada precisava ter fim.

A relação com ele deveria ser séria. Envolver-me intimamente podia, inclusive, comprometer a aprovação no selo e seria um absurdo misturar as coisas. Maurício Viana era um homem com quem eu não deveria me envolver e ponto-final. Não havia outra saída, apenas aquela realidade: precisava esquecer as batidas frenéticas do meu coração e seguir em frente com rigidez.

Não importava se Maurício era gostoso, se falava manso, se me seduzia só com um olhar. Eu não podia agir como uma adolescente em um momento tão decisivo.

Sendo assim, levantei-me da mesa, aproveitando que o tal de Bruno se distraiu servindo alguns clientes, e fui embora sem olhar para trás. Ainda não sabia o que fazer para concluir o meu trabalho do jeito certo, mas não restavam dúvidas de que eu precisava sair dali o mais depressa possível.

CAPÍTULO 8
Uma nova decisão

Foi caminhando de volta para o resort que finalmente liguei para Débora. Estava tão curiosa para saber das novidades sobre Gustavo Medeiros que sequer esperei chegar à suíte. Sentei-me em uma das espreguiçadeiras da piscina e saquei o meu celular.

A noite estava agradável e eu sabia que tinha feito a coisa certa ao me afastar do Senhor Saboroso. No entanto, comecei a sentir um aperto esquisito no peito, como se estivesse agindo de forma errada, por mais que soubesse que era justamente o contrário.

— Ah, finalmente, Fran! — Minha assistente atendeu logo no primeiro toque. — Como estão as coisas por aí?

— Caminhando. Quais são as novidades sobre o chef Gustavo? — Eu não estava disposta a prolongar o assunto sobre a minha visita. Queria que fôssemos direto ao ponto para que eu pudesse desligar logo e ir descansar. Se a conhecia bem, Débora também deveria estar cansada. A coitada era viciada em trabalho tanto quanto eu. — O homem surtou de novo?

— Mais ou menos isso — ela disse em um tom mais sério e me preparei para a bomba da vez. — Ficamos sabendo por fontes muito seguras que ele moverá uma ação contra o selo. Sem contar que ele anda fazendo algumas postagens nas redes sociais, insinuando coisas.

— Insinuando o quê? — Fiz uma careta.

— Ele está fora de controle e temo que acabe postando informações sigilosas, sobretudo a respeito da sua identidade, Fran.

Soltei um suspiro e me deitei na espreguiçadeira de vez, aproveitando que não havia ninguém por perto. Fiquei olhando para o céu estrelado enquanto tentava manter a tranquilidade. Gustavo era um idiota dos grandes e eu tinha uma equipe preparada para lidar com gente como ele. Não foi à toa que cheguei tão longe. Caso informações importantes vazassem, o sujeito estaria destruído em muitos sentidos. Seria como dar um tiro no próprio pé.

— O que a equipe já fez para conter esse imbecil? — questionei com a voz dura, comedida. Sentia a minha mandíbula contraída de tanta raiva.

Tudo por causa da porra de uma mancha de molho. Eu podia ter feito vista grossa ou ter sido um pouco mais delicada, porém aquele não era o momento para arrependimentos. Eu odiava me arrepender e estava quase arrependida por ter feito aquela ligação em vez de passar uma noite maravilhosa ao lado do Maurício.

Balancei a cabeça em negativa para espantar os pensamentos insanos. Talvez Gustavo não fosse o único a perder o juízo naquela história toda.

— Já mobilizei nossos advogados e eles entraram em contato com o Gustavo — Débora prosseguiu. — Ele já está ciente de todos os riscos.

— Acha que ele vai ficar de bico calado?

Ela demorou alguns segundos para dar uma resposta:

— Sinceramente, não sei. Por enquanto, o Gustavo está apenas fazendo papel de otário. Vamos ver como se comporta de agora em diante.

— Acha que devo retornar para São Paulo e tentar um acordo com ele?

— A ideia de retornar não me parecia nem um pouco atraente, embora soubesse perfeitamente que era a melhor forma de resolver o problema com o Senhor Saboroso.

— Vai dar o braço a torcer? Não, não, de jeito nenhum. — Débora riu um pouco. — Até porque não tem acordo, acabei de ter uma conversa com os nossos advogados. O contrato é muito claro, ele tem que seguir as cláusulas. Não vamos dar poder a esse sujeito.

Eu não sabia se me sentia aliviada ou perdida.

— Tudo bem, continue me mantendo informada.

— Com certeza, não se preocupe. E o Senhor Saboroso? Como foi o jantar? Serviram a Sopa do Mar?

— Serviram... — respondi sem nenhuma emoção.

— E então? O que achou?

— Gostei. — Para ser sincera, eu tinha muito mais do que gostado. Aquela havia sido uma das sopas mais saborosas que já tinha provado em toda minha vida gastronômica.

— Só isso? Achei que você fosse se empolgar mais.

— Estou cansada, Débora, amanhã conversamos com calma. Você também precisa descansar, nada de ficar trabalhando até de madrugada.

— Estou ótima! Você que deveria aproveitar esses dias pra descansar. Está num resort lindo, no meio do paraíso... Tem mais é que esquecer um pouco o trabalho e se divertir.

— Não tenho tempo pra isso, Débora.

— Ah, não fala assim, Fran. Divirta-se. Esquece um pouquinho os problemas, vai tomar banho de mar, de piscina, tomar um sol... Vai paquerar! Faz tempo que não te vejo com ninguém e...

— Está bem, preciso ir — cortei-a logo antes que se empolgasse ainda mais. Às vezes, eu me arrependia de ter feito de Débora uma espécie de confidente, já que eu quase não tinha amigos fora do trabalho. Ela sempre sabia quando eu tinha um encontro e nem me lembrava de quando havia sido o último. — Até amanhã.

— Lembre-se: relaxe! — Ela riu, cortando de vez o clima tenso das últimas notícias, e desligou logo em seguida.

Continuei olhando o céu estrelado, sem perceber que estava soltando um suspiro atrás do outro. Devia ser sincera comigo mesma e confessar que eu estava pensando no Maurício, principalmente em sua reação assim que percebesse que eu não estava mais lá.

A sensação de estar completamente errada não me deixava por nada.

Após alguns minutos refletindo, levantei-me de vez e os meus pés me levaram de volta ao Senhor Saboroso sem que eu precisasse fazer muito esforço. Meu corpo tomou aquela decisão sozinho, e tratei de obedecê-lo. Parecia loucura, e, pensando melhor, realmente era. Mas era uma maluquice que o meu coração estava a fim de cometer e não havia nada que eu pudesse fazer para impedir. Minha personalidade quase nunca permitia a ideia de passar vontade.

Voltei a me sentar na mesma mesa, percebendo que nada tinha mudado no restaurante nos poucos minutos em que o deixei: havia a mesma quantidade de clientes sentados, saboreando suas bebidas e conversando em um tom baixo. Alguns garçons ainda estavam no salão, inclusive Bruno, que sorriu quando me viu. Acenei com a cabeça, devolvendo o mesmo sorriso.

Não havia nem sinal de Maurício. Talvez ele sequer tenha percebido que eu havia me afastado.

Esperei-o por mais do que pretendia e ainda mais além do que minha paciência suportou. Eu era uma ansiosa por natureza, então quase nunca colocava as expectativas nas mãos de outra pessoa. Mal podia acreditar que aguardava um homem que jamais me faria esperar se soubesse quem eu era de verdade. Certeza de que aquele chef com o sorriso perfeito me bajularia como todos os outros já tinham feito, de modo que sabia que estava vivendo uma ilusão, mas, ainda assim, esperava com ansiedade pelo que viria. Uma atitude inconsequente imperdoável para Francis Danesi, mas eu nem sabia onde a mulher rígida e objetiva se encontrava naquele momento.

Naquele instante, eu apenas obedecia aos meus desejos.

Conferi meu relógio de pulso pelo menos umas mil vezes, em meio a suspiros angustiados. Os clientes foram embora aos poucos, os funcionários começaram a encerrar seus turnos e pensei seriamente em voltar para o hotel. Nem mesmo o vinho bom ou o som do mar conseguiram me deixar relaxada. A cada segundo, eu me tornava mais reflexiva e percebia o quanto agia feito uma idiota.

Quando estava prestes a me levantar para dar o fora dali mais uma vez, Bruno se aproximou com um prato em mãos.

— Senhorita Franciele? Nosso chef pede desculpas pela demora e solicita que experimente isso. — O homem depositou a comida na minha frente. Parecia a sobremesa Franciele Surpresa, só que aquela soltava fumaça. Uma olhada mais de perto me fez perceber que tinha acabado de sair do congelador. — Maurício pediu para avisar que já está vindo.

— Sabe se vai demorar muito? — resolvi perguntar, sem conseguir esconder a ansiedade e também a frustração. — Está ficando tarde. — Para enfatizar, olhei meu relógio de pulso mais uma vez.

— Não deve demorar tanto, estamos fechando a cozinha em instantes.

— Tudo bem. — Soltei mais um suspiro meio irritado. Logo em seguida, olhei para a sobremesa recém-servida. Se Maurício achava que me conquistaria com comida, infelizmente ele estava certíssimo. — Obrigada, Bruno.

— Disponha sempre. — O agradável garçom fez uma reverência e me deixou sozinha no meio do salão do Senhor Saboroso.

Já que não me restava outra opção, provei o doce e fiquei admirada com a mudança dos sabores. Parecia ter sido feito do mesmo jeito que a versão anterior. Percebendo que não havia ninguém prestando atenção em mim, peguei meu bloco de anotações. Ainda estava tentando assimilar o jantar como um todo, tentando encontrar as palavras certas para definir aquela experiência.

Contudo, fiquei com tanto medo de ser pega com a caneta na mão que me mantive em alerta durante alguns minutos e acabei levando um susto enorme quando alguém apareceu por trás de mim e me deu um beijo ruidoso na bochecha.

— Desculpa, moça! — Maurício e seu inconfundível largo sorriso finalmente estavam de volta. — Tinha um bocado de abacaxi pra resolver. — Expirou com força, parecia bastante cansado. — Pense numa confusão dentro daquela cozinha?!

— Algum problema?

— Apenas os habituais. — Sentou-se na cadeira ao lado de um jeito despojado, como se não conseguisse mais ficar de pé por conta da exaustão. — Fico muito preocupado com o armazenamento dos alimentos, sabe? Sou meio rigoroso quanto a isso e a turma acaba me achando um chato.

— Todo bom chef tem que ser chato, mesmo — deixei escapar, mas depois percebi a gafe e tentei me corrigir, já que não queria que Maurício soubesse que eu tinha qualquer experiência na área. — Quer dizer, eu acho.

— Dei de ombros. — Imagino que pra cuidar de uma cozinha são necessárias algumas habilidades, dentre elas a exigência, a ordem... Essas coisas.

— Tu tem razão, moça. — Maurício segurou a minha mão e a levou aos lábios. Apesar de ser um gesto meio careta, eu adorei quando fez aquilo. Principalmente, porque seus olhos se fixavam nos meus de um jeito ardente, cheios de promessas. — Espero que tu não seja mais uma a me achar um chato.

— Mais ou menos — disse sorrindo, indicando que não falava sério.

Ele soltou um riso e o acompanhei, só que me sentindo um tanto envergonhada pela maneira como me olhava e me tocava. Eu nunca me sentia uma pessoa normal quando aquele homem estava por perto.

— O que é isso? — Maurício apontou para o bloquinho que acabei esquecendo sobre a mesa, ao lado do prato já vazio.

— Hã? Não é nada. — Guardei-o na bolsa tão depressa que acho que ele não conseguiu ver do que se tratava.

— Então... Simbora? — Agradeci por não ter insistido. Dava para ver a mais pura ansiedade em seus olhos escuros, tanto que se levantou em um salto. Sua aparência mudou do cansaço para a empolgação.

— Vamos. Se eu conseguir sair daqui, né? Minha bunda deve estar do formato da cadeira.

— Poxa vida... Nunca mais vou me perdoar por ter ameaçado a integridade física de sua linda bunda, Franciele. — Maurício me ajudou a levantar em meio a risos.

Fiquei espantada porque ele me tomou pela cintura com posse e ficou sorrindo como um moleque travesso, observando-me como se eu fosse um acontecimento.

— O que foi?

— Só tô feliz — respondeu ele, ainda sorrindo. Daquilo eu já desconfiava desde cedo, não era nenhuma novidade, mas ainda assim senti o meu coração aquecendo ao saber que uma parcela da causa daquela felicidade era eu.

Prendi os lábios porque me senti tão boba quanto uma adolescente apaixonada. Fazia muito tempo que eu não experimentava aquele tipo de adrenalina correndo pelas veias. Era tudo tão perigoso, mas também tão empolgante! As sensações eram tão inusitadas que era impossível pensar em qualquer espécie de arrependimento, muito pelo contrário. A ideia de ter voltado ao restaurante nunca me pareceu tão acertada.

— Mesmo? — Ainda assim, me fiz de desentendida. — Por quê?

— Porque... Porque a noite tá apenas começando. Vem! — Maurício me presenteou com um selinho rápido e se afastou para segurar a minha mão.

Ele se despediu de alguns funcionários que estavam terminando de fechar o Senhor Saboroso e pensei que iríamos pegar o caminho do resort, mas me enganei completamente. Em vez disso, Maurício me levou para a beira da praia.

CAPÍTULO 9
Sob o céu do Nordeste

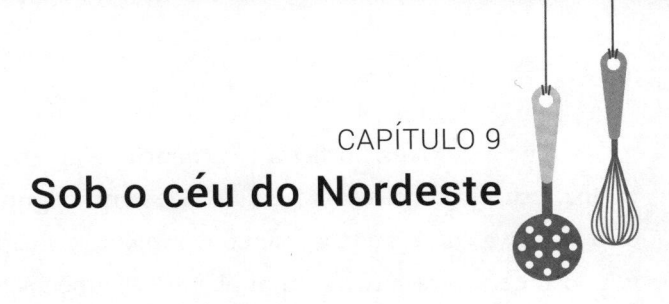

Nos primeiros minutos, apenas passeamos de mãos dadas como se fôssemos um casal apaixonado, sentindo a areia em nossos pés e o vento refrescante brincando com as nossas peles. Maurício estava descalço, trajando uma camiseta e uma bermuda preta. Novamente a sua humildade me deixou impressionada. A grande maioria dos chefs que eu conhecia não abria mão de roupas de grife e mantinha o nariz para cima como se fossem deuses.

Voltei a atenção para o oceano porque não queria que os meus pensamentos seguissem aquele rumo. Não era minha intenção comparar Maurício com ninguém e muito menos pensar em trabalho. Se Francis Danesi retornasse naquele momento, certamente daria uma desculpa e iria embora de novo, daquela vez definitivamente.

O mar calmo de Porto de Galinhas estava impressionante. Fiz questão de molhar meus pés. Em São Paulo, nunca dava para ver tantas estrelas. O céu daquele pedaço do Nordeste parecia uma pintura. Não havia sequer uma nuvem, neblina ou garoa.

Respirei aquele ar puro com força, recebendo a atenção dos olhos brilhantes do chef.

— De onde tu é, Franciele? — ele perguntou, com curiosidade. Só então me dei conta de que ele nada sabia ao meu respeito. — Pelo sotaque, sei que não é daqui.

— São Paulo.

— Bacana! Veio pra Porto a passeio?

— Hum... — dei de ombros. Eu não queria mentir, mas tinha muito medo do rumo daquela conversa. — Sim.

— Ah... — Maurício ficou em silêncio. Não entendi direito por que minha resposta o deixou tão quieto. Passamos algum tempo em silêncio e eu já estava começando a ficar constrangida, principalmente porque sua mão não deixou de envolver a minha um segundo sequer. — E tu vai passar quanto tempo por aqui?

— Menos de uma semana.

—Ah... — Soltou um pequeno suspiro quase inaudível. — Alguma chance desse passeio durar mais tempo? — A voz dele soou estranhamente séria.

Balancei a cabeça em negativa.

— Tenho meu trabalho e todas as minhas coisas em São Paulo. — A minha vida não estava exatamente no Sudeste, mas espalhada pelos quatro cantos do mundo. Só que ele não precisava saber disso.

Maurício aquiesceu, voltando a ficar quieto. Foi então que compreendi o porquê de seu silêncio: ele sabia que qualquer coisa que tivéssemos durante aquela semana não poderia ser mais profunda que uma simples ficada de férias. Nosso envolvimento tinha data para acabar e, de repente, também fiquei quieta ao refletir a respeito. Por mais que fosse loucura, não pude evitar me sentir um pouco frustrada.

Em algum momento, eu teria que me revelar e as dores de cabeça surgiriam. Não sabia como Maurício reagiria, mas certamente não seria de uma maneira muito positiva. Eu estava sendo antiética, antiprofissional e mentirosa. Meus erros não passariam despercebidos. No entanto, aquela força que me impulsionava até ele e me fazia segui-lo existia, vibrava com toda força. Eu me sentia completamente perdida.

De repente, ele se virou para mim e perguntou:

—Já teve vontade de cometer uma loucura?

— Uma loucura? Como assim? — Claro que me fiz de desentendida. Mal sabia ele que eu já estava cometendo uma das grandes e pretendia ir ainda mais longe naquela noite. Não era novidade que eu o desejava com intensidade.

— Qual foi a coisa mais louca que já fez? — Maurício parou de caminhar e se virou para ficar de frente para mim.

— Eu... Do que a gente está falando, mesmo? — Comecei a rir de seu jeitinho único de se expressar.

— Não mangue de mim, não. Certa vez estava estressado e me deu uma doida... Tirei a roupa e mergulhei no mar do jeito que vim ao mundo! — Maurício soltou uma gargalhada esquisita que me fez rir na hora. — Acho que essa foi a maior loucura que já cometi.

— Ora, mas tanta gente já nadou pelado!

— Oxe, tu já?

— Bom... Não.

— Poderia não ser tão louco se não estivesse em plena luz do dia com a praia lotada. — O chef voltou a gargalhar. — Fui parar na delegacia e quase me dei mal.

Balancei a cabeça sem acreditar.

— O que deu em você pra fazer uma coisa dessas?

— Não sei! Culpei o estresse, mas, no fundo, acho que todos temos vontade de fazer algo que sempre nos imaginamos fazendo. — Eu achava incrível o modo como ele falava, parecia estar sempre tão entusiasmado que me dava vontade de ouvi-lo. — Nadar pelado sempre foi uma vontade minha, então realizei na primeira oportunidade que tive!

— Você é meio doido, Maurício. — Gargalhei. Fazia um bom tempo que eu não ria tão despreocupadamente e por um motivo tão bobo. Os problemas que nos envolviam sumiram tão depressa que parecia que jamais existiram.

— Sempre me imagino ganhando o mundo, sabe? — ele continuou, daquela vez mais sério. — Conhecendo lugares, provando sabores, viajando por um monte de países. Mas eu nunca saí de Pernambuco.

Passei um tempo apenas o observando. Flashes de todas as minhas viagens vieram à tona e a única coisa em que consegui pensar foi em como seria divertido se Maurício estivesse comigo em cada situação.

— Mesmo? — murmurei.

— E tu? Se imagina fazendo alguma coisa louca?

Refleti sobre o que falaria. Eu não me lembrava de nada de interessante. Nos últimos dez anos, fui uma mulher metódica. Tinha feito umas besteiras enquanto mais nova, porém nenhuma tão legal a ponto de valer a pena comentar sob aquele céu nordestino.

— Sempre me imaginei sentada na beira da praia — disse, por fim, desviando meu rosto para o oceano. — Naquelas cadeiras de palha bem confortáveis... Com um drinque na mão e alguém me dando uvas e morangos na boca. Precisa, necessariamente, ser uvas e morangos. É assim que imagino.

— E voltamos às uvas. — Maurício sorriu.

— Ah, e alguém me abanando com uma folha de coqueiro! — quase berrei, de repente, toda empolgada.

Aquela era uma espécie de fantasia de férias. Em algum momento, pensava em descansar de verdade do trabalho e o cenário que imaginava era sempre esse. Uma besteira, claro. Mas me ajudava muito nas situações mais estressantes.

— Como uma rainha exótica?

— Exatamente!

— Tu só pode ser de leão, sério!

Soltei uma risada porque Maurício tinha adivinhado em cheio.

— Não sabia que você era ligado a horóscopos. Só falta me dizer que nossos signos não combinam...

Maurício pegou minha mão e voltou a caminhar, ainda sorrindo. Não sei como os lábios dele não doíam. Seu bom humor era uma marca registrada.

— Que nada! Sou um libriano nato. E, se quer saber, somos perfeitos juntos.

Observei seu perfil. A sensação que tive foi a de que meu coração tinha errado uma batida antes de acelerar e me deixar sufocada. Inspirei fundo a fim de me recompor. Acabei apertando a sua mão mais do que devia e Maurício tornou a me olhar.

— Todo esse papo foi pra tentar dizer que eu sou louco o bastante pra fugir contigo quando suas férias terminarem — soltou ele, com muita naturalidade. — Está na hora de tomar outros ares.

Fiquei tão embasbacada com o que falou que simplesmente gargalhei.

— Seria uma loucura sem tamanho! — Respirei fundo, tentando me recuperar da risada, sentindo-me completamente desconcertada.

Maurício podia ir de um extremo a outro depressa demais.

— Eu sei que sim. Mas realizar os meus sonhos me fez perceber que... Sei lá, ser realizado profissionalmente não é tudo. Outros sonhos acabaram surgindo no meio do caminho. — Observei nossas pegadas ficando para trás enquanto refletia sobre o que o ele confessava. Ainda me sentia sem chão. Levar o chef Maurício Viana comigo para São Paulo era simplesmente impensável.

— Sim, mas... ainda não entendo. — Sorria, tentando disfarçar. — Você tem a sua vida aqui e nem me conhece direito para sugerir uma coisa dessas... É o tipo de loucura que considero pior que nadar pelado na frente de uma praia lotada.

— Hum, pode ser. — Deu de ombros.

O silêncio nos tomou por uns instantes.

— Você não estava brincando? — Achei por bem perguntar.

Eu não queria fazer uma tempestade em copo d'água. Talvez estivesse exagerando e levando a sério demais. Porém Maurício me olhou e balançou a cabeça de um lado para o outro, negando de um jeito simples. Não parecia nem um pouco abalado.

Ficamos em silêncio durante mais alguns minutos, caminhando com a mesma tranquilidade do início, como se nada nos constrangesse. Ao menos por fora, eu fingia calmaria, já por dentro sentia vontade de gritar.

Até que, num tom ameno, Maurício comentou:

— Meu pai era um daqueles cabras machos bem ignorantes, sabe como é? Quando falei que queria cozinhar, como minha mãe, que vendia doces caseiros, ele quase teve um treco. Só me deixou em paz depois que me formei e comecei a levar dinheiro pra casa. Ele achava que cozinhar era coisa de mulher ou de baitola.

— Engraçado que dentro do mundo gastronômico as mulheres poucas vezes têm visibilidade — desabafei. — Ainda há muito preconceito. Pelo visto, a cozinha é feita pra mulheres, mas o status... Esse fica sempre com os homens.

Maurício parecia confuso ao me encarar.

— Tu tem toda razão. Eu não tinha parado pra pensar a respeito. A maioria dos chefs famosos são homens.

Aquiesci, indignada. Lembrar que precisei fingir que era um homem para ser respeitada no mercado sempre me deixava possessa. Não era justo que eu tivesse que me esconder tanto. Infelizmente, ainda era preciso.

— Mas fico feliz que tenha realizado seu sonho, Maurício. Ainda que surjam outros, você é realmente bom no que faz. — O elogio escapou pela minha boca sem querer. Eu quase nunca elogiava um candidato com tanta facilidade, pelo menos não antes de dar um veredito.

— Obrigado. Por falar nisso, gostou da versão da Franciele Surpresa toda gelada?

— Adorei! A uva fica deliciosa e o recheio também. Só fiquei na dúvida em relação ao pão. Ele fica um pouco murcho. Perde o sabor original.

Maurício me ouviu com muita atenção. Ainda que não soubesse que eu entendia do assunto, teve a humildade de levar em consideração a minha opinião. Eu valorizava demais um chef atento e sempre disposto a aprender.

— Creio que a montagem tem que ser feita na hora, com o pão saindo do forno e a cobertura por cima, tirada da geladeira já no formato certo — comentou de um modo profissional, compenetrado. Eu não sabia se gostava mais do Maurício chef ou do Maurício fora da cozinha. Os dois eram fascinantes. — Pena que nunca mais vou fazer a sobremesa de novo.

— Ué... Por quê?

— Porque foi tu que *fizesse* o pão, Franciele — ele respondeu, em um tom despreocupado. — Ainda acho que não acertei os ingredientes e jamais colocaria uma receita incompleta no menu definitivo. Foi mais uma brincadeira, sabe?

— Posso te ensinar a fazer — soltei sem pensar. Eu estava mesmo dando de bandeja o famoso pão do meu pai para aquele desconhecido?

Maurício deu de ombros.

— Não se preocupe... Nunca me apropriaria da receita do seu pai.

— Não tem problema.

— Certeza? — Ele voltou a parar de andar.

— Sim. Pode usá-lo à vontade. As pessoas precisam conhecer aquele sabor que *você* inventou. A Franciele Surpresa é uma sobremesa maravilhosa e não deve ser engavetada de jeito nenhum — falei com toda sinceridade que consegui reunir. — Seria uma pena... E, bem, já que estou aqui... — Dei de ombros — posso te ensinar.

O chef reuniu minhas mãos entre as suas e as beijou carinhosamente.

— Será uma honra aprender com você, minha musa inspiradora.

Sorri, mas quase não tive tempo de pensar no quanto Maurício era especial e fazia com que me sentisse da mesma forma. Ele me puxou pela cintura mais uma vez e grudou nossos lábios de forma que foi impossível pensar em qualquer outra coisa que não fosse o beijo delicioso que me oferecia com tanta gentileza.

Nossos corpos se grudaram um ao outro e acabei deixando a bolsa cair do meu ombro. Ganhei liberdade para envolver meus braços em seu pescoço, tudo para facilitar seu acesso à minha boca. Foi um beijo longo, sem pressa, e nenhum dos dois queria se afastar. Senti a ereção despontar em sua bermuda e nem isso foi capaz de me trazer nem que fosse um pouquinho de lucidez. Simplesmente me deixei levar, como se fosse uma das ondas que morria na praia ao bel prazer da maré.

Quando enfim o chef se afastou, não antes de me distribuir vários selinhos, eu estava meio tonta e completamente sem ar. Era incrível como ele conseguia aquele efeito em meu corpo.

— Franciele... — murmurou com a voz um pouco rouca, observando-me tão de perto que dava para confundir o brilho de seus olhos com o das estrelas acima de nós. — Desculpa por ter te assustado com aquele papo.

— Que papo? — Eu ainda estava aérea.

— De ir para São Paulo. Tu deve me achar um doido, mas tudo isso é apenas vontade de te conhecer melhor, de ficar contigo... Não quero que acabe.

— Não vamos pensar nisso agora, certo? É cedo — murmurei de volta, ainda maravilhada com tanta beleza diante de mim.

— Combinado. Deixa acontecer... — Ele me deu mais um selinho na ponta do nariz e sorriu amplamente. Logo em seguida, tomou minha mão na sua e voltamos a caminhar.

Meu coração estava aquecido e nenhum pensamento perturbador foi capaz de modificar isso. Já nem lutava contra. Talvez uma parte de mim soubesse que seria perda de tempo.

CAPÍTULO 10
Um reduto no paraíso

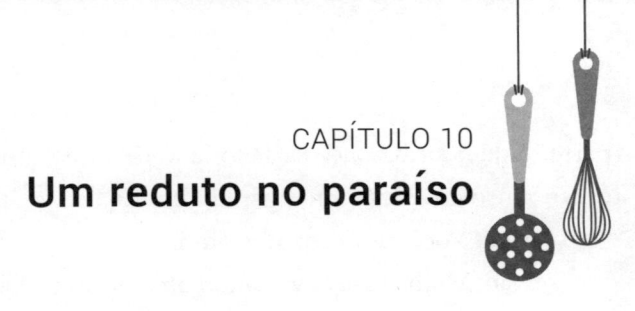

Caminhamos por mais alguns minutos enquanto comparávamos o clima de São Paulo com o de Porto de Galinhas. Eram lugares tão opostos climaticamente, e em tantos outros âmbitos, que a conversa rendeu. Percebi que Maurício era bem atencioso, gostava de ouvir tanto quanto de falar, mantendo-se empolgado. Geralmente não me interessava por conversas banais e as evitava, porém estava me sentindo tranquila e não me incomodei em nenhum momento.

De repente, ele parou e avisou:

— Já chegamos. Quase passamos direto, inclusive. Estava distraído.

— Chegamos? Onde? — Olhei para todos os lados, mas não enxergava nada. Não havia muita gente circulando pela areia, apenas algumas pessoas se exercitando e outras passeando. Já devia ser quase uma hora da manhã.

— Na minha casa.

— Sua casa? — Fiz uma expressão confusa, rindo de nervosismo logo em seguida. — Nem sabia que estávamos indo pra lá.

— Vem comigo.

Maurício voltou a segurar a minha mão, que eu tinha desvencilhado no susto, e seguimos na direção contrária ao oceano. Atravessamos a faixa de areia até chegarmos a uma calçada larga. Ele se aproximou de um muro alto, tirou uma chave do bolso da bermuda e abriu um portão de alumínio.

Fui a primeira a entrar na casa que ficava literalmente na beira da praia. Havia um quintal grande, com direito a piscina, churrasqueira e uma cozinha ampla e equipada ao ar livre. Do outro lado, uma casa de arquitetura moderna e sofisticada. Havia plantas e muitas flores espalhadas por toda parte. Fiquei embasbacada. Pelo lado de fora, nunca daria para perceber que o muro guardava um lugar tão bonito.

— Uau! Você mora sozinho aqui?

— Não. Minha mãe tá visitando uma tia no Recife. — Maurício fechou o portão atrás de nós e precisei prender a respiração. Eu não estava pronta para ficar sozinha com ele em um ambiente fechado de novo. — Somos só nós dois agora. — Virou-se e me mostrou um largo sorriso, cheio de segundas intenções. — Antes que pergunte, é ela quem ama e cuida das flores.

— Nossa... Deve dar um trabalhão.

— Ela é aposentada, então passa a maior parte do tempo cuidando do jardim. Ama de paixão essas flores; às vezes, até tenho ciúmes. Sabe como é, né? Filho único. — Maurício riu e o acompanhei. Ele não parecia ser mimado, mas o que eu sabia sobre aquele homem além de sua profissão?

Observei, mais uma vez, a estrutura da casa. Havia uma varanda que certamente tinha uma vista incrível para o oceano. Ainda estava surpresa e meio envergonhada, sem saber até onde colocar as mãos. Achava que Maurício me levaria a um lugar totalmente inusitado, talvez um ponto turístico. Nunca pensei que fosse me levar para sua própria casa. Afinal, eu não passava de uma desconhecida. Certamente, ele me conhecia muito menos do que o contrário.

— Por que me trouxe aqui? — perguntei de uma vez, porém com uma voz mansa para não soar rude demais.

— Sinceramente?

— Por favor, seja sincero — gesticulei para que prosseguisse.

— Tu deve tá pensando que eu te trouxe aqui pra te levar pra cama. — O seu olhar se tornou sério.

— Confesso que estou me sentindo uma presa que acaba de cair numa armadilha muito bem planejada.

Ele tocou a lateral do meu rosto com delicadeza.

— Não é nada disso, Franciele, não se preocupe, não, *visse*? — Maurício me puxou até pararmos no centro do quintal, bem próximos à piscina. Talvez tivesse percebido que eu não me sentia capaz de dar mais nenhum passo sem um "empurrãozinho". — Tô cansado de relacionamentos superficiais, de deixar todas as pessoas sempre do lado de fora deste muro.

— Vai dizer que sou a primeira mulher que traz em casa? — Cruzei os braços na frente do corpo, sem acreditar naquele clichê de histórias românticas. Afinal de contas, devia existir uma legião de pretendentes loucas por aquele homem, lutando para ser a felizarda a receber a sua atenção.

Pensar naquilo me trouxe um sentimento muito próximo do ciúme.

— Não, não... Tu não é a primeira.

O tal sentimento esquisito ficou ainda mais grave depois do que falou.

— E então?

— Não sou muito de me abrir, acredite se quiser. — Maurício riu sozinho. Continuei séria, analisando-o atentamente. — Mas tô cansado e muito interessado em tu, então quero que me conheça, e nada como começar pela minha casa. Pelo tempo que durar, não quero que seja superficial.

Fiquei muda, então apenas aquiesci. O leve ciúme deu lugar a uma nova emoção e aquela era gostosa de sentir.

— Sou muito mais do que o dono de um restaurante — Maurício prosseguiu sem deixar de me olhar significativamente. — Sou mais que a minha profissão. Eu te trouxe aqui porque quero que tu entre na minha vida e decida se quer ou não permanecer nela.

Um suspiro abobalhado escapou entre os meus lábios. A sensação que tive foi a de que tinha acabado de deixar Maurício ir longe demais. O que aconteceria quando eu dissesse a verdade? Será que se sentiria traído?

Eu não podia permitir que ele se entregasse tanto.

— Mas você mal me conhece... — sussurrei, meio constrangida e meio feliz. Meus sentimentos estavam desconfigurados.

Maurício deu alguns passos na minha direção. Apoiou as duas mãos na minha cintura.

— Se eu já tô louco assim com o pouco que sei sobre você, imagina quando souber tudo?

— Talvez eu decepcione você.

— Pois duvido muito.

Ele afundou as mãos em meus cabelos, em uma invasão repentina, e me puxou meio de lado. Minha bolsa voltou a cair no chão, mas nenhum dos dois ligou. Seu rosto ficou a poucos centímetros do meu.

— Sabe aquela calça que eu tô te devendo? — Maurício perguntou com uma voz suave. Abri a boca para responder qualquer coisa, mas não tive tempo. Ele logo se adiantou: — Agora, vou te dever uma calça e um vestido!

Maurício me puxou com força calculada e nos jogou na piscina. A água fria tomou conta do meu corpo e o choque térmico me fez gritar ao voltar para a superfície. O chef ria como se não houvesse amanhã. E eu gargalhei como se todas as coisas fossem fáceis demais e permanecer na vida de Maurício fosse uma decisão já tomada.

Começamos a jogar água um no outro, feito duas crianças. Éramos competitivos e levamos aquele momento muito a sério, embora continuássemos rindo sem parar.

A guerra só teve fim quando Maurício me puxou para si e roubou o meu fôlego com um beijo intenso. Suas mãos foram parar nas minhas costas e permaneceram me puxando como se perto demais não fosse o suficiente para aplacar nossos desejos. Deixei que meu corpo cedesse ao sentimento que fluía entre nós e explodia em uma química que nunca pensei que teria um dia com alguém.

O pensamento me deixou um pouco assustada, tanto que encerrei o beijo e me afastei devagar. Eu o encarei por alguns segundos e recebi seu olhar curioso de volta. Não dava para descrever o quanto ele ficava lindo com a camiseta ensopada, colada em seu corpo másculo, e os cabelos escuros molhados e bagunçados.

— Quando tu vai me dizer o que tá acontecendo, Franciele? — perguntou com a voz mansa, como se me compreendesse. — Não sou idiota, sei o quanto está relutante. Dá pra sentir que eu tô levando isso muito mais a sério, só que nunca foi minha intenção te pressionar, juro. — Ele ergueu a mão e jogou os cabelos para trás, meio desconcertado. Maurício desviou o rosto e arfou. — Acho que eu tô te assustando de verdade, né?

— N-não é isso... — Eu me adiantei. Embora o chef estivesse, de fato, me assustando, não era exatamente pelo motivo que ele achava que fosse. — É que... Hum... Eu... — Maurício continuou me olhando com curiosidade, esperando que as palavras certas me encontrassem.

Fechei os olhos e pensei em contar tudo sobre eu ser Francis Danesi. Logo, estar me relacionando com ele era um erro estupendo. No entanto, faltou coragem. Tive verdadeiro pavor de encerrar a noite mal. Não queria que chegássemos ao assunto difícil tão cedo. O desejo ainda corria pelo meu corpo e, mesmo sendo deselegante da minha parte, não queria sair dali sem possuí-lo.

Uma mulher tem suas necessidades, certo?

— Acho que sou bem mais velha que você — soltei, por fim.

Eu sabia que Maurício tinha apenas vinte e sete anos e isso me incomodava, porém não tanto quanto deveria. Ele parecia maduro nas horas certas, apesar de tudo. Sem contar que a idade era a última coisa com que eu deveria me preocupar, haja vista os inúmeros motivos que eu tinha para me manter distante.

— Sabe a minha idade? — ele perguntou, abrindo um meio sorriso.

— Sim. Quero dizer, não... Mas suponho que seja mais novo.

— Tenho vinte e sete.

Dei de ombros. Esperei que Maurício perguntasse quantos anos eu tinha, mas não aconteceu. Soltei um suspiro e falei de uma vez:

— Trinta e seis.

— Sério? — Ele ficou espantado. Nove anos de diferença era muita coisa. — Não parece de jeito nenhum. Mas eu não me importo. Tu se importa tanto assim? — Percebi seu timbre magoado. — Sei que venho agindo de forma meio...

— Maurício, pare. Não tem nada de errado com você, sou eu que... — Soltei um arquejo frustrado. — Fico pensando em muitas coisas.

— Prometo que sou responsável e sei falar sério.

— Já percebi, não se preocupe.

— Então tu também não devia se preocupar. Isso é besteira.

— Eu sei.

Ele me olhou atentamente, sem dizer mais nada. Aproximei nossos corpos até ficarem bem perto. A água da piscina chegava até um pouco abaixo dos meus ombros, mas deixava o peitoral dele todo à mostra. Toquei suavemente por cima da camiseta molhada. Fiz desenhos circulares usando as pontas dos dedos, até chegar em sua bermuda. Aquele homem continuou me incendiando com um olhar hipnotizante.

Finalmente, encontrei o que eu tinha sentido antes: a ereção pulsante de Maurício, que naquele instante estava acanhada, provavelmente por causa da conversa complicada que iniciei, mesmo sem querer.

O chef arquejou quando comecei um movimento de vai e vem por cima do tecido. Estimulei, paciente, até que ele cresceu em minhas mãos. Não demorou quase nada. O mundo inteiro poderia me julgar por estar fazendo besteira, mas sempre fui uma mulher decidida e sabia perfeitamente que era aquilo o que eu queria.

Talvez, quando me saciasse, o juízo retornasse e eu, enfim, colocasse as coisas em ordem. Era um pensamento meio egoísta e nem um pouco justo com Maurício, mas recuar não era uma opção. Eu estava amarrada às forças do desejo.

— Eu não ligo. De verdade, mesmo — murmurei, decidida. — Só fico meio... Não sei, achei por bem tocar no assunto. — Não deixei de estimulá-lo enquanto falava.

— Não é como se tu estivesse deflorando um garotinho, Franciele. — Ele soltou um riso e o acompanhei. Seus olhos estavam cheios de tesão, era nítido. — Não sou um poço de experiência, mas também não sou um donzelo. — Rimos juntos mais uma vez. — E eu te quero. Quero muito.

— Eu também quero você — respondi com intensidade, olhando-o nos olhos. Aquela era a verdade e também a única coisa na qual pude me agarrar. — Muito.

Maurício me tomou nos braços novamente. Era incrível como nossos corpos se encaixavam, pareciam peças complementares de um mesmo quebra-cabeça. Não havia dúvidas ou qualquer outra coisa que nos inibisse. Eu sentia como se o conhecesse há muitos anos, como se fôssemos íntimos desde sempre.

Abri minhas pernas ao seu redor para ver se conseguia sentir mais de sua ereção pronta. Rebolei meu quadril de um jeito sensual, arrancando-lhe um arquejo.

— Só vou descansar depois que eu te comer todinha, sua gostosa... — sussurrou no meu ouvido e logo depois começou a beijar e mordiscar minha orelha.

Minha pele inteira sofreu um arrepio intenso. Sua frase tinha um tom de promessa e o meu único desejo foi que a cumprisse.

CAPÍTULO 11
Servida em sua mesa

Maurício nos guiou até a parte mais rasa da piscina e me colocou na borda, sempre me beijando. Suas mãos tocavam minhas coxas, ora de forma delicada, ora bruscamente. Inclinei uma mão na intenção de afundá-la dentro de sua bermuda e consegui o que queria com facilidade. Tomei seu pênis, bombeando para cima e para baixo. Ele se contraiu e suspirou, sem parar de me agarrar e beijar com uma fome que prometia ser insaciável.

Em certo momento, quando eu já quase não tinha mais fôlego para continuar beijando-o, ele se afastou um pouco e me empurrou para trás com cuidado. Equilibrei meu corpo com os braços estirados atrás de mim, as palmas me apoiando sobre o piso da borda da piscina. Maurício ergueu meus pés para fora da água, mantendo-me aberta diante de si. Eu o encarei já sabendo o que seu olhar malicioso revelava. Confirmei que não estava enganada quando ele encontrou minha calcinha e a retirou sem pressa, juntando minhas pernas em cima para logo em seguida reabri-las.

Fiquei exposta diante dele, como um prato recém-posto que não via a hora de ser devorado. Prendi meus lábios com força, fazendo o possível para suportar a doce antecipação que fazia meu ventre contrair. Havia um ponto de calor intenso entre minhas pernas, e era para ele que Maurício olhava.

— Espero que nenhum celular toque desta vez — murmurou com a voz carregada de desejo. Uma mão quente repousou sobre a minha vagina e mais um arrepio percorreu o meu corpo. — Você só sai daqui quando eu te fizer gozar.

— Está mais do que combinado — sussurrei.

Senti-lo naquele ponto tão sugestivo era maravilhoso e só estava começando.

— Que bocetinha linda... — Ele começou a me tocar com delicadeza. Levei a cabeça para trás, soltando um gemido, depois voltei a olhá-lo.

Ele sorriu amplamente antes de se curvar em minha direção. Sua boca foi bem direta e firme, sem pestanejar. Achei que Maurício fosse me fazer sofrer a antecipação por mais tempo, porém agradeci internamente por sua invasão decidida. Eu não aguentava mais controlar tanto tesão acumulado. Ele tinha que terminar o que começou na cozinha do Senhor Saboroso.

Senti sua língua circulando meu clitóris e ergui a cabeça, mais uma vez, na direção do céu. Fiquei olhando o véu negro repleto de estrelas sobre nossas cabeças, enquanto sentia aquela boca deliciosa me estimulando de muitas maneiras. Eu me surpreendi por ele saber muito bem o que e como fazer para me dar um prazer inquestionável. Definitivamente, não tinha como me arrepender de ter seguido adiante.

Gemi e me contorci de acordo com seus movimentos. Sua língua quente misturada aos seus lábios fartos me enlouqueceram. Maurício explorou toda a minha extensão, inclusive meu ânus, com bastante fome antes de finalmente se concentrar no meu ponto mais sensível. Foi tão delicioso perceber que ele não tinha pressa e que estava curtindo me dar prazer. Aquilo era muito raro e me trouxe ainda mais tranquilidade para relaxar de uma vez.

Desci meu olhar para ele e o acompanhei com atenção. Maurício me chupava como uma fruta madura, provocando os mais variados ruídos, e bebia cada gota do líquido que saía de mim. Usei uma mão para segurar seus cabelos enquanto a outra me equilibrava. Voltei a observar o céu. Senti quando o chef me penetrou com um dedo ousado, que passou a mover com cadência, enquanto a língua não largava meu clitóris.

— Ah, que delícia... — Gemi feito uma louca, extravasando aquele tesão todo em palavras ditas de maneira ofegante. — Assim...

O calor foi aumentando gradativamente, bem como a minha disposição para a chegada de um orgasmo. A coisa toda foi tão natural que, quando finalmente atingi o clímax, fui carregada por uma onda de sensações que me deixaram fora do meu próprio corpo durante alguns instantes. Cerrei os olhos com força e apenas gemi, contorcendo-me em sua língua.

Maurício ainda forçou um pouco mais, porém fechei minhas pernas e ele, enfim, percebeu que eu já estava muito bem. Retirou os dedos, devagar, de dentro de mim. Em seguida, ajudou-me a ficar sentada de novo. Fiquei surpresa quando simplesmente me abraçou, como se eu fosse mais importante para ele do que deveria ser.

Depositei meu rosto em seu peito incrédula. Eu esperava que me beijasse, que me pedisse para chupá-lo também ou qualquer outra coisa sacana, menos um abraço.

— Tu tá tremendo, moça. — Ele se afastou e alisou meus braços depressa, a fim de me esquentar. — É melhor sairmos da piscina. Tá tarde e o vento tá frio.

— Tudo bem. — Sorri de orelha a orelha. Meu corpo estava se sentindo aliviado de um jeito bem especial.

— Vou pegar umas toalhas, tá? Não fuja.

Aquiesci como uma bobalhona. Não dava para acreditar naquele cara. Ele devia me tratar como se eu fosse só mais uma foda. Apesar daquele papinho bonito sobre não querer relações superficiais, no fundo, uma parte de mim não tinha acreditado. Achei que, como a grande maioria dos homens, só tivesse falado aquilo para conseguir o que queria. Já tive minha cota de decepções, logo, seria realmente difícil confiar em um cara com facilidade.

Talvez aquela atenção toda cessasse quando finalmente transássemos.

Maurício me deu um selinho antes de sair de vez da piscina. Nem percebi para onde ele foi. Fiquei um minuto completo encarando a água, até finalmente encontrar forças para me levantar. Talvez eu precisasse dizer a verdade. Não podia prosseguir sem que Maurício Viana soubesse exatamente quem eu era e o que nossa relação implicava, podia?

Não. O correto era ser sincera de uma vez.

Foi decidida que me ergui e caminhei devagar até a cozinha ao ar livre, protegida apenas por uma cobertura de ferro e vidro. Era bastante elegante. Sequer achei estranho o fato de existir uma cozinha do lado de fora da casa. Maurício era um chef não apenas por profissão, mas por paixão. Seu trabalho era cozinhar, mas seu hobby também era.

Passei minha mão pela mesa extensa de mármore escuro. Observei a geladeira enorme. Sem conter a curiosidade, abri a porta apenas para constatar o que eu já sabia; estava carregada. Tornei a fechá-la. O fogão elétrico era embutido na mesma bancada onde ficava a pia.

De repente, ouvi uma música sexy soar baixo em alto-falantes dispostos na área externa. Não contive um sorriso. Maurício sabia exatamente como conquistar uma mulher. E era um fofo. E sua língua era a perfeição divina na terra.

Eu estava toda ensopada e precisava ter uma conversa séria com ele, mas a música me tirou o foco. Não consegui pensar em mais nada além de deixar a noite acontecer sem interrupções. Talvez por esse motivo eu tenha simplesmente tirado o vestido e o sutiã e os jogado no chão sem o menor cuidado. Andei pela cozinha como vim ao mundo, reparando em cada detalhe com muita atenção.

Inclinei para frente a fim de ver o forno; era enorme e parecia de última geração. Quando voltei a ficar ereta, percebi Maurício parado, apoiado no balcão de mármore, olhando-me da cabeça aos pés. Havia toalhas sobre a mesa, bem como uma garrafa de vinho e duas taças brilhantes.

— Que pouca vergonha é essa na minha cozinha? — perguntou em um tom desejoso que me fez suspirar. Soltei um riso envergonhado. — Pode continuar... Tu não faz ideia do quanto é bom te ver tão à vontade.

— Sua cozinha é uma beleza — comentei, aproximando-me. Maurício serviu as duas taças e me deu uma. Eu já tinha bebido vinho demais para uma noite, porém não pestanejei e aceitei de bom grado. — É aqui que experimenta pratos novos?

— Nas horas vagas. — Ele juntou nossas taças em um brinde e tomou um gole sem parar de me olhar. Aproximou-se até ser possível sentir o calor do seu corpo tão perto. Maurício ainda vestia a bermuda, mas tinha tirado a camiseta. — Que estão cada vez mais escassas, a propósito. Tenho usado a cozinha do Senhor Saboroso pra tentar criar, só que não ando muito inspirado.

— Você está sobrecarregado. — Espalmei minhas mãos em seu peito despido. Maurício depositou uma mão no meu quadril. — Um chef é como um artista. Precisa de tempo e inspiração pra criar.

Ele me olhou de lado.

— Você é uma artista?

— Hum... Não.

— Com o que trabalha? — questionou despreocupadamente, enquanto alisava meus quadris e minha bunda sem sequer pedir licença.

— Sou empresária — tentei não mentir.

— Mesmo? — Ele abriu um sorriso orgulhoso. Deu para notar que não esperava menos de mim. — Empresa de quê?

Bebi um gole do vinho para ganhar mais tempo. Fiz questão de me demorar um pouco mais para poder pensar em uma boa resposta.

— Do ramo alimentício.

— Ah... — Maurício ficou me olhando como se esperasse mais. Não falei nada. Ficamos algum tempo nos encarando e tentei me distrair com o vinho para não ficar mais desconcertada ainda. — Empresa de quê? Uma empresa do ramo alimentício pode ser uma barraquinha de pipoca, uma fábrica de frango congelado, um supermercado, um fiteiro na esquina, um café na Paulista...

— Nós prestamos assistência a restaurantes — soltei de uma vez. — Controle de qualidade. Mas não quero falar sobre trabalho, por favor. — Olhei para o chão porque não consegui encarar seu olhar confuso direcionado a mim. Estava me sentindo uma mentirosa, mas não me via contando a verdade nua como me encontrava.

— Sem problemas. — O chef largou sua taça sobre a mesa e me puxou com as duas mãos. — Tenho muitos planos pra essa noite.

Pensei que me daria mais um de seus beijos ardentes, mas levei um susto ao ser suspendida no ar. Soltei um gritinho enquanto Maurício me colocava deitada sobre as toalhas que estendera na mesa de mármore. Ele ficou me olhando enquanto tirava alguma coisa do bolso da bermuda, depois colocou um pacote de preservativos ao meu lado e sorriu maliciosamente.

Sorri de volta, já louca para que ele fizesse o que pretendia.

— Por que estou deitada na mesa? — questionei só para ouvir a resposta saindo pela sua boca.

— Porque é aí que você vai ser minha. — Ele lambeu os próprios lábios, como se me ver servida de bandeja lhe trouxesse muito prazer. — Aguenta um pouquinho, *visse*?

— *Visse* — sussurrei, depois ri de mim mesma.

Maurício circulou a mesa e abriu a geladeira, tirando de lá uma vasilha branca.

— Não são uvas, nem morangos. Mas vão servir. — Ele deixou o recipiente ao lado dos preservativos.

Acompanhei seus movimentos com atenção, sentindo meu corpo quase enlouquecer com tanta demora. Maurício tirou a bermuda pacientemente. Foi a primeira vez que vi seu pênis em detalhes, e meu desejo se intensificou.

O chef subiu na mesa em dois tempos, o que me fez considerá-lo um maluco. No entanto, apenas ri e o encarei enquanto se colocava entre as minhas pernas. A sensação de ter um corpo grande sobre o meu foi maravilhosa. Seu rosto estava muito perto, de forma que passei a respirar seu hálito. Maurício apoiou o cotovelo ao lado da minha cabeça e se inclinou para pegar alguma coisa na vasilha.

— Feche os olhos, moça — pediu com doçura.

Pensei em não o atender, mas estava tão curiosa que simplesmente obedeci. Em minha boca, o chef colocou algo que prontamente mordi e uma explosão de sabor tomou conta do meu paladar. Eu ainda não sabia o que era, mas desconfiava.

— Cajá? — comentei enquanto mastigava.

— Ciriguela. Pode mastigar sem medo, eu retirei o caroço. É uma fruta comum aqui no Nordeste e realmente lembra o cajá. Gostou?

Reabri os olhos.

— Adorei. É suculenta.

— Não... Tu que é suculenta. Essa fruta vai servir pra se lembrar disso enquanto eu estiver comendo essa bocetinha gostosa. — A seriedade com que falou não me deixou qualquer dúvida.

Maurício colocou mais ciriguela na minha boca antes de me beijar. Dividimos o sabor da fruta de uma maneira muito erótica e selvagem, em um beijo que só não durou mais porque não suportamos o desejo que crescia. Ele pegou um dos preservativos e se ajoelhou para colocá-lo. Em seguida, puxou minhas pernas para cima e voltou a ficar sobre mim, porém, no percurso, forçou seu pênis em minha entrada.

Soltei um gemido enquanto mastigava e me preparava para receber mais um beijo. Segurei suas costas com força, obrigando-o a me invadir de uma vez por todas. Maurício entendeu o recado e retrocedeu uma vez para finalmente me penetrar. Nós dois soltamos um gemido ao sentirmos o contato dos nossos corpos.

— Poxa vida... — Ele arquejou, parecendo alucinado. Retrocedeu mais uma vez e voltou a me invadir. — Que delícia! — Maurício soltou um rosnado e começou a se movimentar com mais velocidade, comandando o vai e vem que nos deixava cada segundo mais entregues.

Mais fruta foi colocada na minha boca, mais beijos foram trocados e com menos juízo fiquei. Naquela noite, se eu pudesse escolher um sabor para representar um sexo incrível, certamente seria de ciriguela gelada com a saliva morna saída da boca do chef Maurício Viana. Simplesmente, perdi as contas de quantos orgasmos tive enquanto transávamos sobre a mesa de mármore.

Maurício parecia incansável. Sua disposição em me deixar completamente satisfeita foi um fator marcante. Quando eu pensava que ele se renderia ao êxtase, dava uma pausa de alguns segundos e continuava. E quando eu pensava que não daria mais conta, ele reacendia o meu desejo e me fazia gozar mais uma vez. A água da piscina em nossos corpos deu lugar ao suor de prazer após vários minutos de excessiva atividade física.

Por fim, ele me virou de costas e depositou em mim uma trilha de ciriguelas, como tinha feito com as uvas no Senhor Saboroso. Gemi loucamente enquanto ele me penetrava por trás e sugava a fruta espalhada pelo meu corpo até me deixar toda arrepiada. Dava para sentir o que seus lábios faziam, sempre me provocando, me atiçando e me deixando uma sensação perfeita por fazer parte de seu prazer.

Ele precisou se afastar um pouco, e nos desencaixar totalmente, para saborear as frutas que estavam mais embaixo, perto da minha bunda. Foi durante este intervalo que Maurício resolveu nos tirar de cima da mesa. Fiquei de pé por um segundo, meio tonta e completamente molhada entre as pernas.

— Você está bem? — perguntou por trás de mim em um sussurro rouco, com os lábios roçando a minha nuca.

— Estou ótima... — ofeguei.

— Que bom... Ainda tenho muito gás pra te comer.

Maurício me inclinou com jeito, deixando-me apoiada na mesa, e voltou a me penetrar por trás. Sequer tive tempo de responder a sua provocação. O ritmo se manteve bastante acelerado, tanto que o barulho dos choques de nossos corpos se tornou audível, possivelmente em toda a área externa.

Ele ergueu uma das minhas pernas e a apoiou sobre a mesa, sem parar de me foder com firmeza e cadência, duas coisas que, combinadas, me fizeram gozar outra vez. Eu já estava tão morta que deixei meu corpo totalmente apoiado no mármore, até que Maurício soltou um urro e se afundou em minhas costas. Sua testa suada pousou em minha nuca, também suada.

Foi então que eu soube que ele tinha acabado de gozar.

— Você... é... insaciável. — Eu tinha dificuldades até para falar.

Maurício ainda estava com a respiração ofegante quando ouvi a resposta que toda mulher gostaria de ouvir:

— Eu preferia que um raio caísse na minha cabeça a deixar que esse momento passasse rápido demais!

O chef nos desencaixou e me virei de frente para ele sem perder tempo. Só esperei que retirasse e desse um nó na camisinha para praticamente me jogar sobre o corpo que eu tinha acabado de provar de diversas formas. Maurício, em meio a risadas, me segurou em seu colo e me deu um beijo curto.

— Tu vai dormir aqui comigo, *visse*?

— É uma pergunta ou uma afirmação? — Fiz uma expressão confusa.

Dormir na casa dele não podia, de jeito nenhum, fazer parte dos meus planos. Não dava para deixar que fosse tão rápido. Já havíamos ultrapassado barreiras inimagináveis naquela noite. A sensação que ficava era a de que Maurício corria loucamente e puxava a minha mão para correr junto. Se eu o largasse, certamente tropeçaria.

— Uma afirmação seguida de uma constatação em forma de pergunta.

Deixei um suspiro escapar. Maurício notou minha hesitação e me colocou de volta ao chão.

— Eu já tive mais do que podia esperar essa noite, Franciele, só que não é só isso que quero... — Ele tocou o meu rosto com ternura, porém se desvencilhou quando não consegui sequer lhe oferecer um sorriso. Mantive-me séria demais. — Tudo bem, não vou te obrigar a ficar.

— Não posso — respondi em um tom sussurrante que nós dois mal escutamos.

Maurício balançou a cabeça, assentindo, mas parecia inconsolável. Desviou o rosto e arrumou os cabelos em um gesto um tanto impaciente.

— Certo. Vou te arranjar algo seco pra vestir e te levo ao resort de carro. A praia deve estar ainda mais esquisita a essa hora.

— Obrigada.

Ele não respondeu nada, apenas me chamou para entrar na casa. Eu me senti uma estranha entre aquelas paredes. O ambiente era aconchegante e tinha certos luxos, com arranjos de flores bem colocados, fotografias e muitos quadros cheios de cores. Permaneci na sala para não correr o risco de conhecer o quarto de Maurício e por lá ficar.

Esperei que ele trouxesse roupas secas e, observando sua expressão de descontentamento, não me senti à vontade para vesti-las na frente dele.

Tomei uma chuveirada no banheiro social do térreo e vesti uma calça masculina que parecia antiga, talvez da época em que Maurício era o garotinho mirrado que vi em um dos porta-retratos, e uma camisa preta com o símbolo do Superman.

Não fiquei a coisa mais bonita do mundo, mas dava para chegar até o hotel com certa dignidade. Assim que saí do banheiro, encontrei o chef já vestido, com minha bolsa e as roupas molhadas dentro de uma sacola plástica. Encontrei também minhas sandálias no chão e as calcei em silêncio.

O clima entre nós mudou da água para o vinho, foi tão repentino que me sentia sufocada, com um nó incômodo na garganta. Parecíamos dois desconhecidos que nunca tinham sequer conversado. Aquilo me deixou para baixo, por isso, o segui rumo à garagem com o coração na mão e a garganta fechada.

Maurício tinha uma caminhonete Hilux vermelha muito bonita. Entrei nela me sentindo ainda mais desconfortável e tudo piorou ao seguirmos pelas ruas de Porto de Galinhas em silêncio. Eu não sabia o que dizer. E Maurício parecia tão chateado que preferiu permanecer em silêncio mesmo.

Depois de alguns minutos, ele estacionou na entrada do resort e desceu antes que eu decidisse o que dizer. Contornou o carro, abriu a porta e estendeu a mão para me ajudar a descer da caminhonete enorme.

— Obrigada — agradeci mais uma vez, segurando a sacola plástica e a bolsa.

— Não tem de quê. Boa noite, Franciele. Durma bem. — Maurício me deu um selinho meio frio e foi embora antes que eu me sentisse preparada para deixá-lo.

Eu não entendia se seria mais errado dormir com ele ou não dormir. Parecia-me um paradoxo difícil de solucionar. O que eu sabia mesmo era que sentia um gosto amargo, enchendo-me de uma tristeza singular. Era uma dor diferente, um tipo específico de sofrimento. Infelizmente, eu o conhecia: coração partido.

CAPÍTULO 12
Preces ouvidas

Não consegui dormir de jeito nenhum e não foi por falta de tentativa. Toda posição me incomodava e o quarto do resort me sufocava, mesmo a cama sendo confortável e a temperatura, com o ar-condicionado que trabalhava incansavelmente, agradável. Meus pensamentos estavam acelerados, sem me dar um pouquinho de paz para relaxar e finalmente pregar o olho.

Eu deveria estar pensando em trabalho, na confusão com Gustavo Medeiros e no pouco tempo que eu tinha para terminar de avaliar o restaurante do Maurício. Mas não. Tudo o que permeava minha mente tinha a ver com o Senhor Saboroso em pessoa. O seu cheiro ainda estava impregnado em mim, como se estivesse ao meu lado naquele momento. Seu toque ainda era sentido em minha pele, bem como a doçura de sua boca. Tirá-lo dos pensamentos seria impossível enquanto o meu corpo me traísse daquele jeito.

Se arrependimento matasse, eu já teria batido as botas. Escolher dormir sozinha me deixou imersa em uma solidão diferente. Não era como se eu estivesse em mais uma das tantas viagens pelo mundo, descobrindo sabores e conhecendo pontos turísticos em minha própria companhia. Não era como as tantas vezes em que reservei mesa para apenas uma pessoa nos restaurantes mais famosos do mundo. Era um sentimento que vinha de dentro e me deixava sem ar, em um nível elevado de angústia. Ainda que eu sempre tivesse sido uma mulher sozinha e me gabasse disso com frequência, jamais tinha me sentido uma pessoa solitária.

Depois de uma hora revirando na cama, uma força misteriosa me fez levantar. Não me perdoaria se perdesse uma noite de sono porque fiz uma péssima escolha. Sendo assim, abri a pasta que Débora havia me dado, contendo todas as informações sobre o Senhor Saboroso. Espalhei um monte de papéis sobre a mesa e demorei mais do que gostaria para finalmente encontrar o que almejava: o número do celular de Maurício Viana.

Foi sem pensar em nada que peguei meu telefone e digitei o número. Dois toques depois, ouvi a sua voz mansa dizendo "alô". Não havia nenhum resquício de sono nela. Logo, supus que o chef também não tinha dormido.

Será que havia pensado em mim?

Provavelmente, eu estava me colocando em um pedestal, coisa que costumava fazer sempre, porém não no sentido romântico. Maurício queria seguir adiante comigo, mas não significava que nutria sentimentos. Havia apenas uma vontade natural de cultivá-los.

A pergunta era: eu permitiria que cultivasse?

— Alô? Tem alguém aí? — Sua voz se tornou insistente e continuei batalhando contra um monstro feroz que me deixava paralisada. Além de todos os empecilhos, também existia o fato de que nunca fui de correr atrás de ninguém, nem mesmo quando mais nova. Meu orgulho era um defeito terrível em certas ocasiões. — Alô? — Soltei um arquejo involuntário, que provavelmente me delatou, pois Maurício mudou o timbre para um mais sério: — Franciele?

Permaneci quieta. Fechei os olhos com força e a única coisa que consegui sentir foi seus beijos percorrendo o meu corpo em uma lembrança vívida. Eu não reagia bem ouvindo o meu nome de batismo saindo da boca dele.

— Franciele, aconteceu alguma coisa? Está tudo bem?

— Sim... — decidi falar de uma vez. Ele já sabia que se tratava de mim do outro lado da linha, fazer mais mistério só pioraria a situação. Não era minha intenção deixá-lo preocupado. — Está tudo bem. Eu só... Eu só...

— Não precisa dizer mais nada, moça, só me dê o número do seu quarto — acrescentou, parecendo entusiasmado.

Foram necessários alguns segundos do mais puro silêncio para que eu finalmente soltasse a informação:

— Trezentos e onze.

E então mais uma escolha impulsiva foi feita.

— Chego já — Maurício murmurou e desligou.

Corri para o banheiro em um salto, escovei os dentes de novo e penteei os cabelos eriçados. Eu não sabia direito o que vestir para esperá-lo, também não tinha muitas opções. Estava tão contente por saber que ele viria que mal consegui raciocinar.

Por fim, achei por bem continuar com aquela camisola de algodão com galinhas coloridas na frente, comprada numa loja perto do resort. Eu achava muito divertido o fato de tudo no local ter formato de galinhas, inclusive os telefones públicos. No próprio resort, havia vários itens decorativos que remetiam às famosas galinhas. Sequer liguei para a possibilidade de Maurício zoar com a minha cara, ele devia estar acostumado.

Juntei todos os papéis bagunçados sobre a mesa e guardei a pasta com as informações do Senhor Saboroso dentro do armário, morrendo de medo de ser descoberta. Ainda conferi mais de uma vez se tinha deixado alguma coisa para trás, qualquer que fosse. Maurício não podia ver aquela papelada.

Depois que estava tudo pronto, só me restou andar de um lado para o outro dentro da suíte. Não sabia mesmo o que pensar. Talvez que eu não devesse ter dado o número do quarto, muito menos ligado para ele. Aliás, desde o princípio, eu não podia ter lhe dado tanta abertura para uma aproximação tão profunda. Nem mesmo uma simples amizade era recomendada, pois poderia influenciar o meu julgamento.

O que minha atitude implicaria?

Maurício tinha deixado claro que queria algo a mais comigo, ainda que morássemos a quilômetros de distância um do outro. De qualquer forma, tive tantos relacionamentos ruins com imbecis que não queriam nada além de sexo casual e que se assustavam ao descobrir que eu ganhava mais do que eles. Vivia sempre com a expectativa baixa quando o assunto era homens. Raramente pensava em ter alguém, sequer sabia se queria isso.

Por outro lado, Maurício Viana havia me surpreendido e me enlaçado de um jeito que eu podia sentir a corda pressionando o meu pescoço. Foi o único homem capaz de me arrancar toda racionalidade, e pior, nem foi tão difícil assim. E, por incrível que pareça, minha nova versão desajuizada não me trazia tanto desconforto quanto deveria.

Parei de frente para a varanda e abri a porta de vidro para tentar respirar melhor. A brisa do mar, úmida e refrescante, me atingiu. No fundo, eu amava o fato de Maurício não querer um relacionamento superficial. Amava a forma como me tratava, sempre educado e respeitoso. Amava que ele fosse tão transparente comigo e que sempre me fizesse rir sem qualquer motivo relevante.

A quem estava tentando enganar? Tê-lo por perto era maravilhoso.

Levei um susto ao ouvir batidas na porta.

— Meu Deus... Ele realmente veio... Não acredito! — sussurrei para mim mesma, embasbacada. Uma parte de mim não tinha colocado fé que o chef viria. As batidas continuaram e precisei respirar fundo.

Caminhei até a porta com o corpo inteiro tremendo. Abri-a e dei de cara com Maurício. Ele sorria de lado e segurava uma mochila na lateral do corpo. Prestei mais atenção do que deveria na sua camiseta branca e na calça preta de moletom. Minhas bochechas, possivelmente, coraram, visto que estavam ardendo como nunca.

— Também senti a tua falta — falou e intensificou o sorriso.

Tomei a iniciativa de diminuir a distância entre nós, já que não aguentei esperar um só segundo longe dele. Abri os braços para enroscá-los em seu pescoço e lhe dei um beijo de novela, na tentativa de mostrar o quanto eu realmente havia sentido aquela falta. Maurício me empurrou para dentro da suíte, sem parar de me beijar, e fechou a porta atrás de nós usando o pé.

Arranquei sua camiseta e ele me ajudou no processo, largando a mochila de lado com tranquilidade. Provavelmente, Maurício tinha trazido a roupa que usaria no trabalho no dia seguinte, além de seus itens pessoais de higiene.

Continuamos nos beijando enquanto eu o arrastava ainda mais para trás, na direção da cama de casal que nos aguardava. O chef tirou minha camisola sem fazer qualquer comentário sobre a estampa, deixando-me apenas de calcinha, e me jogou sobre o colchão.

Seu corpo quente e grande veio logo em seguida. O desejo que circulava o meu corpo era tão intenso que nem parecia que havíamos transado loucamente não fazia muito tempo. De onde vinha tanto tesão, tanta vontade? Parecia vir de uma fonte inesgotável que simplesmente transbordava quando estávamos juntos. Tudo que não tivesse a ver conosco se tornava desimportante.

— Nunca rezei tanto por uma ligação... Um sinal... Alguma coisa que te trouxesse de volta — murmurou no meu ouvido enquanto beijava e mordiscava a minha orelha. Maurício certamente sabia que aquela atitude me deixava louca. — Confesso que não esperava ser ouvido tão cedo.

— Seu santo deve ser bom — comentei enquanto arranhava as unhas em suas costas e me contorcia para sentir a ereção que despontava no moletom.

— Quando eu voltar pra casa, me lembre de virar o pobre santinho de cabeça pra cima. — Maurício agarrou um dos meus seios e passou a ponta de sua língua pelo bico do outro. Soltei uma risada e um arquejo.

Como ele conseguia me fazer rir e ficar tão louca de tesão ao mesmo tempo?

Percebi que o seu toque estava mil vezes mais leve. Não estava sendo nem um pouco igual ao que tivemos sobre a mesa de mármore. Não... Maurício me tocava de forma mais gentil, mais cuidadosa, e fazia tudo em uma velocidade lenta. Foi devagar que me beijou por inteira antes de tirar a minha calcinha, e também foi lentamente que se despiu e colocou o preservativo que trouxe no bolso.

Penetrou-me devagarzinho, centímetro por centímetro, sem afobação. A entrega foi intensa justamente pelo ritmo lento. Cada choque parecia previamente medido por ele e sua expressão enquanto me fodia era de alguém que estava em puro deleite. Incrível como seus olhos não desviaram dos meus em nenhum momento. Eu sentia que ele queria me dizer alguma coisa importante através deles, mas foi o silêncio, intercalado com os nossos gemidos, que acabou falando por nós dois.

Depois de um tempo, percebi o quanto ele estava se esforçando para não chegar ao clímax antes de mim. Então, resolvi me concentrar apenas nas minhas sensações, não nas expressões faciais dele.

Fechei os olhos e demorei alguns minutos para libertar meu corpo em um orgasmo delicioso, que me fez chamar seu nome uma vez, sofregamente, como se implorasse. Fiquei envergonhada logo em seguida, mas não tive muito tempo para me desconcertar, já que Maurício afundou seu corpo em mim, indicando que também gozava. Meu nome em sua boca veio depois do êxtase:

— Franciele... — E quase não pude acreditar nas emoções loucas que me invadiram com uma única palavra dita.

Ele me deu incontáveis beijos antes de se sentir pronto para nos desencaixar. Eu não tive pressa, apesar de cansada e meio sonolenta. Sua presença na suíte era um diferencial que estava me deixando tranquila a ponto de estar pronta para cair no sono.

Maurício se ergueu, foi ao banheiro e voltou todo sorridente, do jeito que me fazia derreter. Antes de deitar, no entanto, apagou todas as luzes e fechou a porta da varanda. Aconchegou-nos no edredom e se aninhou em mim como um felino. Terminei com a cabeça apoiada em seu peito e nossos braços e pernas cruzados.

— Você vai dormir aqui, *"visse"*? — comentei em um tom divertido, brincando com o seu sotaque.

Ele levou uma mexa do meu cabelo para trás da minha orelha e me deu um beijo suave na testa. Senti-me tão protegida que prendi a respiração por alguns instantes.

— Foi uma pergunta ou uma afirmação? — ele disse, dando uma risada despretensiosa.

— Uma afirmação seguida de uma constatação em forma de pergunta — respondi usando suas palavras.

Maurício me puxou mais para si e me deu um beijo molhado.

— Sinceramente, achei que nunca mais fosse te ver de novo — comentou em um tom grave, meio temeroso. Ofereceu-me uma expressão de menino perdido. — Primeiro me senti usado e isso me perturbou, mas depois entendi que estava forçando a barra. Tu tá aproveitando uns dias de descanso e tem todo direito de...

— Vamos deixar essa conversa pra depois? Está tão tarde e não quero estragar nada — interrompi-o com a voz comedida, calculadamente suave para não ser rude. Estava com muito sono e nem um pouco a fim de falar sobre coisas difíceis.

— Certo. Só preciso que saiba que tá tudo bem. — Ele suspirou, porém continuou me olhando com intensidade. Maurício parecia tão sincero que me envergonhava. Enquanto tentava colocar todos os pingos nos is, eu me escondia atrás de um segredo que prometia nos afastar definitivamente. — Não se preocupe nem por um segundo, não faz mal se quiser apenas sexo. Prefiro ter isso de ti a não ter nada.

Balancei a cabeça em negativa, um pouco assustada.

Que tipo de homem era aquele na minha frente?

— Maurício... Não percebe o quanto soa estranho? Você mal me conhece.

— É um problema que pretendo resolver o mais breve possível. — Ele sorriu e me deu um beijinho na bochecha. — De todo jeito, tenho consciência do que sinto quando tu está por perto. Pode parecer absurdo, mas não sou um galinha, Franciele, não fico por aí conquistando mulheres que nem conheço. Mas quando me identifico com alguém, sou assim, intenso. Faço de tudo para estar com a pessoa.

— Você se identifica comigo?

— Bastante.

— Mas por quê?

Ele riu, provavelmente da minha expressão cética.

— Há algo no seu jeito... No seu olhar esperto e atento... — Ele começou a alisar o meu rosto como se eu fosse um objeto valioso. — Há uma delicadeza e uma força que me deixam meio desajuizado. É como um instinto, sabe? Uma mágica inexplicável, algo que me puxa pra você, que me faz ter certeza de que é tu que eu quero pra mim.

Fiquei em silêncio, pois não sabia o que dizer diante daquelas palavras tocantes.

— Eu...

— Não precisa se assustar. É uma coisa boa de ser sentida, estou muito bem aqui contigo, coladinho — sussurrou, sem deixar de me alisar. Seus dedos macios se movimentando com suavidade me deixavam estranhamente calma. — Não te sinta pressionada, te peço apenas isso.

— Não me sinto assim. Muito pelo contrário, estou bem. — Ergui a cabeça para encará-lo e ele abriu mais um de seus largos sorrisos. — Obrigada por ter vindo.

— Eu que te agradeço, Franciele. — Maurício beijou a minha testa e voltei a me aninhar em seu peito.

Evitei confessar que eu também sentia aquela mágica especial circulando os nossos corpos, levando-nos um para o outro como uma força invisível. Minhas atitudes poderiam ser inexplicáveis para quem não estivesse sentindo aquilo, mas eu estava e compreendia que tudo o que fiz naquele dia foi em prol daquela força louca. Estava assustada, com certeza, mas também me sentia ótima.

De repente, soltei um bocejo e Maurício me puxou mais para perto de si.

— Vamos dormir... — murmurou em meu ouvido. — Boa noite, moça.

— Agora, sim, boa noite — sussurrei de volta e, em poucos minutos, peguei no sono.

Os braços quentes dele eram a única coisa que estava faltando.

CAPÍTULO 13
Um lindo amanhecer

Acordei um pouco assustada ao sentir mãos quentes percorrendo o meu corpo em uma carícia que parecia despretensiosa. Ao abrir os olhos e me deparar com Maurício me observando cheio de malícia, percebi que as intenções daquele toque não eram tão inocentes como imaginei.

Devolvi o sorriso que ele me oferecia e simplesmente esperei pelo que faria comigo. Aquele homem maravilhoso já estava debruçado entre as minhas pernas abertas, mas não avançou o sinal antes que eu acordasse e lhe desse total consentimento, como deveria ser. O meu sorriso se alargou, acompanhado do dele. Não precisamos dizer absolutamente nada.

O susto inicial deu lugar à excitação, tão depressa que não foram precisos mais do que cinco minutos para eu ter um orgasmo sob sua boca ligeira, entrelaçando meus dedos nos lençóis brancos para conter as convulsões causadas pelo êxtase. Ele me chupou por muito tempo depois do clímax para finalmente erguer a cabeça e sorrir do jeito mais safado que alguém poderia sorrir.

— Bom dia!

— Bom dia, Senhor Saboroso! — saudei em meio às risadas.

— Tu que é saborosa, moça. — Ele riu e lambeu os lábios melados com o meu gosto. — Uma delícia de mulher.

— Que bom que gosta do meu sabor, porque eu gosto pra caramba dessa língua me fazendo gozar logo pela manhã.

— Ela é toda sua sempre que quiser. Está ao seu dispor!

— Pode deixar que eu vou cobrar.

Maurício riu de leve e eu o acompanhei, com um bom humor matinal que eu quase nunca tinha. Mas também quase nunca acordava sem pensar nas obrigações do trabalho e no que eu teria que fazer ao longo do dia. Ainda que em teoria eu estivesse em uma viagem de trabalho, nada complicado invadiu a minha mente, principalmente depois do orgasmo. Era impossível ficar mal-humorada ao ser acordada daquele jeito.

Eu me sentei na cama, encarando-o de perto.

— Por falar nisso, de onde surgiu o nome Senhor Saboroso?

— Era o meu apelido na faculdade. — Maurício se sentou ao meu lado e foi alisando as minhas pernas. Seu pau estava duro e ereto, convidando-me a tocá-lo. Foi o que fiz. — Senhor Saboroso — ele sussurrou sob o meu toque.

— Posso imaginar por quê.

Enquanto o acariciava, olhei-o com pura malícia.

— Pode? — Seu olhar exprimia o mesmo desejo que o meu.

— Com toda certeza. Você deve ter feito muito sucesso entre as estudantes.

— Não tenho do que reclamar. — Ele se deitou ao meu lado, virado de frente para mim. O movimento afastou a minha mão e não insisti em atiçá-lo. Acabei me virando também e ficamos cara a cara. — E você? É formada?

— Sou... — Ele ficou em silêncio, provavelmente esperando uma resposta mais elaborada. Eu não tinha para onde fugir. Não queria mentir para ele. — Meu primeiro curso foi Administração, mas não cheguei a terminar. Fiz apenas uns dois semestres porque o meu pai exigiu.

— Oxe, encontramos algo em comum entre nossos pais. — O chef continuou me tocando, daquela vez subindo e descendo a ponta dos dedos pelos meus braços.

Como era possível que eu ainda sentisse desejo? A única coisa que me impediu de avançar sobre o seu corpo esculpido foi o fato de termos entrado em uma conversa que deixava o meu alerta vermelho bem aceso.

— Ele não queria que eu fizesse o outro curso que fiz... — completei, um tanto nervosa. — E seguisse a mesma carreira que ele tentou.

— Sério? Qual curso?

— Gastronomia — soltei de uma vez, prendendo os lábios em seguida.

Maurício continuou me olhando, porém de uma forma muito mais atenta. Parecia tão ansioso quanto eu, e não soube dizer o motivo. Encarei-o de volta, esperando que seu interrogatório cessasse ou prosseguisse de uma vez. Estava disposta a não esconder nada, desde que ele fizesse as perguntas certas.

— E por que o seu pai não queria que tu seguisse a mesma carreira?

— Porque ele era bastante ambicioso, queria abrir uma rede de padarias e ficar famoso com isso. Achava que aquele pão o deixaria milionário — falei devagar, tentando não me magoar com as recordações. Acompanhar as frustrações do meu pai foi muito difícil para toda família. — Tinha muitos planos e trabalhou muito ao longo da vida, mas... Não deu certo. As contas se acumularam, o sonho ficou cada vez mais distante. Terminou como um simples padeiro.

— Poxa... É uma pena. E onde ele tá agora?

Soltei um longo suspiro.

— Faleceu faz uns anos. Meio desgostoso porque segui o mesmo caminho, mas consolado porque me dei um pouco melhor na área.

A verdade era que papai nunca tinha me levado a sério, bem como um monte de gente preconceituosa do mundo gastronômico. Quando a bomba estourou na França, levei o maior dos sermões e foi muito difícil me reerguer. Trabalhei na padaria por uns meses até encontrar um emprego melhor em um restaurante. Assim que pude, eu me afastei quase que completamente dele.

Passei muito tempo sem conseguir encará-lo.

— Aquele pão que tu *fizesse* é o mesmo que o seu pai queria espalhar pelo mundo, não é? — Maurício questionou.

— Sim. — Soltei um suspiro pesado, carregado de memórias.

— Ainda não entendo por que tu me deu permissão pra usar essa receita. Ela é importante, deve ficar na família e passar de geração em geração.

Balancei a cabeça, negando e me sentindo perdida. Evitei olhá-lo para que não descobrisse o quanto eu estava desconfortável.

— Ninguém que sobrou da família se interessa por cozinha, Maurício. Também não tenho filhos e nem pretendo ter, logo, não haverá gerações depois de mim. Prefiro que essa receita fique com você a deixá-la numa gaveta qualquer.

— Talvez tu se arrependa. Quem sabe não decida construir uma família?

— Não tenho tempo pra isso — respondi, sem hesitar, e Maurício abriu bem os olhos na minha direção. Podia parecer meio brusco, mas era a verdade. Além de não ter arranjado um cara que tivesse me dado vontade de casar, gerar uma criança não fazia parte dos meus planos. — Sou muito ocupada e gosto do que faço. Não me vejo sendo mãe.

— Tudo bem — ele assentiu e ficou quieto por algum tempo. Até achei que fosse mudar de assunto, porém prosseguiu, ainda bastante curioso: — Também não entendo por que não me *falasse* antes que sabia cozinhar, que era formada e tudo. Quando te perguntei, tu *falasse* que só sabia fazer aquele pão. — Apesar de estar claramente me colocando contra a parede, o rosto do chef continuava sereno, mostrando que não estava chateado comigo, apenas confuso.

— Desculpa, Maurício. Não queria que a gente ficasse comparando técnicas.

— Hum...

— Nós dois sabemos que as pessoas dessa área são bem competitivas.

Ele aquiesceu, em seguida abriu um sorriso bonito, capaz de fazer o meu coração disparar sem qualquer justificativa.

— Imagino também que veio aqui a passeio e não quer falar de trabalho. Tu tem toda razão, mas não te preocupe comigo. Sou bem de boa!

— Sei disso... Você é diferente. — Sorri de volta, finalmente espantando o clima estranho que se formara entre nós.

— Aliás, eu sabia que tu tinha experiência. Um leigo não faz um pão com tanta convicção como tu *fizesse* ontem. — Suas palavras me fizeram sorrir ainda mais, então me senti um pouco melhor. Ao menos não tinha perdido o jeito na cozinha. — Pelo seu olhar, pelos seus gestos... Sabia que era uma colega.

— É... — Eu encarei os lençóis por puro medo de continuar o assunto, mas sabendo que em algum momento teria de contar: — Depois fiz especializações, mestrado e doutorado fora do país, todos na área gastronômica — prossegui, mesmo apavorada, tentando não hesitar.

— Uau! Mesmo? — A voz de Maurício soou vacilante.

Era perceptível sua surpresa com a última informação. Talvez tivesse sido a notícia que mais o intrigou desde que iniciamos aquela conversa. Ele parecia ter prendido a respiração e ficou meio pálido. Sua mão parou de me alisar, ficou apenas repousada sobre a minha cintura.

Sua reação me fez paralisar de imediato.

Não queria destruir a conexão que tínhamos, mas seu olhar me dizia tudo: eu estava prestes a ter uma decepção enorme. Era daquela forma que os caras me olhavam quando eu lhes contava sobre minha vasta carreira. Maurício jamais seria o mesmo se descobrisse que eu era Francis Danesi. Ele ia mudar a maneira de me tratar e era provável que tudo esfriasse de um segundo para o outro, ainda mais se descobrisse que eu estava em Porto de Galinhas para avaliar seu restaurante e que tinha mentido o tempo todo.

Achei por bem recuar definitivamente.

— Foi perda de tempo. Cozinhar não é pra mim. — Eu me virei de barriga para cima e encarei o teto. Aquela não era uma mentira, mas também não era a verdade. — Foi por isso que me empenhei para inaugurar a minha empresa. Fico sempre perto da cozinha, mas, ao mesmo tempo, distante.

— Você não cozinha... nada? — ele perguntou ainda hesitante, visivelmente assustado.

— Aquele pão foi a primeira coisa que cozinhei em uns três anos — soltei depressa, depois logo emendei: — Mas estou bem assim, sabe? Longe dessa loucura. Por isso que um lado meu entende o que você está passando.

Maurício assentiu, bastante reflexivo.

— Se acha que foi melhor assim...

— Foi bem melhor.

Passamos um tempo em silêncio, até que ele soltou:

— Eu não me imagino sem cozinhar. Mas cada um é cada um.

— Exatamente.

Mais uma vez, ficamos calados por tempo suficiente para me deixar constrangida.

— Franciele... — Maurício fez uma pausa dramática, tanto que acho que prendi a respiração também. Encarou-me com seriedade e, depois de um suspiro, soltou a pergunta: — Como *conseguisse* o meu telefone?

— Eu... — Fiz uma pequena pausa para pensar. Não me senti nem um pouco pronta para revelar a verdade, não depois de sua expressão apavorada. — Pesquisei. Não é tão difícil assim se você usar uma coisa bacana chamada internet — menti na cara dura.

Acabei rindo sozinha, porém Maurício não emitiu nenhum som. Precisei de muita coragem para expiar sua expressão compenetrada. Ele me analisava fixamente, como se tomado por muitos pensamentos conflitantes. Eu tinha acabado de estragar nossa relação ao me abrir demais.

— Está com fome? Quer pedir o café da manhã aqui ou descemos para o restaurante do hotel? — soltei a sugestão.

— Pra ser sincero, moça, tá tarde. Preciso ir ao Senhor Saboroso urgente. Tem entrega de fornecedores hoje e o pessoal já começou o almoço sem mim. Nem quero imaginar o alvoroço que está! — Maurício voltou a sorrir.

— Não vai nem comer alguma coisa?

— Não se preocupe comigo. Vou pra uma cozinha, vai ter muita comida lá. — Ele riu e foi se levantando da cama, completamente nu. Seu pau tinha amolecido e parecia que não se levantaria nem se eu insistisse. Não depois daquela conversa esquisita.

Dentro de mim, sentia que o havia perdido de vez.

— Espera! E... — Olhei para o ponto abaixo de seu umbigo. Era a última tentativa de recuperá-lo. — Acho que é a minha vez de... chupar você.

Maurício olhou para baixo e riu.

— Tô bem, mas agora vou passar o dia inteiro pensando na sua boca em mim. Tu é fogo! Não se diz uma coisa dessas a um homem atrasado.

Eu ri de alegria por ele ter voltado a agir como antes. O nervosismo e a preocupação pareceram ir embora de uma vez.

Maurício tinha acordado mais cedo e já estava de banho tomado. Em segundos, ele se vestiu e me deixou. Nós tínhamos dormido demais, já era quase meio-dia.

Não sabia o que fazer além de concluir o meu trabalho. Contudo, não podia, de novo, dar bandeira e entrar no Senhor Saboroso como se nada tivesse acontecido. Também não conseguia dizer a verdade. E não sabia se Maurício ia querer me ver de novo, já que saiu sem dizer nada sobre voltarmos a nos ver.

Na dúvida, decidi fazer compras. Se eu não conseguia resolver a minha vida, pelo menos terminaria meu problema de escassez de roupas e ainda levaria algumas lembrancinhas comigo, mesmo duvidando de que um dia fosse me esquecer de Porto de Galinhas.

CAPÍTULO 14
Uma forte ameaça

O meu celular tocou assim que saí de uma pequena loja de lingerie, aconchegante e bonita, como todas as que existiam no centro de Porto de Galinhas. Tratava-se de um lugar praieiro e simples, mas muito bem organizado para atrair turistas de todas as partes do mundo.

Não resisti e comprei um conjunto rendado da cor vinho porque, no fundo, queria ter a chance de usá-lo com Maurício. Claro que me senti meio idiota com a minha recém-adquirida vontade de agradá-lo quando na verdade devia me manter afastada. Além do mais, durante toda minha vida, trabalho e estudos foram prioridade, de forma que nunca perdi tempo me produzindo para um homem.

Olhei a tela do celular na expectativa de ser ele, mas era apenas Débora. Confesso que fiquei decepcionada. Não saber quando veria Maurício novamente estava me deixando nervosa. A nossa última conversa tinha sido esquisita, não me admirava em nada se ele desparecesse de vez.

— Francis? Tenho novidades! Pode falar? — disse, ansiosa, e não estranhei. Débora, às vezes, se empolgava ao me dar alguma notícia importante.

— Estou na rua, mas posso — respondi de uma vez e me sentei em um banco ornamentado perto da galeria onde visitara quase todas as lojas. O movimento naquela tarde era bem tranquilo, talvez por ser dia de semana e não estarmos em alta estação.

Para o meu deleite, consegui fazer compras como quase nunca tinha tempo de fazer, experimentando, observando com cautela, sem pressa alguma. Minhas visitas às lojas eram sempre rápidas e práticas. Comprava roupas sérias e formais para trabalhar ou confortáveis, não necessariamente bonitas, para ficar em casa. Não havia meio-termo.

— O chef Gustavo Medeiros pediu uma reavaliação. — Ela fez uma pausa e continuei calada, já sabendo que viria outra bomba. Eu estava louca para me livrar dele de uma vez, mas, pelo visto, ainda demoraria. — Chegou aqui cedo com os advogados para exigir que você reavalie o restaurante. Caso não faça, pretende brigar na justiça.

Soltei um arquejo, incrédula.

— Você só pode estar brincando, Débora!

— Infelizmente, não. Já acionamos de novo os nossos advogados. Você sabe que não é obrigada a reavaliar. — Débora usava seu timbre profissional e compenetrado, porém, por conhecê-la de longa data, sabia o quanto estava nervosa com a situação. E eu, por mais que tentasse fingir controle, sentia um aperto no peito que dificultava a respiração. — Mas Gustavo quer te processar por calúnia e danos morais, já que o restaurante está temporariamente fechado.

— Calúnia? Não foi esse cara que ficou falando merda nas redes sociais?

— Pois é. Ele deletou as postagens depois que entramos em contato com ele e agora apareceu aqui com essa novidade. — Imaginei a minha assistente revirando os olhos com impaciência e acabei fazendo isso.

— Não caluniei ninguém, muito pelo contrário, até elogiei os pontos pertinentes e não mencionei a falta de educação completa dele para comigo. A minha resenha foi justa e muito ponderada, totalmente profissional — expliquei. — Eu podia ter detonado muito mais.

— Todos nós sabemos disso, Francis, até ele sabe.

— E então, o que vai acontecer?

— Ele garante que levará para a justiça se não houver um acordo, mas acho que será o mesmo que dar um tiro no pé.

Não era a primeira vez que aquilo acontecia e com certeza não seria a última, portanto reuni toda a calma que consegui. Sempre ganhei qualquer embate no tribunal. Todos os restaurantes cadastrados na avaliação do selo assinavam longos contratos justamente para que aquele tipo de processo não ocorresse. O chef Medeiros estava ciente de todos os riscos e mesmo assim prosseguiu, não tinha por que ficar chorando feito um fracote.

— Com toda certeza. Vou acabar de uma vez com esse sujeito. — Suspirei profundamente antes de prosseguir: — Deixe os advogados resolverem os trâmites iniciais — informei com a mesma seriedade de Débora. — Os contratos são claros. Não vou reavaliar o restaurante desse babaca. Aliás, não quero ter o desprazer de olhar na cara dele tão cedo.

— Imaginei que diria isso e que não faria qualquer acordo.

— Mas é claro que não. Até porque ele me difamou na frente dos clientes e funcionários, depois ainda postou besteira nas redes sociais e nem por isso estou chorando para os meus advogados.

— O que exatamente ele te disse no dia da avaliação? Não sabia que ele tinha te difamado na frente de todo mundo! — Débora ficou muito surpresa.

Em nossa reunião após o incidente achei por bem amenizar os fatos para não complicar ainda mais as coisas, porém naquele momento estava arrependida. Eu devia ter deixado a minha equipe completamente informada do que aquele sujeito era capaz.

De repente, senti-me possessa. Estava cansada de imbecis achando que podiam falar o que quisessem ao meu respeito.

— O idiota me xingou de vadia, disse que eu não entendia nada de cozinha e ainda me chamou de vaca. Na frente de todo mundo! — praticamente gritei, só diminuí o volume da minha voz ao perceber um casal de turistas me olhando com curiosidade.

— Nesse caso, podemos não apenas nos defender, mas também contra-atacar com força total, Fran. Temos muito material para acabar com a raça desse homem, certamente podemos conseguir testemunhas para depor — Débora continuou bastante segura. De alguma forma, seu pulso firme me passava tranquilidade. — Vou repassar essas informações para os nossos advogados assim que eles chegarem para falar com o chef Gustavo e seus advogados.

— Espera! Eles ainda estão aí?

— Passaram a manhã inteira enchendo o meu saco.

Era só o que me faltava!

— Por que não me ligou antes?

— Você não atendeu o celular — ela informou e logo me senti envergonhada.

Havia esquecido o aparelho dentro da bolsa, como se realmente estivesse em Porto de Galinhas a passeio. Era a primeira vez que eu me desligava do trabalho com tanta naturalidade, sem nenhuma culpa. Jamais tinha sido relapsa com o selo.

A situação toda só me deixou com ainda mais raiva.

— Tudo bem, Débora, passe o telefone para o Gustavo — solicitei com sangue nos olhos. — Ele vai me ouvir.

— Tem certeza? Acho que não é uma boa ideia...

— Pode passar — afirmei e Débora entendeu que não adiantaria discordar. Eu estava irritada com a imbecilidade daquele sujeito e poderia pegar um voo de volta só para escrachar com a cara dele.

Um minuto depois ouvi sua voz irritante dizendo um "alô" nervoso.

— Olha aqui, Gustavo, não estou com paciência para seus chiliques — fui logo falando, em um tom firme. — Nós temos um contrato devidamente assinado por ambas as partes. Em nenhum momento quebrei qualquer cláusula. O senhor concordou em participar de todo o processo de avaliação e não passou na última fase, que é a minha avaliação pessoal. Faço resenhas de restaurantes do mundo todo e nunca conheci um chef tão prepotente quanto você. — Aquilo era mentira, óbvio. O mundo estava cheio de chefs prepotentes e Gustavo era só mais um desses babacas que desafortunadamente cruzavam o meu caminho.

— Prepotente? Eu? — O homem elevou a voz. Passou a gritar tão alto que precisei afastar um pouco o celular do ouvido: — Você que é uma fraude! Esperava a avaliação de Francis Danesi, mas no contrato não diz nada sobre ser avaliado por uma mulherzinha ordinária que não sabe de nada! Quem você pensa que é pra acabar com toda a minha carreira por causa da porra de uma mancha?

— Tenho mestrado, doutorado, três especializações, mais de sessenta artigos publicados mundialmente, quatro livros que circulam nas melhores universidades de gastronomia, sou dona de um dos selos mais importantes do mundo na área e o mais importante do país. — Sem parar para respirar, soltei o questionamento: — Quem o senhor acha que é pra dizer que não sei de nada?

— Pode ser bem estudada, mas não passa de uma imbecil — rosnou em plena fúria. — Você deveria saber que uma mancha não significa nada numa cozinha! Esse tipo de acidente acontece.

— É claro que significa muita coisa! — Bati os pés no chão com toda força. Naquele instante, eu já estava gritando no auge do estresse, ignorando todos os olhares dirigidos a mim. — Ou higiene não faz parte do seu trabalho? O senhor sabe muito bem que o asseio é um dos fatores fundamentais para a avaliação do Sabores de Francis. Está no contrato!

— Quer saber? Enfia essa merda bem no meio do seu rabo! Selo idiota de uma mulherzinha mais idiota ainda!

Aquele cara tinha conseguido me tirar do sério de um jeito impressionante. Não me lembrava de ter sentido tanta raiva em toda minha vida, nem mesmo do otário croata que me fez perder o visto francês. A raiva já dominava cada pedacinho do meu corpo. Se o chef Gustavo Medeiros estivesse na minha frente, certamente pararíamos na delegacia, porque indefesa, eu não ficaria de jeito nenhum. Ninguém tinha o direito de ofender a mim ou ao meu selo bem na minha cara e não sofrer consequências.

Respirei profundamente umas três vezes, enquanto ambos permanecíamos em silêncio, bufando como dois animais selvagens.

— Espero que o senhor não cometa a insensatez de quebrar a cláusula de sigilo do contrato — informei com a voz mais calma, apesar de tudo. Precisava manter o controle para não perder a razão. Já estava pensando em esbofetear o sujeito, coisa que acabaria sujando o meu nome mais uma vez. Quantos pseudônimos eu teria que criar por causa de homens como ele? — Se a minha identidade for revelada por sua causa, pode se preparar para ser detonado de uma vez por todas. Vou arrancar cada centavo do que te sobrou, está entendendo?

— Eu que vou te achar no quinto dos infernos e acabar com a sua raça, sua... — Gustavo começou a gritar alucinadamente, mas alguém arrancou o telefone das suas mãos, impedindo-o de completar a ameaça. Contudo, eu já tinha escutado o suficiente para compreender que deveria tomar cuidado.

— Senhorita Francis Danesi, qualquer diálogo só poderá acontecer com meu cliente na minha presença e na presença dos seus advogados. Passar bem — uma voz suave e comedida surgiu do nada, acalmando os ânimos.

Logo após o aviso de um dos advogados de Gustavo, Débora retomou a ligação:

— Nossos advogados acabaram de chegar. — Minha assistente estava tensa do outro lado da linha. Eu não estava diferente. Sentia o meu rosto pegar fogo de tanta raiva. — O que acha de voltar pra São Paulo? Posso reservar uma passagem agora mesmo.

Abri bem os olhos. Voltar? Não estava em meus planos ir embora de Porto de Galinhas tão cedo, por isso, comecei a estremecer de pavor diante da possibilidade. Não consegui pensar em outra coisa além de Maurício Viana.

— E-eu... — Não fui capaz de completar o raciocínio.

— Já concluiu a avaliação no Senhor Saboroso?

— Hã... N-não... Não posso voltar agora, logo na fase final, assim minha viagem terá sido inútil e não tenho tempo a perder. Preciso fazer as últimas verificações. Ainda nem me apresentei ao chef. — Soltei um longo suspiro de cansaço. A verdade era que eu deveria voltar, apenas não queria, muito menos para lidar com um sujeitinho prepotente. — Tenho mais dois dias pela frente.

E já tinha uma resposta semipronta. Estava quase certa de que o Senhor Saboroso era completamente apto para receber o meu selo, mas Débora não precisava saber que eu estava tão próxima da decisão.

— Sim, mas é que... Acho que as coisas ficarão impossíveis por aqui.

— Os advogados vão resolver essa questão em um piscar de olhos. Acompanhe-os, tudo bem, Débora? Qualquer coisa me ligue.

— Tudo bem. Retorno em breve.

Débora desligou e, pensativa, passei um bom tempo olhando para a rua bem planejada e atrativa, que terminava na beira de uma das praias mais bonitas que eu já tinha visto. Observei turistas, moradores e comerciantes passando para lá e para cá. Havia um clima de felicidade diferenciado, era como se ali sempre fossem férias. As pessoas sorriam facilmente, aproveitavam suas folgas, compravam souvenires, tomavam sorvete com suas famílias.

Tentei buscar tranquilidade nos olhares daquela gente, mas um sentimento amargo corroía o meu peito. Não era algo de que eu pudesse me livrar de um segundo para o outro e conhecia bem aquela angústia. Já tinha sofrido demais pelos mesmos motivos. Uma coisa que eu odiava, de todo o meu coração, era ter que provar, mesmo já tendo feito várias vezes, que eu era capaz de ocupar o meu espaço no mundo gastronômico.

Além de todo o desastre em Paris, o machismo também tinha me feito perder bons empregos em restaurantes renomados. Em um deles, o dono me assediava sem que ninguém fizesse nada a respeito, mesmo testemunhando os assédios. Além disso, quase tive minha tese de doutorado recusada por causa de um professor idiota. Ele não foi o único. Em toda minha longa formação, encontrei homens desprezíveis que se achavam reis soberanos dentro da academia.

A situação só ficou mais fácil quando ocultei minha identidade e criei um pseudônimo que fez todos pensarem que eu era um homem. De repente, as mesmas pessoas que tinham duvidado de mim passaram a respeitar Francis Danesi. Infelizmente, a Franciele foi ficando cada vez mais para trás durante o processo. Já não era mais eu mesma. Vivia sempre à sombra de um personagem com pulso firme, um profissional pragmático e misterioso, sem me expor de verdade. Fazia a revelação apenas para os vencedores do meu selo e ainda assim sob o contrato de sigilo. Não podia arriscar ser desmascarada.

— Droga... — choraminguei, inquieta.

Enxuguei a primeira lágrima antes que ela caísse de vez e as coisas piorassem para o meu lado. Nunca fui sentimental. Eu só chorava quando estava cansada demais de levar uma situação adiante, e aquele era o caso. As memórias do meu pai e do meu percurso profissional também não ajudavam.

Só Deus sabia o que eu tinha passado para alcançar o sucesso.

CAPÍTULO 15
Um delicioso encontro

Não sei por quanto tempo fiquei sentada naquele banco, chorando feito uma fracote e me sentindo perdida. Fazia muito tempo que eu não me deixava abalar daquela maneira; estava muito vulnerável emocionalmente, quase não me reconhecia. Queria ter certeza de que era apenas resultado das ameaças de Gustavo Medeiros, mas sabia bem que não se tratava apenas disso. A situação com Maurício me tirava o juízo, de forma que eu começava a perder as defesas que lutei a minha vida toda para criar.

Não saber como lidar em relação a ele me abalava como pouca coisa era capaz de fazer. Por menos sentido que houvesse, eu não queria perdê-lo, isso era um fato, mas também sabia que seria inevitável. Até porque, ainda que eu falasse a verdade e ele me perdoasse pelas mentiras, Maurício tinha uma vida em Pernambuco e eu só me sentia completa viajando, escrevendo meus artigos e fazendo o meu trabalho, desvinculada de qualquer lugar específico.

— Franciele? — A voz que eu já reconhecia, e que penetrava em minhas entranhas, me fez pular de susto. Eu não esperava escutá-la tão cedo, muito menos ali. Ergui a cabeça para contemplar ninguém mais ninguém menos que Maurício Viana. — O que faz por aqui?

Usando as costas das mãos, terminei de enxugar as lágrimas às pressas, sentindo-me totalmente envergonhada por estar meio despenteada, com a cara inchada e os olhos provavelmente vermelhos.

— Eu... Vim fazer compras. — Levantei as sacolas equilibradas no meu braço. Evitei ao máximo encará-lo. — Quase não trouxe roupas.

— Bom, isso explica tu ter ficado tão chateada quando molhei a sua calça.

Forcei um risinho, mas ele não me acompanhou porque deve ter notado que eu tinha chorado. Maurício se sentou ao meu lado no banco simples, perto de umas raízes de coqueiros em formato de galinha. Elas eram muito engraçadas. Eu tinha comprado três daquelas, só que pequenas, feitas artesanalmente, para presentear.

— Tu tá chorando? Por quê?

Fiquei olhando para a rua, toda desconcertada. Sim, ele tinha notado.

— Nada, não.

— Poxa, claro que teve algum motivo. Ninguém chora à toa. — Maurício colocou uma mexa do meu cabelo atrás da orelha e ficou me olhando de perto, todo prestativo e atento, deixando-me com ainda mais vontade de chorar. Eu me segurei ao máximo para não abrir o maior berreiro e acabar fazendo papel de idiota. — Quer conversar? Sou todo ouvidos.

Balancei a cabeça em negativa.

— Está tudo bem. — Inspirei e expirei com força. — Não foi nada.

Maurício ficou me olhando, parecendo verdadeiramente preocupado. Apesar de constrangida, eu gostava de seu interesse com o meu bem-estar. Era gentil da parte dele.

Ficamos uns minutos em silêncio, até que resolvi perguntar, em uma tentativa desesperada de mudar de assunto:

— O que veio fazer aqui no centro?

— Vim ver uma senhora que mora na outra rua, a bichinha mal consegue andar, coitada. — Apontou para frente. — Ela faz artesanato usando palha de coqueiro há mais de trinta anos. Cada coisa maravilhosa! Encomendei alguns pratos feitos de palha pra servir alguma coisa que ainda vou descobrir lá no Senhor Saboroso. — Ele riu de si mesmo, mostrando uma sacola grande que segurava. — Só queria ajudar a velhinha, o artesanato é a vida dela. Veja.

Maurício retirou da sacola um dos pratos que encomendou. Era realmente fantástico, redondo, grande e todo trançado de um jeito que eu tentaria a vida toda fazer, mas dificilmente conseguiria por causa da ausência de paciência. Nunca fui muito boa com artesanatos. Analisei cada detalhe do objeto feito com tanto esmero, encantada com o objeto e ainda mais com a bondade do chef.

— É lindo e muito bem-feito!

— Como não poderei usar mais do que uma vez, já que é palha legítima e natural, pensei em dar o aparato de presente aos clientes no fim da refeição — Maurício explicou com um sorriso empolgado. — Assim, cada um faz o que quiser com ele. A vigilância não vai gostar nadinha se eu lavar e reutilizar.

— Verdade, fora de cogitação! Mas não vai ficar meio caro pra você?

— Caro? Não. O chef executivo que contratei coloca os pratos a um preço absurdo. O pessoal do financeiro vive com um sorriso de orelha a orelha. — Ele deu de ombros. Maurício tinha razão, uma refeição no Senhor Saboroso custava uma pequena fortuna. Nada mais justo, sinceramente. — Pode me chamar de louco, ou do que quiser, mas meu objetivo nunca foi enriquecer. Cozinhar é mais que isso, sabe?

Eu não consegui fazer outra coisa além de encará-lo. Não deu para não ficar completamente encantada por aquele homem que tinha um pensamento tão parecido com o meu. A diferença era que eu sempre fizera questão de ser remunerada justamente, de acordo com todo o investimento e dedicação oferecidos.

— E o que é cozinhar, pra você?

Maurício mostrou as próprias mãos.

— Cada pessoa usa a parte do corpo que quiser para expressar o que tem dentro de si e entregar a alguém. Eu uso minhas mãos. Cada gesto é um pouco de mim que entrego aos outros. — O chef segurou minhas palmas e as apertou com delicadeza. — Quanto mais me entrego, mais me sinto completo. Cozinhar, pra mim, é isso: dar o meu melhor pro mundo e receber felicidade em troca.

Só percebi que tinha deixado uma lágrima escapar quando Maurício a enxugou com um polegar.

— Tu quer me contar o que houve? Estou realmente preocupado contigo.

— Só estou cansada.

— De quê? — Percebi quando o chef engoliu em seco, parecendo nervoso. Suspirei antes de falar a verdade:

— Acabei de receber um telefonema do escritório e tem um cliente questionando minhas decisões e me ameaçando. Ele disse que eu não sei nada sobre cozinha! — Um soluço escapou pela minha garganta e Maurício se aproximou mais para que fosse possível apoiar minha cabeça em seu ombro.

Poucas vezes me senti tão protegida. Foi como se nada fosse capaz de me atingir com ele tão perto, abraçando-me de forma tão natural.

— Acha que ele tá certo?

— O quê? — Ergui a cabeça num pulo. — Claro que não!

— É isso o que importa, moça. — Mostrou-me um sorriso lindo, acolhedor. — Tu não precisa provar nada a ninguém, não. Se tu sabe que te garante, deixa esse povo besta pensar o que quiser.

— Eu sei, mas...

— O sujeito é um idiota e tu sabe disso. Por que deixar que te atinja assim? — Maurício passou a mão em meu rosto, enxugando mais lágrimas no meio do caminho. — A babaquice dele só diz respeito a ele. Se tu faz o teu trabalho e sabe que está certa, manda esse cara pastar.

Aquiesci, dando de ombros.

— Você tem razão. Geralmente não sou sensível assim.

— Aposto que não, leonina. — Maurício riu e começou a passar seus dedos pelo meu braço também, em uma carícia que estava me deixando completamente mal-acostumada. — Preciso voltar ao restaurante. Quer uma carona?

Não consegui conter uma expressão decepcionada. Tive esperanças de que Maurício passasse o resto do dia comigo, de preferência me acarinhando daquele jeito. Mas onde eu estava com a cabeça? Ele precisava trabalhar, e, por sinal, eu também.

— Não precisa. Vou dar uma olhada em mais lojas.

— Tá bom. — Maurício me deu um beijo na testa. — Por favor, diga que vai usar o conteúdo dessa sacola hoje à noite. — Ele tocou na logomarca que estampava a sacola da loja de lingerie. Meu rosto ficou quente de um segundo para o outro.

Fui descoberta!

— Hoje à noite? — Eu me fiz de desentendida.

— Estou preparando algo especial pra você. Pelo visto, não sou o único com surpresas. — Olhou-me maliciosamente. — E a sua com certeza já ganhou da minha.

— Toda mulher tem seus truques. — Devolvi a expressão maliciosa, piscando um olho enquanto tentava soar sexy.

— Tu vai me enlouquecer, moça... Passei o tempo todo pensando em ti e aí de repente te encontro aqui. Tu não faz ideia da alegria que sinto quando te vejo.

Eu ri de nervosa, principalmente porque também tinha pensado nele o dia todo e estava feliz por encontrá-lo, embora em uma situação meio constrangedora. Maurício aproveitou que não falei nada para se aproximar e me beijar com vontade. Correspondi ao beijo com a mesma intensidade circulando pelo meu corpo. A nossa química era inquestionável. Não sabia o que fazer com a ideia de ter que ir embora e deixá-lo, muito menos com o fato de ter que acontecer em breve. Eu não me sentia nem um pouco pronta para dar um basta.

— Às dez horas, no Senhor Saboroso — ele murmurou. — Te espero. Pode ser?

Imaginei ter uma chance para visitar outra vez as instalações do restaurante, daquela vez com o olhar mais profissional. Eu já devia ter lhe contado sobre a avaliação, principalmente porque a parte interna era o próximo passo e eu precisava que ele me mostrasse a cozinha em pleno funcionamento.

— Pode. Na verdade, pretendo jantar lá outra vez.

— Ótimo. E vamos dormir juntos de novo, *visse*?

Meu peito parecia querer explodir dentro da caixa torácica.

— *Visse*. — Foi minha única e aceitável resposta.

— Mas, antes de ir, preciso saber a tua resposta.

— Qual resposta? — Fiz uma expressão confusa. Não tinha ideia de qual havia sido a pergunta que eu deveria responder.

— O que é cozinhar pra você?

Prendi os lábios e o encarei durante alguns segundos, enquanto pensava no que dizer. Maurício aguardou pacientemente, seu olhar me incitava a ser sincera, a me expor para ele como se desnudasse a minha alma.

— É correr riscos — murmurei. — Nem todo mundo tem coragem de se arriscar.

Ele tocou o meu rosto mais uma vez e segurou o meu queixo.

— Não se cobre desse jeito, Franciele, covarde é uma coisa que tu tá longe de ser.

— Toda vez que entro numa cozinha, é exatamente assim que me sinto — desabafei, sem hesitar, algo que eu não costumava sequer pensar, para não ter que lidar com o rumo das reflexões.

Mas era a mais pura verdade. Ter largado a cozinha fazia de mim uma covarde, já que a única coisa que me impedia de voltar era o medo, puro e simples. Eu considerava Maurício, bem como todos os outros chefs, uma pessoa muito corajosa. Talvez por isso as palavras de Gustavo tivessem me atingido tanto; ele ao menos estava dando a cara a tapa, enquanto eu me escondia por trás de um pseudônimo.

— Se dê um tempo, minha linda. Tudo vai se ajeitar. — Assenti, concordando, embora tivesse as minhas dúvidas. — Preciso ir mesmo, mas a gente se vê mais tarde, certo?

— Tudo bem, bom trabalho pra você.

Maurício me deu mais um beijo molhado antes de sair andando até alcançar sua caminhonete, estacionada perto do cruzamento adiante. Acompanhei seus passos com a sensação boa, e ao mesmo tempo esquisita, de admirar alguém em um contexto que ultrapassava a esfera profissional.

Meu celular tocou no momento em que eu imaginava Maurício me beijando fervorosamente enquanto nossos corpos se enroscavam.

Era Débora.

— E então? Como foi a reunião? — perguntei antes mesmo de dizer alô.

— Os advogados releram os termos do contrato e, de fato, a defesa de Gustavo percebeu que não daria em nada exigir a reavaliação. — Débora parecia extremamente cansada. — Mas Gustavo questionou a sua identidade e não vai deixar barato. Quer processá-la assim mesmo. O acordo é que você retire a resenha de todos os veículos.

— Não vou retirar resenha nenhuma de lugar algum. — Fui taxativa.

— Foi o que pensei. Ele vai levar o caso ao tribunal.

— Que seja. Vai ser maravilhoso derrubar esse cara mais uma vez — falei com convicção, de repente me sentindo renovada depois de ouvir as palavras reconfortantes de Maurício. — Me ligue quando tiver novidades, Débora.

— Pode deixar, vou te manter informada sobre tudo.

Desliguei e me levantei do banco pronta para continuar minhas compras. Gustavo Medeiros não tiraria a minha paz de jeito nenhum. Eu não tinha chegado tão longe pra ficar de chororô e com medo de homem com ego ferido.

CAPÍTULO 16
Sorvete de Torta

A ansiedade para a noite ao lado de Maurício me fez ficar pronta muito mais cedo do que o esperado. De banho tomado, cabelo feito, maquiagem elaborada e a lingerie nova por baixo de um vestido estampado, leve e longo, dei uma volta pela área externa para tentar me distrair. Percebi que dentro do próprio resort estava acontecendo um congresso de alguma coisa que não consegui identificar, mas que reunira bastante gente. Depois que o meu relógio de pulso indicou uma hora aceitável, finalmente segui na direção do Senhor Saboroso. Eu nutria a esperança de ser convidada para entrar na cozinha do restaurante, por isso cheguei, de propósito, meia hora antes de abrirem.

Na recepção, informei que o chef estava me esperando e recebi de volta um olhar muito curioso, no entanto, não fui questionada. A recepcionista desapareceu, deixando um ajudante em seu lugar para receber os clientes que porventura chegassem mais cedo. Fiquei esperando com o coração na mão. Para o meu deleite, aquela estratégia funcionou com perfeição, já que Maurício apareceu em menos de cinco minutos, vestindo seu dólmã e com um sorriso aberto. Tentei conter as batidas aceleradas do meu coração, mas foi impossível.

Ele tinha um efeito espantoso sobre o meu corpo.

Maurício me tomou pela cintura em um rompante animado e me deu um selinho na frente de quem quisesse ver. Por mais que eu achasse que ficaria constrangida, não foi o que aconteceu, muito pelo contrário. Eu me senti orgulhosa e com uma euforia incomum na minha barriga. Seriam as famosas borboletas?

— Tu tá tão linda... — Maurício segurou minha mão e a beijou. Seu olhar não tinha malícia, apenas um brilho que me fascinava. — Aliás, tu é linda. É a mulher mais encantadora que já vi na vida.

— Ah, não exagera! — Abri um sorriso desconcertado e resolvi mudar logo de assunto: — Desculpa por ter chegado cedo demais. Eu estava... hum... ansiosa. Mas posso esperar aqui sem nenhum problema, vi que ainda não abriram. — Joguei aquela conversa fiada já na intenção de receber o tão esperado convite.

— Aposto que não estava mais ansiosa que eu! Tu me *estragasse* pra vida. Não consegui fazer nada direito hoje, ainda bem que minha equipe é maravilhosa! E nem pensar, não vou te deixar aqui. Vem... — Maurício me ofereceu seu braço e não pude conter um sorriso. — Vem conhecer o pessoal.

— O pessoal? — Apertei os lábios de expectativa. Por mais que fosse meu objetivo analisar a cozinha em funcionamento, imaginar a forma como Maurício me apresentaria à sua equipe me deixava nervosa. Não seria uma simples visita avaliativa, eu era uma convidada especial em outro sentido. — Não vou atrapalhar?

— Claro que não, quero te mostrar uma coisa.

Eu entrelacei meu braço ao seu e ele começou a me guiar sem qualquer hesitação.

Como da outra vez em que estive naquela cozinha, Maurício me emprestou um avental e uma touca antes de entrarmos na área com circulação de alimentos. Diferentemente daquela manhã, a cozinha estava lotada, em pleno funcionamento. O chef me fez cumprimentar cada um dos membros de sua competente equipe e, para a minha surpresa, todos já tinham ouvido falar de mim do tanto que Maurício comentava.

Não soube o que pensar a respeito, mas, pelo que tinha entendido, aqueles profissionais eram como uma família unida e se tratavam de uma maneira totalmente informal. Fiquei surpresa. Raramente via uma cozinha trabalhando com tanta alegria e dinamismo, uma mistura esplendorosa de seriedade, compromisso e, ao mesmo tempo, entusiasmo. Era como se todos amassem o que faziam, ainda que fosse um serviço árduo.

Maurício me apresentou a todos sem qualquer distinção, desde a pessoa que lavava os pratos, o preparador de molhos, os dois funcionários que cuidavam da limpeza até o sério e compenetrado *sous chef*, além do chef executivo.

— Então, essa é a famosa Franciele Surpresa? — O chef executivo, que se chamava Diogo, cumprimentou-me com um aperto de mãos caloroso. — É uma honra finalmente conhecê-la. Tu tá bem famosa por aqui! Alguns clientes quiseram até encomendar a sobremesa para levar. O maior sucesso!

Ele sorria de orelha a orelha, não tão diferente do Maurício, que me olhava como se eu fosse um diamante.

— A honra é toda minha. Fico feliz por ter servido de inspiração — respondi educadamente, ciente de que meu rosto devia estar vermelho. Dei uma bela olhada em Maurício e ele ainda estava com aquele rosto iluminado de alegria.

Depois de trocarmos algumas palavras, Diogo logo se concentrou em fazer o seu trabalho, deixando-me ao lado de Maurício, que dava algumas instruções a um preparador de sobremesas bem no meio da cozinha. Fiz uma análise geral, aproveitando a deixa. Verifiquei os materiais usados, o dinamismo dos cozinheiros e cozinheiras, a velocidade com que deixavam a *mise en place* pronta. Meu olhar já era afiado, por isso foi mais fácil identificar o que eu queria para a avaliação final.

Enquanto circulava vagarosamente, olhava para Maurício de soslaio, percebendo que estava ocupado. Parece que algumas sobremesas tinham derretido devido a um problema em um dos refrigeradores. Eu estava curiosa para saber como o chef resolveria a situação, porém aproveitei a oportunidade para sair de perto dele sem ser notada. Dei uma volta na cozinha como se fosse uma mera curiosa, observando tudo com cuidado e recebendo alguns olhares sorridentes na minha direção. Uma das cozinheiras chegou até a me explicar o que estava preparando sem eu sequer fazer perguntas, em uma atitude bem espontânea.

O ambiente estava limpo, bem como os trajes dos funcionários, do jeito que eu tanto prezava. Todos os procedimentos de segurança e higiene estavam em prática. A divisão do trabalho era, aparentemente, perfeita, pois cada um tinha uma função bem definida. Nenhum cozinheiro me pareceu atarefado demais e nem de menos. A cozinha do Senhor Saboroso era como uma máquina em constante funcionamento, com engrenagens afiadas e bem articuladas.

Confesso que fiquei aliviada.

De fato, não encontrei qualquer coisa que pudesse falar negativamente sobre o restaurante, além do acesso que ainda me incomodava, mas que era fácil de justificar. A comida era maravilhosa, o atendimento era bom, a proposta era inovadora e estava tudo dentro dos padrões.

Confiava em todas as informações levantadas pela minha equipe e sabia que questões como distribuição de alimento, fornecedores e encargos estavam em ordem. O Senhor Saboroso era um estabelecimento em crescente desenvolvimento, segundo os tantos gráficos que analisei, e havia faturado uma fortuna no último ano, como Maurício Viana já tinha comentado por alto.

Como ele havia chegado tão longe, com apenas vinte e sete anos e aquele jeito despreocupado, eu não fazia a mínima ideia. Novamente, guiei meu olhar para conferir seus gestos. Ele estava tentando salvar as sobremesas derretidas criando outra de última hora. Em dois minutos, transformou uma ex-torta gelada em cobertura para uma espécie de sorvete de casquinha que lembrava a minha infância.

Maurício tinha muita criatividade, discernimento, tranquilidade e era ponderado, apesar de alegar cansaço nos últimos dias. Ainda assim, não havia dúvidas de que tinha o dom de cozinhar e de criar maravilhas com a mente esperta e o coração sempre aberto. Eu me peguei analisando-o de um modo completamente não profissional. Refleti sobre como ele havia se comportado comigo: respeitoso, educado, caloroso, divertido, um amante perfeito e um amigo compreensivo.

Foi então que cheguei à conclusão de que, minha nossa, eu estava completamente apaixonada por aquele homem. Sem dúvida, o sentimento positivo que mais depressa invadiu o meu peito.

Enquanto o observava e me considerava a criatura mais ferrada do mundo, Maurício caminhou até mim segurando um prato com um sorriso de orelha a orelha.

— Pode pegar com a mão. — A casquinha de sorvete estava deitada no prato como um temaki, e dela escorriam o recheio colorido e a cobertura feita com a torta perdida.

A apresentação estava incrível, muito bem pensada.

Sem falar nada, segurei o sorvete diferenciado. Dei uma mordida grande, a fim de contemplar a mistura de todos os sabores, inclusive da casca. Por mais que eu imaginasse que estaria bom, só pela impecável apresentação do prato, foi inevitável me surpreender. A torta tinha a consistência certa, apesar de derretida.

— Tu que vai me dizer se esse prato pode ser servido, moça — Maurício falou baixo para seus funcionários não ouvirem.

— Quem sou eu pra definir isso? — Dei de ombros, querendo não me envolver tanto em suas escolhas. Não cabia a mim tomar uma decisão tão importante.

— Uma pessoa totalmente capaz de definir o que te pedi. — Ele continuava sorrindo. — Alguém a quem confio a minha vida.

Balancei a cabeça em negativa.

— Maurício... — Tentei recuperar o fôlego e ser racional. — Não sei qual foi o seu objetivo ao criar esse sorvete de torta.

Ele me analisou por um tempo.

— No começo, um gosto de chantilly frutado com gotas de chocolate amargo, depois o recheio de frutas da torta e a calda de frutas vermelhas, para em seguida se misturarem à consistência da casquinha, atribuindo crocância. Foi o que *sentisse*? — ele questionou.

Fiquei embasbacada com a descrição.

— Foi. Você provou?

— Ainda não. — Maurício pegou o doce que devolvi ao prato e deu uma baita mordida. Ficou olhando para o teto enquanto mastigava. Por fim, voltou a me olhar. — Está faltando alguma coisa.

— Eu diria nozes. — No impulso, acabei me envolvendo demais. — Lascas de nozes por cima da torta.

— Nozes — o chef murmurou e sorriu. — Claro, nozes. — Ele pegou um pouco do produto em uma prateleira e jogou por cima depois de cortar em pedaços menores. Tornou a provar e então seu rosto acendeu. Veio na minha direção para que eu também experimentasse. As nozes fizeram realmente a diferença no sabor, quebrando um pouco o doce e melhorando a consistência.

— Tu *salvasse* essa sobremesa, moça linda. — Ele me roubou um beijo e ia se afastando, porém segurei seu cotovelo.

— Não, Maurício. Você salvou. Qual maluco pensaria em sorvete de torta?

— Foi um elogio? — Soltou uma sonora gargalhada.

Aquiesci lentamente. Havia sido mais um elogio que soltei no calor da situação.

— Vou liberar o... — Ele olhou para o prato e riu. — Sorvete de Torta, como tu *batizasse*, e venho já. Tu é arretada, Franciele.

Permaneci calada depois de soltar um longo suspiro.

Ainda tive tempo de dar mais uma circulada na cozinha antes de Maurício reaparecer. O Sorvete de Torta foi elogiado pela equipe, e, de repente, uma sobremesa nova surgiu no cardápio do restaurante. Aquilo se chamava transformar fatalidade em oportunidade.

O jantar no Senhor Saboroso teve início e precisei deixar a cozinha para que trabalhassem em paz. Eu estava morrendo de fome e um tanto desconcertada por estar ali, por isso tratei de deixar Maurício e me sentei a uma mesa diferente naquela noite. Os pratos chegaram com a mesma velocidade e qualidade das vezes anteriores. Experimentei cada sabor com bastante cautela. Por fim, o Sorvete de Torta surgiu e não pude ficar mais satisfeita. Estava uma delícia e combinava muito bem com o menu degustação do dia.

Maurício parecia feliz ao fim da noite, quando veio conversar com os clientes, como sempre fazia. Passou algum tempo circulando pelo salão e depois ainda esperei que ele trocasse de roupa no banheiro de funcionários. O chef talentoso se transformou, em poucos segundos, no homem comum por quem eu estava caidinha. Apesar de não ter feito comentários, sabia que ele estava satisfeito pela sua expressão despreocupada e alegre.

Assim que nos reencontramos, começamos uma caminhada lenta, de mãos dadas, na direção da praia. Eu me sentia bem, tranquila e relaxada, principalmente depois do ótimo jantar regado a vinho.

— Pra onde vamos? — perguntei, mas já desconfiava de que iríamos à casa dele novamente, seguindo o trajeto pela areia. Arranquei minhas sandálias rasteiras e Maurício se ofereceu para segurá-las. Eu as entreguei e prosseguimos sem separar as nossas mãos.

— Falei que tenho planos pra gente. Espere só um pouco mais, já estamos chegando. — Ele piscou um olho na minha direção.

— Certo, mas espera — Parei de uma vez, puxando sua mão para que parasse também. — Antes de tudo, preciso te dizer uma coisa.

Depois que ele me encarou com curiosidade, o meu corpo inteiro começou a tremer, era difícil até respirar. Eu não estava pronta para dizer a verdade, mas sabia que precisava tirar aquele peso dos meus ombros. Não dava para me envolver tanto com Maurício sem que ele soubesse quem eu era.

— Sério? Eu também tenho uma coisa pra te dizer — ele foi logo falando e eu fiquei bastante curiosa.

— Mesmo? Você primeiro, então.

— Não, não... Primeiro as damas.

— Não é nada de mais, pode falar — menti feio, talvez para conseguir ganhar tempo. Eu, sinceramente, não sabia nem por onde começar a explicar tudo.

— Bom... — Maurício soltou um suspiro e se aproximou, segurando as minhas mãos nas suas. Parecia tão nervoso quanto eu. — Tu já deve ter percebido que eu tô levando tudo isso a sério. Você, eu... Não quero que acabe, Franciele. Estou te colocando na minha vida com o coração aberto.

Fiquei o olhando, mortificada. A emoção era tanta que não tive qualquer reação.

— Dito isso, não quero que fique pensando no futuro e deixe de aproveitar o momento — o chef continuou com seriedade. — Vamos fazer de conta que não existe qualquer problema? Pelo menos por essa noite? Não quero pensar em você indo embora depois de suas férias e... Não quero imaginar como vou ficar sem você aqui comigo.

— Eu... — Abri a boca para respirar melhor. Arfei e, em seguida, sorri com certa tristeza. Se Maurício estava pedindo para aproveitarmos o momento, então, definitivamente, aquela não era a hora de dizer a verdade. — Tudo bem. Só queria que soubesse que o meu coração também está aberto. Claro que estou um pouco assustada com a situação, aconteceu tudo muito de repente, mas estou levando a sério tanto quanto você.

Maurício abriu a boca, surpreso, depois passou a língua pelos lábios.

— Não brinca comigo, moça.

— Estou falando sério.

Ele me puxou pela cintura, de forma que nossos corpos se colaram. Sentir o seu cheiro e a o calor de sua pele me fazia um bem fora do comum.

— Fico feliz em saber disso, de verdade mesmo — o chef murmurou em um tom manso, tão suave que me fez derreter toda. Ficamos alguns segundos com as nossas testas grudadas, até que ele questionou: — O que você tinha pra dizer?

Refleti só por alguns instantes, já sabendo que não diria a verdade sobre mim, mas que ainda assim diria uma verdade:

— Eu também não quero que acabe, Maurício.

Ele segurou meu rosto com as duas mãos e sorriu antes de me beijar com intensidade. Parecia impossível, mas aquele beijo foi ainda mais saboroso do que todos os outros que já havíamos trocado. Enquanto seus lábios me enlaçavam delicadamente, sem querer, abri os olhos e vi adiante, dispostos na areia da praia, vários pontos de luz enfileirados.

A curiosidade me fez recuar de sua boca deliciosa.

— O que é aquilo? — Apontei.

Maurício virou para trás.

— É o nosso destino final, moça. Vem.

O chef me levou para mais perto do que depois descobri serem tochas acesas. Fiquei com o queixo completamente caído ao compreender o que Maurício tinha feito especialmente para nós. As tochas de bambu, dispostas em círculo como em um luau, rodeavam uma esteira grande, onde jaziam duas almofadas e uma mesa baixa já posta, para um jantar romântico.

Eu já tinha comido muito bem no Senhor Saboroso, mas só o cenário foi capaz de me deixar faminta novamente.

Um garçom organizava bandejas em uma mesa maior colocada a alguns metros de distância e, olhando melhor, percebi que era um funcionário do restaurante. Maurício tomou a minha mão com suavidade e, ao nos aproximarmos da mesa, me ajudou a sentar sobre uma das almofadas. Ele se sentou na outra, bem ao meu lado, de forma que os dois tinham uma vista privilegiada do oceano.

— Jantar à luz de tochas? — perguntei em um murmúrio, encarando Maurício.

— Sei que é tarde e que já jantamos, mas fiz uns petiscos e separei umas bebidas pra gente ficar à vontade em um clima romântico.

Ele abriu um sorriso tão belo que fui incapaz de não o acompanhar. Logo em seguida, sinalizou para o garçom, que se aproximou e fez uma apresentação breve, informando que nos serviria naquela noite. Um espumante nacional foi servido de forma elegante e, ao mesmo tempo, romântica. Maurício era um verdadeiro adorador das iguarias feitas no país.

Enquanto observava ao nosso redor com admiração, custei a acreditar que aquilo estivesse acontecendo comigo. Ninguém nunca tinha se esforçado tanto para me agradar, para ser gentil e para fazer com que eu me sentisse tão especial. Amada. Adorada.

Pensei em dizer alguma coisa a respeito, porém o garçom apareceu com uma cesta de frutas, repleta de morangos e uvas, roubando-me a atenção.

Percebi o sorriso malicioso de Maurício.

— Você não vai fazer isso... — comentei, estupefata, mas o chef ignorou o meu comentário e pegou um dos morangos, colocando-o dentro da minha boca. Depois, pegou o cacho de uvas e o ergueu na direção dos meus lábios, como em filmes. Soltei uma risada enquanto terminava de mastigar o morango. — Você está me mimando, Maurício! — reclamei de boca cheia. A minha voz saiu tão engraçada que nós dois rimos.

— Oxe, só tô alimentando a tua loucura. — Ele depositou uma uva do cacho sobre meus lábios. Sem saída, mordi a fruta em meio a risadas. — Toda loucura, moça, precisa ser alimentada. São elas que nos dão força pra viver nesse mundo louco.

— Você não existe! — afirmei. Os sabores das frutas em meu paladar eram deliciosos, dava para notar que estavam frescas e tinham sido muito bem escolhidas para uma ocasião especial. — Olha que vou ficar estragada com tantos mimos!

— Eu não ligo.

Maurício, de repente, se levantou. Fiquei o observando, sem saber o que pretendia, mas já imaginando que me surpreenderia com o seu próximo passo. Ele caminhou até a tocha mais próxima e só então percebi que, no chão, havia uma folha de coqueiro imensa. Não consegui me conter e tive uma crise de riso. Enquanto eu gargalhava, o chef começou a abanar a folha na minha direção. Até ele começou a rir da cena. Foi hilário!

Cheguei a chorar de tanto que gargalhei. Minha barriga doía de tanto rir, quando, por fim, Maurício largou a folha e voltou a se sentar ao meu lado. Em um impulso louco, praticamente me atirei sobre ele, sentando-me em seu colo. Eu o abracei com tanta força que tive a impressão de sentir os seus ossos estalarem.

— Obrigada! — falei com a voz emocionada.

— Não me agradeça, leonina. Você merece todas as coisas boas do mundo. Estou aqui para te mimar e te dar todo o apoio de que precisa.

Soltei-o um pouco só para encará-lo. Seu olhar estava tão brilhante que lembrou as águas do mar sendo tocadas pela luz refletida da lua. Tive certeza de que ninguém jamais havia me olhado daquele jeito, com tanta paixão e intensidade.

— Eu nunca me senti tão importante, Maurício... — desabafei, com os olhos marejando de emoção. Surpreendentemente, não me senti nem um pouco constrangida por estar me mostrando vulnerável na frente dele. — Falo sério. Não estou acostumada a esse tipo de tratamento.

— Poxa vida, mas tu é importante e merece ser tratada como uma princesa. — Sorri de forma ampla, até que ele soltou: — E eu te adoro.

Parei de sorrir e prendi os lábios com muita força.

— Eu também — sussurrei, pensando que jamais tinha correspondido alguém. Não na mesma intensidade. O meu histórico amoroso era uma catástrofe. — Eu também te adoro.

— Se depender de mim, é assim que tu sempre será tratada.

Maurício deixou a minha resposta morrer em um beijo intenso, que fez com que eu ficasse ligada em poucos segundos. Se ele queria que aproveitássemos cada instante sem pensar nos problemas, era exatamente o que eu faria. Estava mais do que pronta para passar uma noite especial ao seu lado, sem pensar em quem eu era ou em quem ele era. Queria apenas sentir aquelas emoções e deixar que ele me oferecesse aquele sentimento novo, mas que era puro e sincero. Dava para sentir a sutileza da química, da chama que nos envolvia como um abraço caloroso e aconchegante.

— Eu me sinto em casa com você, Maurício — murmurei aquela verdade depois que encerramos o beijo. Eu ainda estava sentada de frente sobre o seu colo. — E é engraçado porque estou muito longe de casa. — Abri um sorriso suave.

Ele alisou os meus cabelos carinhosamente.

— O verdadeiro lar é onde o nosso coração está. Não é o que dizem? — Ele me acompanhou com outro sorriso e grudou as nossas testas. — Meu coração está contigo.

Soltei um suspiro imenso, audível.

Naquele momento, éramos apenas Maurício e Franciele, duas pessoas comuns e ansiosas para arrancar uma da outra todas as boas sensações que pudessem existir.

CAPÍTULO 17
A mulher dos seus sonhos

Fazia um bom tempo que eu não tinha uma experiência gastronômica tão despreocupada, em que nada precisava ser avaliado e que minha companhia fosse, no fim das contas, a entrada, o prato principal e a sobremesa. Maurício era o tipo de pessoa que não deixava o silêncio predominar de jeito nenhum, sempre tinha algo espontâneo a dizer, que geralmente terminava em uma risada.

Tomamos duas garrafas de espumante sem percebermos, em meio a muitos beijos, petiscos e uma conversa que serviu para que nos conhecêssemos melhor, de maneira que foi impossível não o admirar ainda mais do que antes. Não vimos o tempo passar de tão agradável que foi a nossa noite na beira da praia.

A equipe do chef foi acionada quando finalmente nos demos por satisfeitos e decidimos nos recolher, pois já era tarde. Antes mesmo de darmos as costas para seguir uma caminhada lenta de mãos dadas, pela areia branquinha de Porto de Galinhas, o cenário já estava quase todo desmontado pelos funcionários competentes do Senhor Saboroso.

— Você sabe que estamos seguindo na direção oposta ao hotel, não sabe? — comentei enquanto sorria. Pouca coisa era mais agradável que caminhar à noite em uma praia nordestina, ao lado de um homem maravilhoso como aquele.

Eu me sentia privilegiada em muitos sentidos.

— Sei... Tive esperanças de te ter lá em casa de novo. — Maurício me olhou de soslaio. — A gente podia assistir a um filme, sei lá.

Sabia muito bem de qual filme Maurício estava falando.

— Não acha que está meio tarde?

— Quem tá contando as horas? — Ele parou e me puxou para si, enlaçando-me em um abraço quente, que contrastou com a brisa fresca. — Perco a noção do tempo contigo, Franciele. Nada mais importa.

— Obrigada pela noite maravilhosa — murmurei e segurei seu queixo para beijá-lo.

Nossos corpos estavam agindo como se fôssemos íntimos de longa data. A sensação era tão estranha quanto maravilhosa, era como se nos reconhecêssemos com naturalidade. Eu não sabia que podia me apaixonar em tão pouco tempo por alguém que normalmente eu não daria a menor bola.

— Eu sou um cara romântico — gabou-se, todo faceiro, enquanto as mãos não me soltavam por nada. — Gosto de fazer surpresas.

— Estou percebendo.

Depois de trocarmos sorrisos, continuamos a nossa caminhada vagarosa rumo à sua casa, que não deveria estar tão longe. Não havia a menor pressa.

Mesmo sabendo que não deveria, fiquei pensando em como seria se eu resolvesse passar mais uns dias em Porto de Galinhas. Eu sabia que teria que voltar cedo ou tarde, porém maquinava um jeito de adiar o máximo possível o meu retorno a São Paulo. Depois dos problemas com Gustavo Medeiros, minhas esperanças eram poucas, já que precisaria resolver a situação pessoalmente em algum momento. Sem contar que eu tinha resenhas já contratadas para escrever.

— No que tá pensando? — Maurício interrompeu meus pensamentos e só então notei que estava perdida neles.

— Que eu adoraria ficar por mais um tempo, mas não posso. Preciso voltar depois de amanhã. — Abaixei a cabeça, de repente me sentindo entristecida. Aquele pequeno romance tinha um prazo de validade muito curto.

— Tão cedo assim? — O timbre de decepção em sua voz era nítido. A mão de Maurício apertou a minha com um pouco mais de força. Foi um gesto sutil, mas que indicou que ele também não estava pronto para uma despedida.

— Pois é. Pra ser sincera, a minha assistente sugeriu que eu voltasse hoje mesmo, mas neguei.

— Por quê?

Demorei tanto a responder que acabamos entrando em um silêncio sufocante, o clima ao nosso redor mudou drasticamente. Percebi o quão sério Maurício havia ficado. Pensei e repensei em uma boa resposta, porém nada mais foi dito até chegarmos à casa dele. Nós dois deixamos o assunto para lá e eu não podia ficar mais agradecida.

Tudo estava exatamente igual ao dia anterior. Parecia que fazia uma eternidade que tinha estado ali, mas mal havia passado vinte e quatro horas. Incrível como a passagem do tempo em alguns casos nada tinha a ver com o relógio.

— Vem comigo. — Maurício me puxou para dentro da casa e entrei sem hesitar.

Daquela vez, fui apresentada cautelosamente a cada cômodo e comprovei o que eu já sabia: a casa onde Maurício morava com a mãe era muito bonita e confortável, um ambiente familiar que me fez sentir certa saudade da antiga casa dos meus pais. Por fim, o chef me levou ao seu quarto, localizado no primeiro andar. Era grande, limpo e bem masculino. Curiosamente, não havia nenhuma peça de roupa espalhada, mas isso poderia ser atribuído ao fato de ele já saber que me levaria ali.

Maurício mal podia disfarçar o sorriso bobo que enfeitava seus lábios enquanto eu analisava o seu reduto particular. Sua alegria me deixou tão comovida que tomei a liberdade de fazer o que eu queria já havia algum tempo: empurrei-o na direção da cama de casal, para logo em seguida montar em seu corpo másculo. Suas mãos apertaram a minha cintura com ar de posse.

— Minha vez de mostrar o que *eu* preparei pra você — falei com a voz já tomada pelo desejo. Maurício lambeu os lábios, na expectativa.

— Estava ansioso por isso...

Encontrei a barra do meu vestido e o tirei por cima da cabeça, em um movimento lento para que o chef não perdesse nada. Deixei à mostra a lingerie sexy, de uma cor vinho maravilhosa, que inspirava convicção. Eu me senti atraente e gostosa ao perceber o olhar esfomeado de Maurício observando as curvas do meu corpo. Prendi os lábios e peguei suas mãos para guiá-las por cada pedacinho da minha pele, começando pelos seios. Ele soltou a respiração de uma só vez.

O toque de suas palmas firmes me deixou louca, de forma que comecei a rebolar em cima de seu quadril. Arqueei minha coluna para trás e me deixei sentir ao máximo, até que não aguentei mais e me curvei para frente, a fim de beijá-lo. Nunca beijei qualquer pessoa com tanto desejo e sintonia, com tanta vontade de permanecer na vida de alguém. Eu me sentia, de alguma forma, uma parte de Maurício, por mais louco que aquele sentimento fosse. Estava envolvida até o último fio de cabelo.

— Gostosa... — ele murmurou, rouco, enquanto eu descia a boca para explorar o seu pescoço com cheiro de perfume masculino. Senti suas mãos apalpando a minha bunda com mais força e gemi baixinho.

— Você que é gostoso — respondi com firmeza, sem parar de explorá-lo. — Delicioso... Saboroso. — Nós dois soltamos uma risadinha safada.

Lentamente, eu o despi peça por peça, aproveitando cada pedacinho dele ao máximo, em uma espécie de reconhecimento. Queria decorar as curvas, as marcas, os sinais e o formato do seu corpo para guardá-lo comigo mesmo quando eu fosse embora. O chef permitiu o meu controle, colocando-se à mercê do que eu quisesse fazer com ele. Adorei estar no comando, até porque já estava acostumada e não me sentia tão perdida. Beijei, mordi e lambi cada contorno de seu corpo antes de dar atenção ao que ele tinha entre as pernas.

Seu pênis já ereto exigia cuidado especial, parecia sedento e clamava por mim. Por incrível que pudesse parecer, eu ainda não o tinha sentido em minha boca. Não havia dado tempo, já que Maurício simplesmente me atropelava feito um trator com a maneira como me dava prazer. Tinha ficado tão paralisada que demorei demais a ter qualquer reação, mas naquela noite seria diferente.

Segurei sua ereção com firmeza e me inclinei para ela enquanto o encarava nos olhos. Fiquei de quatro sobre a cama, na posição perfeita para chupá-lo.

— Tu sabe que não precisa fazer isso, né, moça? — ele engoliu em seco. Estava vidrado, encarando a distância entre meus lábios e seu pênis diminuindo.

— Por que eu não faria? — questionei em um murmúrio, sorrindo de um jeito safado em sua direção.

— Eu... não sei. Achei que... Não quero que te sinta pressionada a fazer nada só pra me agradar — ele explicou calmamente, ainda que seu rosto estivesse vermelho e demonstrasse ansiedade.

— Eu quero fazer — fui taxativa e comecei a lamber a ponta de seu pênis. Maurício expirou com força diante do meu curto e lento toque. — Na verdade, não via a hora de fazer isso. — Passei a língua em toda a extensão, bem devagarzinho. O seu gosto ali era tão saboroso quanto todo o restante.

— Misericórdia... — ele expirou com força e fez uma careta como se sofresse. — Tu é a mulher dos meus sonhos.

Sua frase ficou suspensa no ar. Não tive coragem de respondê-lo positiva ou negativamente. Eu não me via sendo a mulher dos sonhos de ninguém, mas, se era o que Maurício acreditava, não seria naquele momento que eu discordaria.

Em vez de questionar, simplesmente o abocanhei. Usei tudo o que eu sabia sobre sexo oral, que não era lá grande coisa, mas me esforcei além da conta, a fim de lhe oferecer o maior prazer possível. Foi delicioso vê-lo se contorcendo, conferir seu corpo reagindo aos meus movimentos.

— Que boca é essa...? — Seu questionamento sussurrado ficou no ar, pairando entre nós. Seus gemidos e arquejos serviram como combustível para que eu me empenhasse ainda mais, para que incitasse seu êxtase com tranquilidade e, ao mesmo tempo, veemência. Adorei observá-lo e enxergar com nitidez o quanto estava gostando de ser chupado por mim.

Só o larguei minutos depois, quando Maurício me implorou para parar, caso contrário gozaria e terminaria a festa cedo demais. Eu estava tão empolgada que o ataquei tão logo deixei de chupá-lo. Não queria perder tempo para tê-lo dentro de mim novamente. Voltei a montar em seu corpo, mas daquela vez tirei a calcinha antes e nos encaixei com precisão. Ditei o ritmo do vai e vem que nos dava prazer mútuo, entre gemidos, arquejos e beijos calorosos.

Em meio a tantas carícias, Maurício arrancou meu sutiã e trabalhou intensamente em meus seios, enquanto eu o cavalgava. Equilibrei meus pés no colchão para acelerar os choques, de forma que seu pau me penetrava com a cadência perfeita para me fazer gozar. Eu me deixei levar como uma onda que arrasta todas as incertezas para bem longe. Só havia a necessidade de fazer tudo dar certo, ainda que parecesse impossível. Soltei gemidos altos, quase gritos, libertando-me de uma vez de todas as amarras. Foi um orgasmo libertador.

Assim que meu clímax terminou, o chef nos girou sobre o colchão. Abracei-o com pernas e braços, como se fosse incapaz de largá-lo tão cedo. Ele passou a se movimentar depressa, sem qualquer delicadeza, afundando-se em mim com força e recuando rápido só para se enterrar mais uma vez, com pressão. Aquela posição simples, mas deliciosa, e que nos permitia ficar olho no olho, me acendeu novamente em pouquíssimo tempo. Suor começou a brotar de nossas peles e passou a se misturar. Maurício tomou para si o controle dos choques entre nossos sexos, de forma que me concentrei apenas em gozar outra vez.

Comecei a gemer alto de novo, perto do seu ouvido, sentindo-me flutuar para um paraíso em que só havia nós dois. Aquele sexo sem dúvida estava sendo o melhor de todos; o mais íntimo, o mais prazeroso. Não houve um só segundo em que eu não me sentisse completamente dele, e acredito que o contrário também fosse verdade.

Maurício, por fim, juntou nossas testas e relaxou, preenchendo-me com jatos e mais jatos do seu gozo bem dentro de mim. Só então, diante daquela sensação, me dei conta de que havíamos esquecido de usar preservativo.

Enquanto o observava e fazia uma nota mental para ir a uma farmácia pela manhã e comprar uma pílula do dia seguinte, o chef soltou um arquejo e murmurou com a voz rouca, porém audível:

— Francis...

Abri bem os meus olhos, de repente petrificada.

Meus braços e pernas amoleceram simultaneamente, de forma que permaneci jogada na cama, sem qualquer reação. O meu coração passou a bater forte, o meu cérebro congelou e me encontrei em um estado de choque difícil de discernir.

Maurício percebeu a mudança súbita.

— O que houve? — ele perguntou, me olhando de perto. A sua respiração ainda estava embargada devido ao orgasmo.

— Do que você me chamou? — pronunciei sílaba por sílaba, bem devagar, sentindo um ardor crescer dentro do meu peito.

Ainda esperei que o chef comentasse que aquele era apenas um apelido carinhoso, afinal, muita gente que não sabia o meu pseudônimo já havia me chamado de Francis por pura intuição. Não era tão difícil assim de acontecer, certo? Eu só devia manter a calma e a ponderação.

No entanto, para o meu profundo estarrecimento, Maurício apenas ficou me olhando. Deu para notar a confusão crescendo junto com o nervosismo. Aquele homem nos desencaixou e se sentou na cama ao meu lado, parecendo desconcertado. Seus lábios se apertaram e, então, eu percebi.

Ele já sabia. O filho da mãe sabia o tempo todo quem eu era!

Por alguns segundos, simplesmente não consegui reagir. Fiquei encarando-o, remoendo as últimas esperanças de que ele, enfim, se explicasse. Mas nada aconteceu. Sendo assim, finalmente criei forças e me levantei da cama, já procurando as minhas roupas. Queria sair dali o mais rápido possível.

— Franciele, eu...

Parei para fuzilá-lo com um olhar endiabrado. Maurício não podia mensurar o tamanho da raiva que crescia dentro de mim e que eu sabia que explodiria com qualquer sopro. Era difícil acreditar, mas, como sempre fui muito ligada à realidade, a ficha ia caindo rápido e, a cada segundo, eu me sentia mais possessa.

— Franciele... Pra onde vai? Está tarde e...

— VOCÊ SABIA O TEMPO TODO? — berrei em descontrole.

O chef fechou os olhos com força, como se lamentasse profundamente, e depois aquiesceu. Fiquei tão chocada que acabei soltando um soluço.

Aquele desgraçado tinha me usado. Ele sabia que eu era Francis Danesi e o que estava fazendo em Porto de Galinhas. Todo aquele cuidado e esforço em me agradar não passaram de uma grande mentira, uma armação das boas. Os toques, as carícias, as belas palavras... Foi tudo parte de uma armadilha podre em que caí como uma idiota. O chef só tentou me conquistar para ganhar o meu maldito selo.

Eu não passei de um jogo conveniente para ele.

Sem dizer nada, vesti minhas roupas depressa enquanto Maurício esperava em silêncio. Ele parecia não saber onde se enfiar, mas eu sabia que aquilo tudo era armação e que ele apenas tinha se entregado durante um maldito orgasmo.

Seu plano havia chegado ao fim.

— Eu poderia simplesmente ir embora desse lugar, Maurício — rosnei em fúria, depois de vestida. Ele ainda estava sem roupa na cama e, ao encará-lo, percebi seus olhos cheios de lágrimas. Que só podiam ser de crocodilo.

— Por favor, não vá...

— Mas eu sei separar as coisas, sei ser profissional e justa, ao contrário de você — ignorei por completo o seu pedido infundado. — Amanhã avaliarei o seu restaurante minuciosamente, pela última vez, porém não quero ter o desprazer de olhar pra sua cara de novo. — Fiz uma pausa para não começar a chorar na frente dele. Engoli as lágrimas e prossegui, séria: — Encontre algum funcionário para me receber às nove da manhã.

— Franciele, não faz assim. — Ele ficou de joelhos no colchão, tentando se aproximar. Dei vários passos para trás. — Não é o que tu tá pensando, eu juro!

— NÃO ME CHAME DE FRANCIELE DE NOVO! — gritei ferozmente. Inspirei, tentando manter o controle, e só continuei quando tive certeza de que falaria em um tom normal: — Quem te deu o direito de...?

— Fiz outra pausa, sentindo-me vacilar, e respirei fundo para não morrer sufocada com a minha própria raiva. — Seu golpe foi baixo e ridículo. E você me dá nojo. Não ouse justificar a sua falta de caráter.

— Eu te dei mil chances pra me dizer a verdade — ele murmurou de um jeito sofrido que não me comoveu nem um pouquinho. — Mas te entendi. Compreendi por que não foi sincera comigo. E eu tive tanto medo de estragar tudo. Por favor, tente me entender também!

— Eu já entendi, Maurício. Vai pro inferno!

Eu o deixei sozinho e nu em seu quarto e saí correndo. Desci as escadas aos tropeços, estava tonta de tanto ódio, e corri até o portão. A chave estava na fechadura, facilitando a minha saída. Quanto mais longe eu pudesse ficar de Maurício Viana, melhor. Não sabia dizer do que seria capaz se o visse outra vez.

Alguns passos na areia e simplesmente desabei. Meus joelhos dobraram, totalmente sem forças, e acabei aos prantos, de madrugada, no meio de uma praia deserta. Eu estava provando o amargo sabor da maior decepção amorosa pela qual já havia passado em toda minha vida.

CAPÍTULO 18
Mais falso que nota de três reais

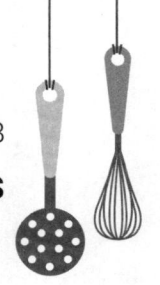

Não dava para me concentrar em mais nada além da dor que crescia em meu peito, dilacerando tudo o que encontrava. Não esperava, de maneira alguma, um comportamento tão sujo vindo de Maurício. Por menos que eu o conhecesse, era duro demais admitir que me deixei levar por um punhado de palavras doces e gentis. Eu me comportei como uma garotinha carente que se apaixonava fácil e quebrava a cara.

Enquanto chorava, aos soluços, com os joelhos e mãos apoiados na areia, sentindo o vento no rosto, lembrava o modo como, em muitos momentos, Maurício havia forçado a barra entre a gente.

Acreditei em cada uma das suas justificativas sem pensar que talvez ele tivesse um plano terrível tramado. A ideia de seduzir a mulher responsável por avaliar seu restaurante era doentia. Eu estava me sentindo tão usada que só conseguia chorar mais alto a cada segundo. A situação só piorava toda vez que sentia o vazio deixado por ele entre as minhas pernas, que ainda guardava os seus vestígios.

— Franciele! — Ouvi a voz dele gritando atrás de mim. Eu me virei no susto e vi Maurício correndo na minha direção a toda velocidade. Não tive outra opção além de me levantar da areia e começar a correr para longe dele. — Francis, espere!

— PARE DE ME SEGUIR! — gritei de volta sem sequer olhar para trás. O chef correu realmente muito rápido, pois senti sua mão puxando meu cotovelo. Fiz força para me desvencilhar, porém não consegui. — TIRE SUAS MÃOS DE MIM!

— Franciele, pelo amor de Deus, me escuta! — Maurício usou um timbre desesperado e alto, que me fez paralisar por um segundo.

O chef ficou me olhando como se não soubesse por onde começar a explicar o que não tinha a menor explicação. Vê-lo de tão perto intensificou a minha raiva, de modo que comecei a me contorcer e gritar, até que finalmente me soltou.

— Quem vai me escutar é VOCÊ! — Apontei um dedo em sua cara. — Seduzir uma mulher para ganhar uma porcaria de selo? Você foi um cretino, Maurício! — Ele balançou a cabeça em negativa e então percebi que nós dois estávamos chorando. — Tantas gentilezas... Tantas palavras bonitas ditas em vão. Enquanto eu me martirizava por não ter dito a verdade, você ria da minha cara!

— Não foi assim! — Ele continuava balançando a cabeça desesperadamente. — Eu não sabia que tu era Francis Danesi até hoje de manhã, quando vi um papel sobre o Senhor Saboroso caído no chão do seu quarto, embaixo da mesa. Antes disso, apenas desconfiava.

Abaixei a mão, atônita. Se ele sabia desde cedo, significava que havia me chamado para visitar a sua cozinha ciente de que estava sendo avaliado, o que poderia explicar a organização perfeita e a forma educada como todos me trataram. Enquanto eu me sentia culpada, o imbecil me usava. Ainda teve a audácia de me fazer dar opinião sobre uma de suas sobremesas. Um absurdo!

— Apenas desconfiava... — repeti em um sussurro, depositando as mãos sujas de areia na cintura. Fiz uma expressão de incredulidade. — Apenas desconfiava.

— Eu não fazia ideia! Nem sabia que Francis Danesi era uma mulher. — Maurício deu alguns passos na minha direção, porém recuei. — Mas fui juntando as coisas, reunindo as informações. As tuas reservas estão em nome de uma das funcionárias do Sabores de Francis. O fato de tu saber cozinhar... Depois te vi anotando algumas coisas em um bloco, lá no Senhor Saboroso. Os nomes parecidos... E então tu me contou que era da área, e muito bem estudada. — A voz dele saía desesperada, mas não me comovia. — Fui juntando tudo, ainda assim, não tinha certeza. Ou talvez não quisesse acreditar. E, definitivamente, não te seduzi pra ganhar selo algum!

— Você está mentindo! — gesticulei avidamente, irritada ao limite. Não dava para acreditar nele, eu não era idiota e o que menos gostava na vida era de ser feita de trouxa. — Se desconfiava, por que não falou nada?

— Não sei, Franciele, tive medo! No início, achei que tu tava me usando.

— Eu? Te usando? Pra quê? — Cruzei os braços na frente do corpo. Estava apenas esperando o momento em que ele faria tudo parecer minha culpa.

Certo, eu tinha a minha parcela gigantesca de culpa, afinal, escondi a verdade desde o princípio, mas nada justificava o fato de ele ter me levado à sua cozinha já sabendo quem eu era.

— Eu te mostrei o meu restaurante sem fazer ideia de que estava sendo avaliado.

— E aí depois mostrou de novo sabendo exatamente quem eu era e ainda veio me pedir opinião — interrompi-o.

— Isso não foi certo, mas não te julgo, fui eu que insisti... — disse ele.

— Sim, insistiu pra caramba! E, sim, sei muito bem que não foi certo da minha parte, eu tenho vergonha na cara — retruquei.

— Se sabe disso, então por que tu não...

Interrompi-o mais uma vez, nossas falas saindo todas atropeladas:

— Mas se me lembro bem, foi *você* que quis tornar tudo mais sério. Veio com conversa bonitinha para o meu lado. A gente podia só ter tido a porcaria de uma foda.

Maurício ergueu uma sobrancelha, parecendo chocado. Engoliu em seco.

— Não fico com ninguém sem ter qualquer expectativa para o futuro, Franciele. Se queria só sexo, não seria comigo que encontraria.

Arfei de uma maneira audível.

— Não seja cretino, você me arrastou para a sua cozinha com essa intenção. Eu era uma desconhecida que de repente chamou a sua atenção, nada mais.

— Tu tá enganada, eu te disse que...

— Não me interessa mais o que você disse! — berrei, com os punhos estalando de tanto que os apertava.

Maurício passou as mãos nervosas pelos cabelos e prosseguiu com um pouco mais de calma:

— De qualquer forma, notei teu jeito sempre querendo recuar, mas nunca conseguindo se manter distante. Percebi que não era tua intenção me usar, que tu apenas não *queria* envolver teu trabalho no nosso relacionamento e não sabia como me dizer.

— Não temos um relacionamento — rebati, taxativa. Maurício fez uma expressão decepcionada. — Nem nunca teremos. Por que não deu um fim em tudo? Por que continuou me seduzindo, me enganando?

O chef passou as mãos nos cabelos novamente e expirou com força, já com as mãos na cintura. Apesar de estar usando apenas uma bermuda de moletom, seu peitoral exposto se tornou indiferente aos meus olhos. Toda a atração física foi embora como se nunca tivesse existido. Maurício se tornou um completo desconhecido, coisa que de fato era.

— Não foi nada de caso pensado, eu juro. Quando te conheci, na piscina, minha única vontade foi de te conhecer melhor. — Deixou os braços fortes caírem na lateral de seu corpo, derrotado. — Não fazia ideia de quem tu era. Mantive os meus planos, mas fui desconfiando e... Era tarde demais pra voltar atrás.

— Tarde? — bufei, muito furiosa. — Por quê?

Ainda que Maurício falasse a verdade sobre não saber quem eu era no início, foi golpe baixo continuar com aquilo mesmo desconfiando. O mínimo que deveria ter feito era ter se afastado, respeitado o espaço que deveria ser mantido entre nós. Aquela parte eu simplesmente não podia conceber. Sentia-me uma otária em vários níveis e nem mesmo aquela conversa estava ajudando, muito pelo contrário, só me fez sentir ainda mais raiva de mim mesma por ter sido tão idiota, tão vulnerável.

— Porque eu já estava apaixonado, Franciele — ele falou mansamente, olhando com os olhos marejados no fundo dos meus também chorosos. — Não queria te perder. Não queria que a verdade nos afastasse.

Dei alguns passos para trás enquanto muitas lágrimas escorriam pelo meu rosto. Eu não queria chorar na frente daquele idiota, porém não conseguia me conter. Maurício devia ter conversado comigo a respeito. Mas não... Fingiu que nada estava acontecendo. Se duvidar, quando eu dissesse a verdade, fingiria que não sabia de nada.

E, para piorar, ainda me confessava uma paixão falsa.

— Mas você me perdeu — falei com firmeza. Naquele momento, eu preferia morrer a dar o braço a torcer, a ser uma mulher medíocre que aceitava qualquer coisa por um punhado de carícias e palavras bem colocadas. — Perdeu a minha confiança e a minha admiração. Não sobrou nada. No fim das contas, você nunca me teve de verdade.

— Nunca tive? — Ele balançou a cabeça e parou de tentar se aproximar.

— Não. Nunca. Sua paixão é patética e é mais falsa que nota de três reais.

Maurício aquiesceu lentamente. Percebi quando seus olhos voltaram a marejar, daquela vez refletindo decepção. Estávamos quites. Ele havia me decepcionado de um jeito estrondoso, aberto um buraco profundo em mim. Nada mais justo que se machucasse também, embora eu tivesse certeza de que aquilo era apenas ego masculino ferido.

— Tudo bem. — Ele colocou as mãos no bolso da bermuda que devia ter vestido às pressas. — Amanhã não se dê ao trabalho de ir ao Senhor Saboroso. Apenas vá embora, como disse que faria. Eu não quero ter nada a ver com o teu selo.

Sorri, mesmo sem achar graça.

Os homens podiam lidar com qualquer coisa no mundo, menos com uma mulher dando um fora com a frieza necessária. Não havia arrependimentos. A cara de cachorro abandonado que Maurício fazia não me amoleceria de jeito nenhum.

— Ótimo.

Dei as costas e fui andando calmamente, com a cabeça erguida e a certeza de que nunca mais voltaria para aquele lugar.

— Mesmo que não acredite, eu vou dizer — Maurício falou um pouco mais alto, fazendo-me parar. Não virei de frente para ele, no entanto. — Tudo o que fiz foi de coração aberto. Não desejo teu mal. Pra ser sincero, eu te admiro muito e continuarei admirando. Li quase todos os teus artigos. Em minha opinião, tu é a profissional mais incrível da área. Foi por isso que me inscrevi no selo.

— Nada disso importa agora — respondi, seca.

— Eu nunca importei pra ti, não é? Como tu mesma *disse*, estava a fim apenas de uma foda — murmurou, parecendo transtornado. — Enquanto eu me doava por inteiro, tu nunca *fosse* minha.

— Não vou me desculpar pelos seus atos. Você que forçou a barra.

— Certo, Franciele. Admito meu erro. Mas ao menos fui sincero em exprimir os meus sentimentos.

— Já chega de suas mentiras — rosnei e voltei a caminhar, só que mais rápido.

Maurício Viana não me seguiu.

Depois de alguns minutos de uma caminhada acelerada, passei pela área da piscina me sentindo sem chão, lutando para não ter lembranças do dia em que o chef me deu um banho e molhou a minha calça.

Adentrei o resort cabisbaixa, diferente de como deixei Maurício para trás. Meu ego nunca me deixaria admitir para ele o quanto eu estava sofrendo.

CAPÍTULO 19
Vida que segue

Custei muito a pegar no sono e só consegui relaxar depois que tomei os costumeiros remédios para dormir, os mesmos dos quais ainda não tinha precisado desde que cheguei a Porto de Galinhas. Eu me sentia arrasada em tantos sentidos que a dor já se tornava física. Acordei na manhã seguinte com o corpo inteiro dolorido, com um desânimo estarrecedor e uma vontade absurda de nem sair da cama.

Se eu não estivesse acostumada com quedas e nunca tivesse sentido aquele nível de tristeza talvez houvesse permanecido naquele estado paralisante por todo o dia, mas o meu coração era calejado e eu sabia que de nada adiantaria deixar de fazer o necessário. Sendo assim, tomei um banho frio, coloquei uma roupa limpa e, percebendo que a hora estava avançada e eu tinha perdido o café da manhã do resort, me organizei para enfrentar o Senhor Saboroso pela última vez.

Seria um absurdo que eu deixasse de avaliar o restaurante só porque tinha discutido com o chef na noite anterior. Não poderia me intitular uma mulher profissional, séria e justa se fosse embora sem um veredito coerente. As questões emocionais não eram prioridade naquele momento, então tratei de trancafiar todas as mágoas e agir como Francis Danesi agiria.

Foi com certa vergonha e o coração batendo acelerado que fiz o percurso já tão conhecido e que certamente deixaria saudades. Maurício não passava de um ridículo, mas a sua comida era boa e eu precisava admitir que não me esqueceria dela tão cedo. Infelizmente, não pretendia retornar àquele lugar e deixaria todo o serviço para a minha equipe, caso o Senhor Saboroso ganhasse o nosso selo.

A recepcionista me tratou como todos os outros dias, sem nenhuma diferença na educação e delicadeza ao me acompanhar até uma mesa. Bruno, o garçom que Maurício já havia me apresentado, saudou-me calorosamente e tratou de buscar uma taça de vinho nacional com bastante pontualidade. Tudo parecia normal, era como se nada tivesse acontecido e eu preferia daquele jeito.

Como em todas as vezes em que estive ali, minhas mãos foram lavadas, minhas sandálias retiradas, e os pratos vieram com a mesma maestria na apresentação e no sabor. No entanto, notei algumas diferenças na sobremesa. Nada da Franciele Surpresa e muito menos do Sorvete de Torta. Chamei Bruno quando uma sobremesa diferente foi colocada na minha frente.

— Pois não, senhora? — Ele veio todo solícito, sorrindo de maneira agradável.

— Hoje não tem o Sorvete de Torta? — questionei, sentindo o meu rosto começar a arder de vergonha. Não ousei perguntar pela Franciele Surpresa porque me parecia meio óbvia a ausência dela.

— Não, senhora, lamento informar que foi retirado do cardápio temporariamente.

— Tudo bem. — Soltei a respiração. — Muito obrigada.

Bruno sorriu, acenou com a cabeça e pediu licença antes de ir atender outros clientes. Juro por Deus que a vontade que tive de ir embora quase ganhou aquele jogo difícil de ser jogado. Respirei profundamente umas cinco vezes antes de experimentar a sobremesa nova, que sinceramente não era tão gostosa quanto as anteriores. Ainda que estivesse boa, foi como provar o sabor da desilusão. A realidade da vida me pareceu indiferente como aquela sobremesa.

Esperei com toda a paciência do mundo pela chegada do chef ao salão. Como previsto, ele apareceu trajando o seu dólmã e o costumeiro sorriso, que se apagou tão logo me viu. Maurício me ignorou a princípio; conversou com todos os clientes como se não tivesse a menor pressa.

Foi quando ele já tinha atendido todo mundo que voltou a dirigir o olhar a mim. Pareceu reflexivo por alguns instantes, talvez decidindo se me ignoraria de vez ou se viria me dar atenção. Daria tudo pelos seus pensamentos, mas me coube apenas aguardar pela sua vontade. Quando percebi que se aproximava a passos vagarosos, meu coração passou a bater tão forte que achei que teria um troço.

— O que faz aqui? — Maurício perguntou em um tom ameno, sem grosseria ou aspereza, em um timbre que anunciava curiosidade mais do que qualquer outra coisa.

Eu me ergui da cadeira e ofereci uma mão para cumprimentá-lo.

— Boa tarde — murmurei e ele ficou olhando para a minha mão, que ficou no ar até eu perceber que estava agindo feito uma imbecil. Abaixei-a, constrangida. — Queira se sentar, por favor, chef. — Indiquei a cadeira ao meu lado. A minha voz saiu firme, convicta, mas por dentro eu estava tremendo mais do que vara verde.

Maurício ficou me olhando, talvez pensando se deveria sentar ou virar as costas e ir embora. Por fim, ele arrastou a cadeira e se sentou, mas foi logo falando:

— Não entendo o que tu está fazendo aqui...

— Eu sou Francis Danesi e vim terminar a minha avaliação do seu restaurante — informei, abrindo a bolsa e tirando dela uma pasta onde guardava os documentos sobre o Senhor Saboroso. Depositei-a sobre a mesa e Maurício observou o que eu estava fazendo com bastante atenção. — Como dono do estabelecimento, preciso fazer algumas perguntas ao senhor e, com a sua autorização, fazer uma visita oficial à cozinha.

O chef ficou calado. Passou tanto tempo em silêncio que precisei me dar ao trabalho de encarar os seus olhos. Antes brilhantes e cheios de vida, naquele instante estavam opacos. Maurício balançou a cabeça e expirou o ar de seus pulmões.

— Não. Não autorizo.

— Maurício, eu...

— Tu não *entendesse*, Franciele? — resmungou, irritado, mudando de tom. — Ou melhor, Francis. Não ligo para o teu selo, não quero nada que tenha a ver contigo. Só quero que tu suma da minha vida o mais rápido possível.

Ainda que estivesse trêmula, atordoada e machucada em vários níveis, continuei com o nariz empinado e a mesma pose profissional.

— Maurício, a mulher que você conheceu há uns dias não é a mesma que está sentada aqui — coloquei com franqueza ensaiada. — O meu trabalho precisa ser feito, a equipe do Sabores de Francis precisa de uma resposta e não serei injusta a ponto de prejudicar você. O que houve entre nós não tem nada a ver com o que está acontecendo agora.

Ele continuou balançando a cabeça, mas bufou em uma risada esquisita e percebi que os seus olhos voltaram a marejar, atribuindo-lhes um brilho triste.

— Não sei em que momento colocaram uma pedra de gelo no lugar do teu coração, mas eu não tenho sangue de barata — falou, rouco, aproximando o rosto para enfatizar a sua seriedade. Permaneci inerte, como se todos os meus órgãos tivessem congelado. — Também não sei quantas identidades tu possui, e nem me interessa, pra mim tu é a mesma pessoa que não foi capaz de entender alguém que te amou de verdade, com toda intensidade possível, e em pouquíssimo tempo.

— Já chega — rosnei. Eu me sentia tão perdida que senti meus olhos marejarem junto com os dele, porém me contive ao máximo para não chorar. — Tentei te dar uma última chance, porém vejo que prefere ficar sem o prestígio que o selo poderia trazer.

— Foda-se o prestígio! — Maurício foi taxativo.

Arquejei, de repente me sentindo indignada.

— Você tem ideia de quantas pessoas fariam de tudo para ter o selo Sabores de Francis? Não seja imaturo, aja com responsabilidade e pense no seu futuro. Você é novo, certamente vai ter inúmeras chances de se decepcionar com alguém, vai descobrir que é substituível, que ninguém se importa de verdade com os seus sentimentos e que se não buscar um jeito de seguir em frente, ninguém vai fazer isso por você — falei em tom de desabafo, enquanto ele me observava com a mandíbula rígida. — Mas isso aqui. — Apontei para a papelada. — É raro.

Ele me observou por longos instantes. Foram segundos preciosos que, para mim, pareceram eternos. Senti-me vulnerável, despida, exposta. Senti uma emoção tão absurda que a primeira lágrima escorreu e precisei erguer uma mão para enxugá-la antes que outras caíssem.

De repente, uma mão grande, macia e quente foi repousada sobre a que eu tinha deixado em cima da mesa.

— Tu não é substituível — Maurício murmurou, tão baixo que mal deu para escutá-lo. — Eu me importo, Franciele. Por que não consegue ver isso?

— Falou a pessoa que quer que eu suma.

— Tu sabe muito bem o que eu quero de verdade.

— Certamente não é o selo — soltei com desdém.

— Você. Não quero selo, não quero prestígio, não quero nada disso... Eu quero você. Franciele, Francis, que seja, eu quero essa mulher incrível que tu é.

Afastei a mão que ele segurava e precisei usar as duas para enxugar o meu rosto. Maurício não podia fazer aquilo comigo. Não podia me iludir daquele jeito tão doentio Era loucura que estivesse a fim de mim a ponto de dizer aquelas palavras. Tudo só podia passar de ilusão e eu não faria papel de boba mais uma vez. Restava-me apenas fazer o meu trabalho, mas, já que ele não queria o selo, ótimo, eu poderia voltar para São Paulo mais cedo e seguir com a minha vida normalmente.

Recolhi a papelada sobre a mesa, guardando-a de volta na bolsa, depois me levantei e Maurício me acompanhou. Ele tentou me tocar, porém me afastei e o olhei com firmeza suficiente para que entendesse que eu não queria que insistisse.

— Se cuida, Maurício. Caso mude de ideia, entre em contato com a minha equipe. Solicitarei novas visitas e começaremos do zero o processo de avaliação.

— Francie...

— É melhor assim — disse com mais suavidade, recuando de vez. — Estou machucada demais por dentro pra dar conta disso. De você.

A sensação de derrota me invadiu e o impacto foi tão cruel que comecei a chorar tão logo virei as costas e comecei a andar para longe do restaurante. Pretendia juntar as minhas coisas e ir embora ainda naquele dia, caso houvesse voo disponível. A avaliação seria feita depois conforme a vontade de Maurício. Ele certamente pensaria melhor na situação e mudaria de ideia.

Caminhei depressa pela área da piscina, com medo de ser seguida pelo chef, e parei na recepção a fim de pegar a chave da suíte. Toda vez que eu saía, deixava lá por questões de segurança. Daquela vez, entretanto, tive uma resposta que me deixou confusa:

— Seu namorado já veio aqui pegar a chave, senhora — a recepcionista bem-vestida alertou, sorridente.

— Meu namorado? — Fiz uma careta. De quem ela estava falando? Não era possível que se tratava de mim. — Estamos falando do quarto trezentos e onze?

— Sim, senhora. Sua chave não está aqui na recepção.

— Mas eu a deixei aqui mais cedo e não tenho namo... — interrompi minha própria fala. A recepcionista ficou me olhando. — Tudo bem, obrigada.

Como ele havia conseguido chegar antes de mim? Não sabia direito o que pensar, mas, pelo visto, Maurício tinha aprontado alguma coisa. Não teria sido tão difícil assim conseguir entrar, pois eu já havia sido vista com ele e todos por ali o conheciam como o chef do restaurante vinculado ao resort. Ele podia ter pegado a chave e feito uma surpresa na minha suíte sem que eu soubesse. E o fato de ter dito que era meu namorado para a recepcionista fez com o que o buraco recém-aberto dentro de mim doesse muito mais.

A porta da suíte não estava trancada por fora quando alcancei o terceiro andar. Eu a abri me sentindo um pouco trêmula, com medo do que encontraria, e a fechei atrás de mim. Liguei as luzes e tudo, a princípio, pareceu normal. Dei alguns passos para dentro, até que um homem entrou pela porta da varanda.

Esbugalhei os olhos ao identificar o chef Gustavo Medeiros bem na minha frente.

— O... O que... faz aqui?

O homem riu de um jeito que considerei sinistro, capaz de deixar todos os pelos do meu corpo eriçados. Os cabelos desgrenhados, as olheiras profundas e sua cara de psicopata não me deixaram negar: Gustavo Medeiros não aparecera apenas para me dizer um "oi". Ele tinha um propósito cruel.

Para comprovar a minha teoria, o homem tirou um revólver de dentro do cós da calça e apontou o cano curto na minha direção.

— Eu disse que te encontraria e que acabaria com você, Francis Danesi.

CAPÍTULO 20
Na linha do tiro

Levantei as duas mãos espalmadas para frente, em uma reação natural, e mantive meu olhar fixo na arma que Gustavo empunhava com bastante firmeza, como se já estivesse decidido a me matar. Nenhum filme sobre a minha vida passou pela minha cabeça, o que eu achava que aconteceria perto da morte. Não pensei nas coisas que eu poderia ter feito e não fiz. Sequer pensei no que ainda precisava realizar no futuro. A única imagem que me veio à mente foi o rosto de Maurício Viana, depois uma angústia sem fim, começou a apertar o meu estômago, sufocando-me.

Eu não queria morrer sem dizer a ele todas as coisas que calei por puro medo.

— E-espera, Gustavo... — pedi, com a voz comedida. O homem me olhava com tanto ódio que cada segundo a mais sem que ele atirasse deveria ser comemorado. — Vamos resolver isso com calma. Não atire, por favor.

Ele gargalhou alucinadamente. Estava fora de si, o que intensificou o meu pavor. Talvez fosse tarde demais, eu teria que aceitar a ideia de morrer. Imaginei a dor que Maurício sentiria ao ver o meu corpo inerte e, em nome disso, tentei manter a tranquilidade na medida do possível.

— Agora você quer resolver, não é? — Gustavo gritou, cuspindo saliva, demonstrando toda a sua loucura. — Não adianta tentar me enganar. Você acabou com a minha carreira e agora eu vou acabar com a sua raça, vadia!

— Ouvi o som do gatilho e me apavorei.

Senti lágrimas escorrendo pelo meu rosto, daquela vez por outro motivo.

— Vou retirar a resenha de todos os canais... — sussurrei, apontando para o meu notebook sobre a mesa. — Por favor, me deixe fazer isso e então resolvemos a situação.

Mas Gustavo voltou a rir.

— Não me interessa essa porra de resenha! — Tentei dar um passo para o lado, mas ele berrou: — PARADA!

Minhas mãos tremiam tanto que mal conseguia deixá-las erguidas.

— Se quiser, posso fazer uma reavaliação — choraminguei em total desespero. Naquele instante, já tinha me arrependido de tudo o que fizera na vida, até mesmo de ter nascido. — Abaixe a arma e vamos acertar tudo, por favor.

Eu não fazia ideia de como aquele homem havia descoberto o meu paradeiro, no entanto, não tive tempo de pensar muito a respeito. Usei toda a minha energia para tentar manter a calma e para acalmá-lo também. Precisava ganhar tempo até que aquele louco desistisse de tamanha loucura.

— Você não passa de uma putinha de merda... — Gustavo deu alguns passos para frente e se sentou em uma das cadeiras. Ficou me olhando com ar debochado, parecendo um psicopata. — Era assim que eu queria te ver.

— Gustavo, eu...

— Cala a boca, vadia! — berrou, agitando a arma com violência, e naquele momento pude jurar que ele iria atirar. No entanto, voltou a me observar com curiosidade e a sorrir de forma doentia. — Não imagina o quanto fiquei feliz quando um dos meus funcionários participou de um congresso aqui no hotel e me informou que você estava em Porto de Galinhas. Finalmente, encontrei Francis Danesi, uma agulha no palheiro. — Ele coçou a cabeça usando o cano do revólver, depois voltou a apontá-lo para mim.

Fiquei surpresa com a sua explicação, mas não consegui pensar muito a respeito. O cara estava tão doente que, de fato, tinha se esforçado para me encontrar. Contudo, eu estava mais preocupada em sair daquela suíte com vida e não podia dar bola para as suas provocações. Olhei para o lado, tentando pensar se havia alguma possibilidade de me trancar no banheiro sem ganhar um tiro.

Pela distância, seria uma tentativa fracassada.

— Você nunca mais vai ferrar com a vida de um chef de novo, Francis Danesi — pronunciou o meu pseudônimo com sarcasmo. — Conheço muita gente que você prejudicou com essas suas frescuras. Muitos amigos e conhecidos que foram levados à falência só porque você é uma imbecil.

— Podemos reverter essa situação, Gustavo, e...

— CALADA! — gritou, me assustando. Gotas de suor brotavam da minha testa e meu desespero aumentou tanto que achei que fosse fazer xixi ali mesmo.

Por outro lado, se perguntassem a minha sincera opinião, o que ele tinha falado não passava de balela. Perdi as contas de quantas pessoas ajudara a subir na vida; uma quantidade de pessoas muito superior àquelas que se deram mal por causa de uma avaliação do selo.

O meu trabalho nunca foi feito com o objetivo de prejudicar, mas sim de apontar erros que pudessem ser consertados. Os cursos e palestras que eu ministrava online, sem verem o meu rosto e com a voz modificada eletronicamente, além de minha contribuição na literatura, sempre tiveram a intenção de mudar o mercado gastronômico para melhor.

O selo Sabores de Francis não servia para crucificar as falhas dos outros, mas para apontar os melhores, os mais valiosos e bem-sucedidos restaurantes. O apoio que eu oferecia, muitas vezes sem qualquer custo, era grande. A visão que Gustavo Medeiros tinha de mim era completamente injusta.

— Tem razão, eu... estou arrependida — menti enquanto me movimentava um pouco para a direita, a fim de ficar mais perto do banheiro. Gustavo guiou o cano do revólver conforme meus movimentos. — Por favor, abaixe a arma.

De repente, ouvimos batidas na porta. O barulho foi baixo e ritmado, bastante tímido, mas ainda assim eu pulei de susto e não sei como Gustavo não atirou. Meu algoz balbuciou para que eu permanecesse calada, fazendo um gesto com o dedo indicador sobre os lábios. Pensei mil vezes na possibilidade de gritar por socorro. Contudo, minha morte seria certa se o fizesse.

— Franciele? — ouvi a voz de Maurício do outro lado da porta e arquejei um pouco alto demais.

Gustavo fez cara feia e se aproximou da maçaneta, passando por mim. Não suportei mais: deixei as lágrimas caírem de uma vez por todas. Ouvir a voz dele me deu um sentimento dúbio; fiquei feliz com a sua presença e igualmente apavorada com a ideia de ver Maurício na mira daquele homem doido.

— Franciele, fui insistente contigo e vou continuar sendo. — Ele continuou batendo na porta de leve. O seu sotaque carregado só me fez chorar ainda mais. Meu Deus, como eu estava apaixonada por aquele imbecil. — Vamos conversar melhor! Temos que ser francos um com o outro, do contrário, vamos nos perder por besteira. E eu não quero te perder de jeito nenhum.

As palavras dele me fizeram soltar um soluço audível. Gustavo me agarrou pelo braço e me imprensou contra a parede. Depositou o revólver sobre o meu pescoço, pressionando sem delicadeza, provocando-me dor. Quase gritei, mas comecei a engasgar e nada foi capaz de sair além de alguns balbucios descontrolados.

— Atenda a porta e dispense esse mané, senão vou atirar nele e em você. Ouviu, vadia? Faça exatamente o que eu disse — o maluco vociferou, cuspindo no meu rosto de uma maneira nojenta. Ele estava exalando cheiro de álcool, o que de certa forma me deixou um pouco mais aliviada. Talvez existisse algum juízo nele. Se tudo aquilo fosse pura e simplesmente loucura, com certeza eu já estaria morta.

Gustavo me puxou em direção à porta e manteve o revólver apontado para a minha coluna. Abri a maçaneta devagar e deixei apenas uma fresta livre, suficiente para caber o meu rosto.

Maurício estava do outro lado, com os olhos vermelhos e uma expressão sofrida.

— Não faz isso com a gente, Franciele — ele foi logo dizendo com aquele sotaque maravilhoso, antes mesmo que eu descobrisse como informá-lo que tinha um homem prestes a me matar. — Poxa... Sei que nossos momentos foram reais e que tu me quer tanto quanto eu te quero. Sei que tu te entregou de verdade, pude sentir no teu olhar, no teu toque... Não precisamos mentir um para o outro.

Continuei chorando. Tudo o que mais quis naquele momento foi abraçá-lo e deixar todos os problemas para trás, mas não pude fazer nada. Estava dividida entre pedir socorro e mandá-lo ir embora para longe do perigo.

— Maurício, você precisa ir. — As palavras mal saíram da minha boca. Ele fez uma expressão de dor.

— Por favor, Franciele, seja sincera — continuou daquele jeito desesperado que só me fazia ter ainda mais vontade de agarrá-lo para nunca mais soltar. — Mesmo que queira ir embora e nunca mais me veja de novo, ao menos admita que se envolveu.

Ele me olhou com profundidade e, ainda que eu precisasse ou quisesse, não fui capaz de negar a verdade:

— Eu me envolvi — naquele momento, senti a arma ser pressionada com mais força na minha coluna. — Mas vá embora agora, Maurício, por favor... — choraminguei de um jeito nada digno, a voz quase falhando de tão embargada.

Ele fez uma cara desconfiada, finalmente percebendo que algo estava errado.

— Tá tudo bem? Me deixa entrar, eu... — Maurício empurrou a porta um pouco, porém não permiti sua passagem e Gustavo usou o corpo para diminuir o tamanho da fresta.

Fechei os olhos e tive uma ideia. Talvez, se eu blefasse, Maurício perceberia que eu estava em apuros e chamaria ajuda sem se colocar em risco.

— Amanhã a gente se vê no Senhor Saboroso, como combinamos. E, então, poderemos provar de novo aquele Sorvete de Torta que comi hoje — falei de uma vez, e fechei os olhos com força. Reabri-os. Ele ficou me olhando, todo confuso. Aproveitei que estava de costas para Gustavo e tentei gesticular com os lábios um pedido de socorro. — Mas agora não dá, preciso ficar sozinha. Por favor, respeite a minha escolha.

Deixei mais lágrimas escaparem. Maurício finalmente abriu bem os olhos, parecendo ter entendido. Sacou um celular do bolso e digitou um número rapidamente, que eu rezei para ser o da polícia.

— Tudo bem, moça, só quero que saiba que não vou te tirar da minha vida tão cedo — ele falou enquanto levava o celular ao ouvido. Fiquei tão aliviada que soltei um soluço e logo senti a arma se agitando novamente em minha coluna. Gustavo estava impaciente atrás de mim. — Nem que eu tenha que explodir esse resort inteiro... — Então, em uma sacada genial, Maurício falou o nome do resort. — Nem que eu tenha que te sequestrar aqui na suíte trezentos e onze.

Gustavo começou a apertar o meu pulso com a mão livre. Usou tanta força que certamente deixaria uma marca.

— Amanhã nós conversamos! — insisti aos prantos, compreendendo que deveria fechar a porta imediatamente.

— É urgente! — Maurício berrou ao telefone. Eu sorri enquanto chorava. Aquele homem era incrível. Eu estive enganada ao seu respeito, naquele instante pude comprovar a sua franqueza, a sua sinceridade, a bondade que lhe parecia inata. Não deu para não admirá-lo ainda mais. — Não percebe o quanto é urgente? Eu te quero comigo agora. Eu... Estou completamente apaixonado e não vou te perder por causa de um mal-entendido.

Ele retirou o celular do ouvido e o colocou de volta no bolso da calça. Maurício não usava mais o dólmã, vestia uma camiseta simples. Ele aquiesceu devagar, mantendo os olhos atentos e nervosos, entregando-me a certeza de que o socorro estava por vir.

Gustavo pressionou seu corpo na minha retaguarda e empurrou o cano em mim com tanta força que doeu muito. Precisei berrar:

— Por favor, vá embora! Me deixe em paz!

Eu tentei fechar a porta, mas Maurício colocou a mão na maçaneta e a empurrou com tudo. Era o cenário que eu mais temia: tê-lo envolvido naquela confusão, colocar a sua vida em risco. Gustavo não estava preparado para a reprimenda, tanto que acabou dando muitos passos para trás.

Maurício entrou de uma vez e tratou de deixar a porta aberta, quem sabe assim alguém chamava mais ajuda. Logo em seguida, se colocou na minha frente em uma posição defensiva. Seus olhos se abriram ao máximo ao ver o maníaco que me ameaçava com a arma.

— Como você é burro, cara! — Gustavo rosnou, parecendo furioso por ter mais um em sua mira. — Agora vai ter que morrer também! Vamos, fecha a porta!

Por alguns instantes, ficamos imóveis.

— FECHA A PORTA! — Gustavo gritou e, temerosa, acabei fazendo o que ele queria, com Maurício ainda na minha frente, tentando me proteger como podia.

Tê-lo em perigo me deixava angustiada, mas eu estava tão aliviada por não estar mais sozinha com o maníaco que fui egoísta a ponto de agradecer aos céus por Maurício ser tão teimoso. Sua insistência nunca me foi tão bem-vinda, de forma que prometi a mim mesma que, se saíssemos daquela, deixaria de lado todas as mágoas.

— O que tá acontecendo aqui? — Maurício manteve a voz firme e segurei seu braço com as mãos trêmulas.

Quantos caras se arriscariam tanto por uma mulher? Ele deveria ter ido embora e esperado a polícia em segurança. Mas não... Tinha que se colocar em perigo!

— Vou matar vocês dois. É isso o que está acontecendo!

— Calma aí, camarada. Posso saber ao menos por que vou morrer? — Olhei para Maurício de soslaio, mal acreditando que pudesse agir com tanta tranquilidade. Certo, eu sabia que ele estava nervoso, mas não parecia. — Quem é você?

— Não interessa! — Gustavo berrou. — Saia da frente dela. Francis Danesi será a primeira a morrer e quero que você veja, já que está tão apaixonadinho! — Gargalhou, provocando-me arrepios. — Que idiota! Você sabia que a sua namorada é uma vadia?

— Acho bom controlar essa sua boca... — Maurício balançou a cabeça em descontentamento.

— O que disse?

Segurei-o com força, de repente, morrendo de medo de perdê-lo. Ele não podia levar um tiro. De jeito nenhum. Muito menos por minha causa. Por que ele não fechava a boca e tentava ganhar tempo para a chegada da polícia, em vez de incitar a ira de Gustavo? Eu não saberia dizer qual dos dois era o mais maluco.

— Tu pode ter uma arma, cara, mas não vai falar dela assim desse jeito. Eu não admito.

Gustavo se aproximou e eu soltei um gritinho fino, assustado. Parou a arma a centímetros do rosto do Maurício e fechei os olhos porque não queria ver o desenrolar daquela cena terrível.

— Não admite? — Gustavo riu com escárnio. — E vai fazer o que pra me impedir? Sabe, acabo de mudar de ideia... Você vai morrer primeiro.

— NÃO, POR FAVOR! — gritei no impulso.

Maurício apertou o meu braço com força no mesmo instante. Enterrei meu rosto em suas costas e chorei. Não podia perdê-lo. Não podia.

Uma ideia súbita invadiu a minha mente e a coloquei em ação depressa, antes que Gustavo tivesse tempo de efetuar o que prometera: deixei o meu corpo cair de forma que pareceu um desmaio.

Aquilo poderia nos dar algum tempo.

Gustavo queria dar o seu show, ele nunca nos mataria sem que eu estivesse desperta, vendo tudo acontecer. Seu objetivo era me tirar do sério, me deixar nervosa e tensa, talvez nem tivesse coragem suficiente para atirar de verdade. Do contrário, já teria feito.

— Franciele? — Maurício foi logo em meu socorro, ajoelhando-se no chão. — Franciele?

— O que aconteceu? — Gustavo gritou tão alto que não era possível que alguém do lado de fora não tivesse ouvido. — Saia do chão, cretina!

— Ela desmaiou! — Maurício respondeu enquanto tentava me reanimar. Conferiu a minha pulsação com as mãos tremendo. — Meu Deus do céu... Franciele, por favor, acorda!

Abri um pouco os olhos porque não aguentei vê-lo tão desesperado. Percebi a aproximação de Gustavo, então tudo aconteceu rápido demais. Maurício usou a oportunidade para avançar no maníaco e desarmá-lo com um soco no braço. Eu me sentei no chão depressa e gritei a tempo de ver a arma disparar na direção de uma parede antes de voar para longe.

Os dois começaram uma briga de socos e pontapés, na qual Maurício, por estar muito mais em forma, ganhava.

Eu me levantei na maior adrenalina e corri até alcançar a arma.

— Parem! — berrei a plenos pulmões.

Os dois se viraram na minha direção, ainda engalfinhados como dois selvagens. Maurício ainda deu um empurrão em Gustavo, de forma que o perturbado caiu deitado na cama de casal. Continuei apontando a arma para ele.

— Não se mexa ou eu vou atirar! — Segurei o revólver com as duas mãos e me preparei psicologicamente para fazer aquilo ao sinal de qualquer ameaça. Gustavo Medeiros não tinha aquela coragem, mas eu, sim. Principalmente, depois de ele ter me feito passar pelo maior susto da minha vida. — E, se quer saber, sou boa nisso! — completei no mesmo tom, bastante séria.

Depois, tudo aconteceu depressa e, ao mesmo tempo, em câmera lenta: Maurício abriu a porta e começou a gritar por socorro, chamando a atenção dos outros hóspedes. A confusão foi armada em questão de segundos e houve uma correria generalizada no terceiro andar. Membros da segurança do hotel vieram correndo e, minutos depois, a polícia deu as caras, atendendo a denúncia feita pelo chef.

Só larguei a arma quando um dos seguranças solicitou.

CAPÍTULO 21
Na beira da praia

Depois que a polícia chegou e levou o chef Gustavo Medeiros algemado, finalmente voltei a respirar. Maurício se manteve grudado em mim e me abraçou forte, tentando me proteger dos gritos que o homem oferecia feito um alucinado, enquanto era levado para bem longe de mim.

— Os senhores terão que prestar depoimento sobre o que aconteceu aqui — disse um dos policiais de forma natural, pois já devia estar acostumado com situações bem piores que aquela. — Queiram nos acompanhar até a delegacia, por favor.

Maurício me olhou atentamente e deu de ombros.

— Tudo bem — murmurei. Meus braços e pernas ainda estavam trêmulos, mas eu sabia que aquilo devia ser feito logo se quisesse que aquele idiota fosse preso de uma vez, sem possibilidade de sair para concluir o que tinha começado.

— Vamos, eu te levo — Maurício falou e eu concordei com um aceno.

Não sentia mais um pingo de raiva dele, muito pelo contrário. Estava aliviada por ter ganhado uma chance de fazer as coisas serem diferentes entre nós. Assim que resolvêssemos aquela situação, se dependesse de mim, com certeza nós teríamos a nossa conversa.

Eu não queria ficar nem um segundo longe dele, porém, quando chegamos à delegacia de Ipojuca, após seguirmos a viatura que levava Gustavo, precisamos nos afastar para depor. Quando Maurício estava depondo, logo depois de mim, liguei para Débora explicando o que tinha acontecido.

— Não brinca! — Ela praticamente gritou, atordoada com a notícia, e não era para menos. — Como é que é, Fran? Esse homem foi aí pra te matar? Cacete!

— Pois é, mas está tudo bem agora. Foi um susto.

— Puta merda, Fran, não acredito nisso! Ele saiu daqui do escritório muito abalado ontem, mas não imaginei que estivesse tão fora de si! Soltou umas ameaças de praxe, mas não pensei que falasse sério.

— Mesmo? O que ele disse?

— Ficou dizendo que ia acabar com a gente, que isso não ia ficar assim, coisas do tipo. Eu nem dei muita bola.

— Ele é maluco. Ainda bem que vi aquela mancha de molho — completei, nem um pouco arrependida da minha avaliação, muito menos depois daquele fato catastrófico. — Imagina o trabalho que esse sujeito daria caso recebesse o selo? Estou começando a pensar na possibilidade de exigirmos uma avaliação psicológica antes da nossa. Não sei se sobreviveria a mais um doente feito esse. — Soltei um suspiro, observando o movimento fraco dentro da delegacia.

— Acho uma ótima ideia. Bom, imagino que você queira voltar ainda hoje, não é? Posso tentar antecipar o voo. Quer que eu acione o advogado?

— Acho que não vai precisar, pelo menos não agora. Qualquer coisa eu te ligo mais tarde.

— Certo, mas e o voo? Terminou a avaliação no Senhor Saboroso?

— Não — respondi depois de pensar um pouco. Débora deveria estar estranhando a minha demora, mas não comentou nada. — E não precisa antecipar o voo, Débora, vou ficar por aqui até o prazo estipulado.

— Tudo bem, até porque a volta já está marcada para amanhã à tarde.

Arregalei os olhos, de repente tomando ciência de que o meu retorno era iminente e de que não tinha muito tempo para ficar com Maurício. Não podia mais procrastinar. Eu precisava dar o meu veredito o mais rápido possível sobre o Senhor Saboroso, isto é, se ele quisesse prosseguir.

— Até amanhã pela manhã já terei uma resposta.

Desliguei depois de trocarmos uma despedida breve.

A mídia local chegou alguns minutos mais tarde na delegacia, nos procurando para darmos entrevista, porém eu me recusei e não autorizei a publicação de nenhuma informação ao meu respeito. Eu nunca aparecia na mídia, sob nenhuma hipótese, nem mesmo com o meu nome real. Meu rosto era desconhecido para o mundo inteiro e assim eu preferia que permanecesse. Maurício também não quis ser vinculado ao incidente.

Quase uma hora depois, os nossos depoimentos foram registrados e fomos, enfim, liberados. O resto ficaria por conta da lei. Gustavo Medeiros pagaria muito caro pela afronta e eu não descansaria até tirar aquele imbecil do meu caminho de modo definitivo. Maurício me ofereceu outra carona para retornar ao resort e eu aceitei prontamente, um pouco nervosa com a conversa que teríamos. Não queria piorar a nossa situação. Sinceramente, a única coisa que estava a fim naquele momento era de ficar em seus braços até os meus nervos entenderem que tudo ficaria bem.

O silêncio dentro da caminhonete foi tão enlouquecedor quanto o que foi feito na ida. Infelizmente, ainda parecíamos estranhos, porém tentei culpar o choque pelo trauma que sofremos. Não sabia por onde começar a pedir desculpas ao Maurício. Minha cabeça estava cheia de pensamentos tortuosos.

Ele tinha sido genial. Na verdade, salvou a minha vida e se pôs em risco por mim. Apesar de não estar certa se era uma boa ideia reatarmos, minha vontade era beijá-lo e fazer amor com ele até o amanhecer.

— Tu ia atirar? — Maurício perguntou em algum momento, bem quando eu estava prestes a falar alguma coisa, o que me fez dar um pulinho de susto.

— Como? — Eu não fazia ideia do que ele estava falando. Meus pensamentos iam por um caminho totalmente diferente.

— Teu olhar, tuas mãos... Até eu tive medo naquela hora. O homem, então, só faltou borrar as calças. — Riu de leve, despretensiosamente. — Tu *fizesse* uma cara de que ia atirar nele. Fiquei só esperando a zoada.

— Bom... Eu estava pronta pra atirar, sim. — Não me orgulhava daquilo, porém resolvi ser sincera. — Senti muita raiva daquele idiota, acho que se ele se mexesse um pouquinho, eu atiraria.

— Percebi. Onde tu *aprendesse* a atirar? Faz tempo?

— Foi a primeira vez que peguei numa arma, Maurício.

Ele começou a gargalhar e, aos poucos, me juntei a ele.

— Acreditei piamente que tu era mesmo boa de tiro!

— Provavelmente, iria errar o alvo ou me enroscar com o revólver. — Continuamos rindo, ajudando o clima a se tornar mais leve.

Depois de um tempo, no entanto, o silêncio voltou com força total. Eu sabia que era a minha deixa para começar o tão esperado pedido de desculpas, mas Maurício se adiantou:

— Quer mesmo voltar pra o resort, Franciele?

— Tem uma ideia melhor?

Ele suspirou.

— Tu *esgotasse* todas as minhas boas ideias. Sinceramente, só queria te abraçar e ter a certeza de que tá tudo bem.

Eu me inclinei e toquei seu braço, repousado sobre o câmbio. Maurício me olhou por um segundo antes de voltar a prestar atenção na pista. Não dava para abraçá-lo naquele momento porque estávamos no meio da estrada.

— Você foi sincero comigo? — perguntei baixinho. Eu precisava saber. As minhas inseguranças ainda gritavam, o medo não tinha parado de me rodear.

— Fui — Maurício aquiesceu com a cabeça. Olhou-me de soslaio mais uma vez. — Eu juro por tudo que é mais sagrado.

— Mesmo? De verdade, Maurício?

— Sim. Não tenha dúvida disso, por favor.

— Certo — murmurei. — Mas eu não fui sincera com você. Encosta aqui um pouco, para o carro. — Apontei para o acostamento e Maurício logo me obedeceu, deixando o pisca-alerta ligado.

A estrada estava bem tranquila naquele momento, quase não passava carro.

— O que houve? O que aconteceu? — Maurício se assustou um pouco com o meu rompante e comecei a rir.

— Nada. Aqui me pareceu um bom lugar pra ser sincera com você. — Apontei para a estrada na nossa frente. Dos dois lados da via só havia uma vegetação verdejante, um cenário que inspirava calma e leveza. Éramos somente Maurício e eu no meio do nada. — Olha pra mim.

Maurício se virou para me observar e passamos alguns segundos com os nossos olhares conectados. Eu me sentia flutuando só de vê-lo tão de perto. Estava completamente apaixonada por aquele homem, não tinha outra explicação para a agitação do meu corpo diante da sua presença.

— Meu nome é Franciele e criei um pseudônimo, há alguns anos, chamado Francis Danesi — falei de uma vez.

Ele permaneceu em silêncio, apenas tirou o cinto de segurança e aquiesceu, sorrindo de orelha a orelha. A sua atenção se manteve toda voltada para mim.

— Cheguei aqui com o objetivo de fazer a última avaliação em seu restaurante, já que a minha equipe veio antes e obteve um resultado positivo — prossegui enquanto o encarava. — Só que as coisas saíram do controle entre a gente. Eu não queria ter te enganado ou fingido ser outra pessoa, mas... Não queria estragar tudo porque... Você mexeu comigo desde o primeiro toque. Desde o primeiro beijo.

Maurício ergueu uma mão para tocar o meu rosto. Eu me coloquei mais perto dele só para garantir que continuasse com a carícia.

— Eu não soube lidar com os sentimentos que você me trouxe, Maurício. Foi tudo tão maravilhoso que era mais fácil acreditar que foi mentira — confessei enquanto sentia minha voz embargar e meus olhos marejarem. — Jamais encontrei um homem como você, atencioso, prestativo, bondoso, inteligente... — Parei para respirar profundamente.

— Eu nunca encontrei alguém como tu, Franciele — ele foi logo falando com paixão. — Já sei. Tive uma ideia! — Maurício se afastou, com o rosto iluminado, e voltou a colocar o cinto de segurança que havia retirado quando estacionou.

— Qual? — ri de sua impulsividade.

— Tu vai ver. Vou te levar a um lugar massa.

Ele seguiu pela estrada durante alguns minutos, até que giramos em um acesso mais remoto e pegamos uma estradinha que não era pavimentada. Não havia o menor sinal de vida, porém não senti qualquer receio por estar no meio do mato com Maurício. Depois de mais uns dez minutos, ele finalmente estacionou por trás de um muro comprido.

— Chegamos? — perguntei, estranhando. Não parecia ter nada naquele lugar.

— Sim, você vai gostar. Deixe as suas sandálias aqui e vem comigo!

Nós deixamos o veículo lá mesmo e dobramos em uma rua também sem pavimento. Um olhar adiante, além do cheiro forte de maresia, me fez entender que já estávamos na beira da praia. Saímos da rua diretamente para a areia. Naquele ponto o mar estava calmo, sereno, e o sol de fim de tarde se mantinha morno, apaziguador.

Continuamos sem ver sinal algum de vida.

— Essa praia é bem tranquila, podemos conversar melhor aqui — Maurício disse e, após andarmos um pedaço em direção ao mar, nos sentamos diante dele, lado a lado. Maurício colocou o braço sobre os meus ombros e eu relaxei de vez. O vento tratou de levar todos os pensamentos ruins.

— Obrigada. Adorei aqui.

— Agora pode continuar falando o que tu tinha pra falar.

— Bom... — Fechei os olhos para sentir a brisa e acabei ganhando um selinho estalado. Eu me enrosquei nos seus braços e acabamos trocando um beijo mais elaborado, com gosto de saudade e reconciliação. Mas eu ainda não havia dito tudo o que precisava. Quando reabri os olhos, Maurício estava sorrindo e a visão que tive foi tão perfeita que precisei prender a respiração.

— Continue, minha linda.

— Me desculpe por tudo — falei, olhando em seus olhos. Deixei todo o meu orgulho e teimosia de lado naquele momento. — Fui uma idiota. Devia ter dito a verdade desde o início.

— Talvez a gente não estivesse aqui agora — ele sussurrou. — E eu quero muito estar aqui. Me perdoe também pela parte que me cabe.

Balancei a cabeça em negativa.

— Não tem o que perdoar.

— Eu te admiro demais, sabia? — Maurício prosseguiu, observando-me como se estivesse encantado. — Além de uma profissional incrível, tu também é uma mulher maravilhosa. Ainda bem que tive a chance de conhecer a Franciele primeiro. Sou grato por isso. — Abaixei a cabeça e Maurício notou minha súbita tristeza. — O que foi? — Tocou o meu queixo e o ergueu delicadamente.

Seu sorriso também tinha morrido.

— Essas duas pessoas não são separadas, Maurício. Sou uma só. E vou precisar seguir o meu rumo. Não posso ficar aqui pra sempre.

— Eu sei... — Mas eu notava que ele estava triste com a notícia, tanto quanto eu. — Quero aproveitar cada segundo que puder contigo — murmurou. — Vai valer a pena.

Encantada com a intensidade daquele instante, deixei Maurício me beijar com muita paixão. A nossa fome um do outro era tanta que ele acabou me deitando sobre a areia e se colocando por cima de mim.

Só separei nossos lábios ao me lembrar da última coisa que precisava dizer:

— Quase ia esquecendo... — Fiz uma pausa dramática, só para ver a confusão crescer em seu olhar brilhante. — Você me teve, Maurício. Inteirinha.

— Eu sei. — Ele sorriu e afundou a boca em meu pescoço. Passou a distribuir inúmeros beijos, que me deixaram bastante acesa. Ainda conferi se não passava ninguém na praia, mas continuávamos solitários. — Eu te senti, moça. E vou te sentir, mais uma vez, agora mesmo.

— Aqui? — Arregalei os olhos, meio nervosa.

— Aqui e em todo lugar.

Soltei um riso com a sua resposta, não achei que ele estivesse falando sério. Ainda que estivéssemos sozinhos, alguém podia aparecer. Era um local público. Eu não estava nem um pouco a fim de voltar para a delegacia.

— Impressão minha ou tudo que falei não foi nenhuma novidade para você? — Ri enquanto sua boca trabalhava na pele sensível do meu pescoço e orelha. Ouvi seu riso perto do meu ouvido, o que ajudou o meu corpo a sofrer um arrepio delicioso.

— Mas foi importante ter dito... — Maurício sussurrou.

Aquiesci e, para a minha surpresa, ele se colocou de joelhos e retirou a camisa sem a menor cerimônia. Voltou a afundar sobre mim e a me beijar com vontade, tanto que não tive coragem de encerrar aquele momento que prometia ser louco e maravilhoso ao mesmo tempo. Em vez de questionar, escolhi cometer aquela loucura com ele, assim seria mais uma lembrança que aqueceria o meu peito quando eu fosse embora.

Como eu estava de vestido, suas mãos resvalaram pela minha calcinha e estacionaram dentro dela, atiçando-me, arrancando-me o primeiro gemido. A areia nas minhas costas, Maurício e o céu azul acima de mim, o ruído do mar, o cheiro de maresia e o dele misturados... Tudo aquilo me pareceu tão perfeito que achei que estivesse no céu.

Ele continuou me beijando enquanto massageava o meu clitóris com desenvoltura. Deixei minhas pernas abertas e, ainda com medo, olhava de vez em quando para os dois lados da praia. Percebi que ele também estava um pouco preocupado, mas não o suficiente para parar.

— Vai ter que ser rápido agora... — sussurrou perto do meu rosto, dando-me um selinho em seguida. — Mas prometo que será com calma depois.

— Eu quero você dentro de mim agora — respondi, convicta, e ele sorriu com malícia antes de começar a abrir o botão e o zíper de sua calça. Não chegou a tirá-la e eu agradeci por isso. Caso ficássemos sem roupa, teríamos menos tempo para nos esconder e fugir. Pensar em todo o perigo da situação só me deixava ainda mais excitada, pronta para ser dele a céu aberto.

Assim que deixou sua ereção para fora, Maurício voltou a se colocar sobre mim e tornei a abrir minhas pernas ao seu redor. Não houve hesitação ou delicadeza que o impedisse de simplesmente me penetrar, duro, intenso. O chef começou a se movimentar com cadência e não pude fazer nada além de recebê-lo inteiro, entre gemidos e suspiros.

Mais uma vez fiquei atenta ao cenário ao meu redor. A areia estava nos deixando cada vez mais sujos, porém não ligamos. O sol continuava morrendo no horizonte, a única testemunha da nossa loucura. Afundei o meu rosto no pescoço dele e comecei a beijá-lo enquanto ele me penetrava fundo.

— Minha nossa, como tu é gostosa... — ele sussurrou e caçou os meus lábios para se juntar aos seus mais uma vez.

O seu ritmo estava tão delicioso, ele me preenchia de maneira tão perfeita que me concentrei em alcançar um orgasmo sem mais delongas. Não queria sair dali sem gozar bem gostoso em seu pau. Fechei os olhos e me senti muito perto do paraíso quando o êxtase se aproximou.

— Ah, eu vou gozar! — avisei em meio a gemidos eloquentes.

— Vem que também vou — ele disse de um jeito sofrido, como se estivesse se controlando até então para não se derramar antes de mim.

O clímax explodiu dentro do meu corpo e minhas costas arquearam por causa da intensidade. No mesmo instante em que comecei a gemer alto, sendo tragada pelas sensações incríveis, senti Maurício gozando dentro de mim, soltando sussurros e arquejos que me deixavam louca. Era bom demais escutá-lo enquanto gozava.

Depois que nos acalmamos, ele depositou o corpo sobre o meu e me encarou com intensidade. Suas duas mãos sujas de areia seguraram as laterais da minha cabeça.

— Eu te amo, Franciele — confessou em um tom simples, como se tudo fosse muito natural.

O meu cérebro deu um nó.

CAPÍTULO 22
Por um fio de cabelo

Devo ter feito a maior cara de bocó diante daquela declaração de amor, porque logo em seguida Maurício riu, deu-me um selinho demorado e disse com suavidade:

— Não precisa se preocupar em responder nada.

Depois ele nos desencaixou com cuidado e se levantou, fechando a calça antes de me oferecer a mão para me ajudar a levantar também. Ainda me sentindo meio tonta, aceitei de bom grado. A surpresa continuava circulando pelas minhas veias quando ele propôs um banho de mar e ficou só de cueca boxer na beira da praia. Eu me livrei do vestido sem pensar muito, no fundo adorando aquela nossa imprudência.

A água do mar estava morna, como só acontecia no Nordeste; uma delícia muito bem-vinda que serviu tanto para relaxar quanto para nos livrar da areia que impregnara nossas peles. O meu cabelo, então, estava um desastre e eu sabia que demoraria alguns dias até que toda areia que havia agarrado nele saísse.

Depois de darmos uns mergulhos, Maurício me puxou para o seu colo dentro do mar calmo, aconchegando-me como se eu fosse uma criança.

— Você ainda está fazendo uma careta engraçada — ronronou em meu ouvido e riu. — Eu vivo te assustando, não é?

— O meu voo está marcado pra amanhã — falei de uma vez, pois aquela informação estava entalada na minha garganta como se fosse um caroço de azeitona, deixando-me sufocada. Maurício precisava saber o nosso prazo de validade: era justo que soubesse. — À tarde — completei, visto que ele se calou e ficou me olhando seriamente. — Eu queria muito que você me desse a oportunidade de terminar a avaliação no Senhor Saboroso no jantar de hoje. Você está tão perto, Maurício. Por favor, aceite. Não me deixe ir embora sem uma resposta, qualquer que seja.

Ele soltou um longo suspiro e beijou a minha testa.

— Tudo bem, desde que tu não vá embora e me deixe sem uma resposta, qualquer que seja.

— Você sabe como pressionar uma pessoa, não? — resmunguei, fingindo estar chateada, mas ri logo em seguida para aliviar o clima tenso. Por mais louco que fosse, acabei concordando com aquela condição: — Prometo que te darei todas as respostas antes de ir.

Ele sorriu um pouco, mas deu para perceber que tinha ficado abatido com a notícia. Tomamos banho de mar durante alguns minutos, até percebermos que já estava quase anoitecendo. Ainda molhados, vestimos as nossas roupas e andamos até o carro; descobri que Maurício guardava toalhas dentro do porta-malas. Segundo ele, de vez em quando deixava tudo de lado e ia atrás de uma praia deserta como aquela para refrescar os pensamentos. De qualquer forma, eu me sentia mais recuperada do susto e preparada para fazer tudo o que precisava antes de partir daquela cidade.

Só não sabia se estava pronta para deixar Maurício.

Chegamos ao resort e uma verdadeira comitiva se formou ao nosso redor para perguntar se estávamos precisando de alguma coisa. A direção do hotel nos ofereceu um mês de hospedagem na melhor suíte que eles tinham, como pedido de desculpas pelo incidente. Não me passou pela cabeça fazer qualquer denúncia ao estabelecimento, mas soube, através do gerente, que a funcionária que permitiu a entrada de Gustavo havia sido afastada do cargo.

Fiquei com pena da moça, mas ela cometera um erro gravíssimo que podia ter acabado em tragédia. Sendo assim, só me restou explicar que eu não poderia passar o mês inteiro em Porto de Galinhas, então eles me deram um voucher para ser usado em outra oportunidade. Ainda assim, a direção insistiu para que ficássemos na suíte executiva aquela última noite. Maurício nem tinha reservas, mas também foi convidado a ficar com todas as regalias de um hóspede de luxo.

— Aqui está a sua chave, senhor — o concierge ofereceu a Maurício.

Ele me observou com atenção, depois passou o olho pela chave nova que eu já segurava.

— Não precisa, irei ficar com ela na mesma suíte. Se tu não se importar, Franciele.

Sorri.

— Eu não me importo. — E era verdade. Para ser sincera, eu me ofenderia se ele ficasse em outro quarto que não fosse o meu. Tínhamos pouquíssimo tempo para passar juntos, precisávamos aproveitar ao máximo.

— Tudo bem, então. Tenham uma ótima estada e, mais uma vez, nos desculpem pelo acontecido. — O homem sorriu sem graça. — Um funcionário irá ajudá-los com a mudança de quarto.

Depois de transferir as minhas coisas para o outro quarto, tomamos um banho e ficamos grudados em uma cama que cabia, com folga, umas cinco pessoas. No entanto, permanecemos bem agarradinhos, como se fôssemos incapazes de ficar longe um do outro. Eu estava quase dormindo quando ele se remexeu e murmurou no meu ouvido:

— Preciso ir ao restaurante. Daqui a pouco, começa o jantar, e hoje vou receber uma visita ilustre.

Nós dois rimos.

— Vá na frente, organize o que precisar. Chego lá daqui a umas duas horas.

— Tá bem.

Ele me presenteou com um beijo que foi capaz de me deixar nas nuvens. Assim que se afastou, encarou-me e sorrimos um para o outro.

— Boa sorte — sussurrei.

— Vou precisar. Tô nervoso que só a gota. — Rimos mais uma vez.

— Vai dar tudo certo, fique tranquilo.

Maurício precisava de um tempo para ir em casa trocar de roupa e organizar os funcionários para a minha última avaliação no Senhor Saboroso. Finalmente, eu concluiria o trabalho que me dispus a fazer quando pisei naquele paraíso. Era uma pena não estar tão empolgada para acabar logo. A ideia de partir me dava um aperto muito grande no peito.

Depois que ele foi embora, ainda descansei mais um pouco antes de começar a me arrumar. Não tive a menor pressa, queria dar um tempo para que ele se organizasse com mais calma. Fiz questão de me vestir como me vestiria caso Maurício e eu não fôssemos íntimos. No horário combinado, nos encontramos no salão do Senhor Saboroso. Ele estava uma maravilha em seus trajes de cozinheiro, mas o semblante estava bem apreensivo e pareceu piorar quando me viu chegando.

Eu sabia que ganhar um selo Sabores de Francis era importante para ele, por mais que, devido à raiva, tivesse negado a minha avaliação. Eu me aproximei com cautela, em um porte mais severo, e nos cumprimentamos com um aperto de mão, sem beijos ou abraços. Naquele momento, éramos apenas dois profissionais em um encontro formal. Gostei demais do fato de Maurício ter entendido o meu posicionamento e me respeitado, dando-me o espaço necessário para trabalhar.

— Farei o que precisar para concluir a avaliação — ele informou de um jeito sério, profissional. Tive certa pena de seu visível nervosismo. Maurício me pareceu ainda mais novo naquele instante. — Por onde começamos?

— Preciso verificar novamente a cozinha em pleno funcionamento e fazer algumas perguntas a você e aos seus funcionários. Vou levar em consideração na avaliação somente o que eu puder verificar hoje — respondi, mantendo uma distância segura entre a gente. Não tive a menor cerimônia de levar a minha prancheta daquela vez. — Não farei nenhum posicionamento sobre o que vi antes.

— Tudo bem — ele aquiesceu. — Vem comigo. — Maurício foi andando em direção à cozinha e o acompanhei enquanto observava tudo como se fosse a primeira vez.

Vestimos os aventais e as toucas para trafegarmos livremente dentro da cozinha. Cumprimentei os funcionários, que já me conheciam e que naquela noite ganhavam a nova informação de que eu era Francis Danesi. Eles se mostraram bastante surpresos, mas não fizeram perguntas. Todos os empregados dos restaurantes que eu visitava assinavam um termo de confidencialidade sobre a minha identidade, portanto, eu estava segura.

Os cozinheiros e cozinheiras me deixaram a par de cada detalhe de seus trabalhos, explicando as etapas e como resolviam quando surgia qualquer problema. Fiz algumas perguntas importantes para os funcionários que cuidavam da limpeza. Em minha opinião, um bom restaurante precisava ser muito bem limpo. Aquele era um ponto importantíssimo na minha avaliação.

Fiz outra vistoria, daquela vez de forma mais completa, na grande despensa do Senhor Saboroso. Maurício Viana havia contratado uma profissional especialista em queijos e vinhos nacionais, que fez questão de explicar como funcionava o seu trabalho e a escolha dos produtos para cada ocasião. Também conversei com o nutricionista de plantão, com o *sous chef* e o chef executivo.

Foi um trabalho árduo, em que nada passou despercebido pela ponta da minha caneta. Anotei todas as informações relevantes conforme conhecia ainda mais sobre as minúcias do Senhor Saboroso.

Por fim, depois de quase duas horas acompanhando o jantar ser servido, Maurício percebeu o meu cansaço e me levou para um canto:

— Já *conseguisse* tudo? — Ele mantinha os olhos bem abertos. Estava pilhado com aquela avaliação, com certeza. — Tu parece enfadada. Se quiser deixar o restante para amanhã...

— Não, tudo bem. Será muito corrido se eu deixar pra amanhã. De qualquer forma, o meu trabalho na cozinha acabou.

Ele prendeu os lábios e fez uma expressão tristonha.

— Você é nossa convidada para o jantar, *visse*? Já reservamos a mesa.

— Obrigada — sorri timidamente. — Preciso agora dar mais uma olhada no salão. Será uma ótima despedida.

Maurício nada respondeu. Ficou me olhando por um tempo e depois me levou de volta para onde a mesa posta já me esperava. Ele mesmo arrastou a cadeira para que eu me sentasse e tomou o lugar do garçom para lavar as minhas mãos.

Fez com tanto cuidado que me senti bem.

— Espero que você não lave as mãos de outras moças dessa forma... — comentei em uma voz baixa para ninguém escutar.

— Por quê? — Maurício riu, divertido.

— Porque foi a maneira mais sexy que lavei as mãos em toda minha vida.

Ele soltou uma risada mais aberta.

— Tá com ciúme, Francis Danesi?

— Estou — respondi abertamente.

— Não se preocupe. Só lavo as mãos de convidadas ilustres. — Fiz uma cara feia para ele. — Tô brincando! Nunca lavei as mãos de nenhum cliente e só pretendo repetir o feito quando tu voltar pra Porto.

Que eu, por sinal, não sabia quando seria, muito menos ele. Maurício me encarou de um jeito mais prolongado, creio que pensando na mesma coisa que eu.

— Gostei de tu sentindo ciúme de mim.

— Eu sou bem possessiva. — Fiz uma expressão cheia de malícia.

— E eu sou seu — ele disse sem a menor hesitação, em um tom baixo, depois aprumou o corpo quando um garçom se aproximou e tomou a bacia de barro, a jarra e a toalha das suas mãos.

— Precisa de mais alguma coisa? — Maurício perguntou de um jeito formal, voltando ao profissionalismo de um segundo para o outro.

— Preciso de um bom vinho recomendado pelo chef, para que eu possa, enfim, terminar o meu trabalho por aqui.

— É pra já. — Ele fez uma reverência educada e se afastou.

Acompanhei seus movimentos por algum tempo. Ele conversou com três garçons diferentes antes de sumir dentro da cozinha.

O vento que vinha da praia estava um pouco forte, por isso peguei um elástico na minha bolsa e amarrei meus cabelos em um rabo de cavalo. Continuei reparando na movimentação da recepcionista, na entrada dos clientes e na forma como eram atendidos, sempre como se fossem reis e rainhas.

Os primeiros pratos não demoraram a chegar. Saboreei cada um deles minuciosamente, fazendo a minha brincadeira de adivinhar os ingredientes dos alimentos que eu ingeria. O vinho, como sempre, estava ótimo e era um acompanhamento perfeito.

Fiquei embasbacada quando vi os pratos de palha de coqueiro que Maurício tinha encomendado com a velhinha artesã. O chef os havia transformado em aparatos para um ensopado servido em uma pequena panela de barro. Daquela forma, a palha não se encostava à comida e não estragava.

Quando o garçom veio retirar a panela já vazia – o ensopado estava incrível e o devorei em poucos minutos –, deixou só a palha e a preencheu com um arranjo feito de conchas. Todos os clientes ganhavam o souvenir depois de uma bela refeição no Senhor Saboroso.

Um novo prato foi colocado na minha frente. Pequenos pedaços de carne dispostos como uma flor aberta e banhados com um molho amarelado, lembrando um girassol. Ao observar as sementes que decoravam o alimento, percebi que realmente se tratavam de sementes de girassol. Era uma novidade belíssima. Depois de todos aqueles dias, o trabalho de Maurício ainda me surpreendia.

Peguei um dos pedaços com um espeto metálico – era difícil encontrar um talher normal no Senhor Saboroso – e mordi a carne macia e saborosa. Contudo, algo me fez parar antes de engolir. Levei uma mão à boca, procurando o que estava errado, e quase tive uma síncope ao conseguir retirar um fio de cabelo da minha boca.

— O que...?

Passei um bom tempo olhando para ele. Por estar tão surpresa e não querer fazer um escândalo, acabei engolindo a carne. Mesmo saborosa, ela não me desceu muito bem, sequer processei direito o gosto. Balancei a cabeça em negativa, sem acreditar no que estava acontecendo. Tomei quase meia taça do vinho antes de ter coragem para analisar o fio de cabelo de novo.

Não era possível. O Senhor Saboroso tinha chegado tão perto!

Não podia ser que um fio de cabelo estragasse tudo. Eu o revirei em minhas mãos enquanto raciocinava, no fundo tentando justificar aquela fatalidade, aquele erro gravíssimo. Muito, muito grave. Infelizmente, não dava para fingir que nada havia acontecido. Era inconcebível que um fio de cabelo estivesse dentro da comida. Eu já tinha rejeitado muitos restaurantes por menos do que aquilo.

— Puta merda... — balbuciei para mim. As minhas mãos estavam trêmulas como se o restaurante a ser avaliado fosse o meu.

Por fim, cheguei à conclusão de que eu não poderia dar ao Senhor Saboroso o selo que Maurício tanto almejava. Por mais que me doesse lhe dar uma notícia tão trágica, eu não podia fazer nada. Não dava para encobrir aquela atrocidade, do contrário, eu não seria Francis Danesi.

CAPÍTULO 23
Um surpreendente veredito

Olhei ao redor do restaurante, vendo que todos os clientes pareciam bem alegres e satisfeitos, sentindo-me desesperada. O meu coração batia tão acelerado que parecia prestes a escapulir pela boca. Nunca achar um defeito me fez ficar tão tensa. Em todos aqueles anos de carreira, era a primeira vez que me via perdida diante de uma avaliação. Percebi que era mais importante do que eu imaginava que tudo aquilo desse certo.

Alguém se aproximou e eu pulei de susto.

— Tu tá pálida, está se sentindo bem? Aconteceu alguma coisa? — Maurício parou bem na minha frente, com uma expressão perturbada dirigida a mim. Eu nem tinha percebido que ele havia voltado para o salão, achei que ainda estivesse na cozinha.

Respirei profundamente. Tentava encontrar as palavras certas para não deixá-lo ofendido. Tive medo de que aquele mísero fio de cabelo mexesse com a nossa relação; eu esperava sinceramente que Maurício soubesse separar as coisas.

— Na verdade, sim — respondi, com a voz vacilante. — Queira se sentar, por favor. — Apontei para a cadeira ao meu lado.

O chef tinha uma expressão confusa, mas não pestanejou ou fez qualquer comentário antes de se sentar e ficar me olhando com atenção. Ergui meus dedos em pinça na direção dele, cuidando para que ninguém mais nos visse. Discrição era o mínimo que eu devia a ele. Também fora discreta quanto à mancha de molho do idiota do Gustavo, ele que tinha se exaltado e chamado a atenção de todo mundo. Eu não fazia ideia de qual seria a reação de Maurício, mas tinha certeza de que não começaria a me xingar feito um doido, o que já era um alívio.

— Encontrei isso aqui em um pedaço dessa carne... — avisei da forma mais profissional que encontrei. Maurício segurou o fio de cabelo e pareceu muito mais chocado do que eu.

— T-tá falando s-sério? — o coitado gaguejou debilmente.

— Estou.

O chef analisou o cabelo de perto, franzindo o centro de sua testa. Por fim, me olhou e encostou o fio em uma mecha do meu.

— Me perdoe, Maurício, mas este é um erro muito grave. Não posso te dar um selo nessas condi...

— Esse cabelo é teu — ele concluiu, interrompendo o meu discurso.

Fiz uma careta na sua direção.

— Meu? Como pode? Eu...

Verifiquei o cabelo em seus dedos mais uma vez. Ele tinha razão, e eu era uma completa estúpida por não ter reparado antes em uma coisa tão óbvia. A cor e o tamanho eram exatos, até mesmo a textura. Alguns fios soltos deviam ter caído pela mesa quando prendi os cabelos antes de comer.

— É mesmo... — Soltei um longo suspiro. Eu me senti tão aliviada que os meus ombros relaxaram e finalmente pude voltar a respirar. — Ufa!

— Ufa digo eu! Dona Danesi, não me faça uma dessas outra vez, acho que meu coração não resiste. Quase tive um piripaque! — Maurício riu de nervoso.

— Desculpa, não sei o que me fez não prestar atenção nisso. Acho que foi o choque! — Eu ri junto com ele, tentando aliviar as tensões.

— Eu sou muito chato com relação à higiene da minha cozinha. Tu *visse* que temos um sistema bem rigoroso de limpeza e organização. Ave Maria!

— Eu vi, sim, achei tudo muito bem organizado, inclusive.

Levei uma mão ao peito e tomei uma decisão definitiva naquele instante. Eu não precisava conferir mais nada. Todos os quesitos da minha avaliação tinham sido devidamente preenchidos e o Senhor Saboroso havia alcançado a pontuação necessária para que eu finalmente desse a notícia:

— Maurício, reúna a sua equipe aqui no salão, se possível, depois que o último cliente for embora. Já tenho o resultado da minha avaliação.

Ele abriu bem os olhos.

— Tudo bem, senhorita Danesi. Se eu não estiver morto até lá, será uma honra ouvir as suas considerações. Só prometa que não vai achar mais nada que me faça ter um troço — Maurício riu e eu o acompanhei. — Independentemente do resultado, sei que fez um trabalho muito sério aqui. — Ele se levantou, fez um gesto cavalheiresco e me deixou sozinha com os meus pensamentos.

Terminei de comer em silêncio, voltando a saborear a carne que, só então reparei, estava mesmo muito bem-feita. Guardei a prancheta de uma vez e aproveitei ao máximo meus últimos momentos no Senhor Saboroso e a minha derradeira noite em Porto de Galinhas. Tentei não me sentir saudosa antes do tempo, mas foi impossível. Enquanto aguardava os clientes irem embora, uma sensação de tristeza me acometeu, um vazio aterrador tomou conta do meu peito.

Um relacionamento à distância não daria certo. Estava fora de cogitação. Antes de ir, eu deveria jogar limpo com Maurício, libertá-lo das emoções que nos envolviam, a fim de que ele pudesse seguir em frente quando nos separássemos. Minha rotina era muito atribulada e não sobrava espaço para ninguém. Eu precisava manter a cabeça em ordem.

Foi uma longa espera até que o último cliente finalmente partiu, levando consigo um sorriso e certamente boas lembranças daquele jantar. Em poucos minutos, toda a equipe do chef Maurício Viana estava reunida no salão. Todos eles me olhavam com nervosismo e apreensão, ansiosos pelas minhas palavras.

— Estão todos aqui — ele avisou, voltando-se para mim.

— Chegou o momento. Está pronto?

— Confio em sua avaliação, Francis Danesi — o chef respondeu, com serenidade no olhar. — O que tiver de ser será. Nós dois fizemos o nosso trabalho com todo o empenho possível.

Sorri para ele, admirada pela sua humildade e feliz por respeitar tanto o que eu fazia. Finalmente me levantei da cadeira, em seguida, a equipe fez um círculo ao meu redor. Fiquei meio nervosa em ser o centro das atenções e ainda mais ao perceber tantos olhares admirados e ansiosos por uma boa notícia. Todavia, o olhar mais brilhante certamente era o de Maurício.

Ele estava quieto de um jeito incomum.

— Bom, como todos vocês já sabem, eu sou Francis Danesi, responsável por atribuir uma avaliação final na seleção do selo Sabores de Francis — comecei, séria, enquanto eles fizeram silêncio, deixando que apenas a minha voz e a das ondas do mar se tornassem presentes. — Antes de qualquer coisa gostaria de agradecer a receptividade e a forma carinhosa como me trataram, mesmo antes de saberem quem eu era. — Os funcionários ficaram sorridentes.

Maurício estava tão ansioso que nem percebia que estava amassando a barra de seu dólmã com as duas mãos.

— O trabalho que encontrei aqui foi... Como posso dizer? — Respirei fundo, tentando encontrar as palavras que melhor se encaixassem no comunicado. — Viajo o mundo inteiro visitando restaurantes renomados. Sempre procuro não apenas o melhor sabor, mas a melhor forma de exercer a gastronomia, que pra mim é uma arte especial, e vocês devem concordar comigo.

Vi quando todos balançaram a cabeça em afirmativa e prossegui:

— Vocês dominam essa arte, disso, eu não tenho dúvidas. Vocês têm um cuidado que poucas vezes encontro. Acredito que essa palavra define muito bem: cuidado. — Maurício estava sorrindo e eu não pude evitar sorrir também. — Fora o probleminha no congelador, que o chef acabou transformando em uma nova sobremesa, deliciosa, por sinal... E também a questão do acesso ao restaurante, que considero um pouco distante das instalações do resort, simplesmente não tenho nada de negativo a dizer sobre o Senhor Saboroso.

Algumas pessoas assobiaram, outras soltaram gritos, mas logo se recompuseram ao perceberem que eu ainda estava com a palavra. Maurício me olhava com os olhos esbugalhados e marejados. Havia um brilho tão intenso neles que precisei me segurar para não o beijar ali mesmo.

Foi olhando para ele que terminei o meu discurso:

— Quem entra no Senhor Saboroso sente o cuidado e o respeito que vocês têm pelos clientes. Fui bem servida e me senti em casa enquanto provava as delícias e observava esse mar incrível. No fim das contas, é isso o que importa. O cliente do Senhor Saboroso recebe cada sentimento que é depositado na confecção dos pratos. E esses sentimentos são os melhores possíveis. — Acompanhei uma lágrima escorrendo no rosto de Maurício, que a enxugou depressa. Sua emoção me fez continuar sorrindo de orelha a orelha. Eu sentia um êxtase diferente crescendo em meu coração enquanto o analisava. — É por isso que, com muito orgulho, informo que o Senhor Saboroso receberá o primeiro selo Sabores de Francis de todo o Nordeste!

Os gritos e assobios foram ensurdecedores. Os funcionários começaram a se abraçar como se fosse festa de Ano-novo. Muitos aplaudiram e outros choraram. Maurício cumprimentou cada membro de sua equipe com muito carinho, provando que era realmente um homem que compartilhava suas vitórias com as pessoas que o ajudaram a chegar tão longe.

Por fim, ele correu na minha direção com lágrimas nos olhos e me deu um abraço de urso. Não me largou nem quando os ânimos acalmaram depois do rompante inicial. Aquele homem não falou nada, apenas ficou agarrado a mim, chorando feito uma criança. Foi tão fofo vê-lo tão vulnerável.

Ele merecia aquele reconhecimento.

— Estou muito, muito orgulhosa, Maurício — sussurrei em seu ouvido, enquanto ainda o abraçava. Ele não parecia disposto a me soltar tão cedo. — Você é um dos melhores chefs que já conheci. O seu trabalho é realmente muito bom. E saiba que não é fácil ganhar um elogio meu.

— Obrigado, meu amor — ele agradeceu e me apertou com mais força antes de finalmente se afastar um pouco, ainda se mantendo próximo. O modo como me chamou fez com que as minhas pernas bambeassem. — Fica comigo — murmurou, aos prantos. Lágrimas e mais lágrimas caíam de seus olhos em enxurradas. — Fica aqui.

O pedido veio em um momento tão louco que simplesmente travei. Continuei o olhando, chocada e sem saber o que dizer.

— Sei que a gente se conheceu praticamente ontem, mas... — Maurício voltou a me abraçar. — Não quero te perder de jeito maneira. Se me pedisse pra escolher entre o selo e você, minha resposta seria apenas uma: você... Mil vezes você... E olha que quero esse selo desde que me tornei chef — ele se inclinou e sussurrou no meu ouvido: — Só pode significar uma coisa, moça: eu te amo mesmo. É de verdade.

Fiquei tão estupefata que meu corpo amoleceu e minhas pernas bambearam. Eu teria caído de cara no chão se ele não estivesse me segurando com força.

— Maurício... Eu não sei se estou pronta pra te dar essa resposta. — Comecei a me afastar, mas ele não permitiu que nos desgrudássemos tanto. — Não deu tempo de pensar a respeito, estava focada no Senhor Saboroso.

Sua testa foi colada na minha.

— Tudo bem. Não tem problema, eu tô tão feliz que nem quero pensar que tu vai embora amanhã. — Ele se virou de lado e berrou: — Bruno, traz uns espumantes pra gente lá da adega! Noélia e Cibele, separem as taças, por favor. Vamos comemorar!

— É pra já! — Bruno deixou o salão com um sorriso aberto.

— Tu vai comemorar com a gente, né? — Maurício se virou para mim.

— Claro. Também estou muito feliz.

E então aquele maluco simplesmente tomou os meus lábios na frente de todo mundo e me deu um beijo daqueles. Seus funcionários começaram a aplaudir, como se, de repente, estivéssemos em um daqueles filmes em que o mocinho pedia a mocinha em casamento no final.

Sinceramente, eu estava mais perto do "eu aceito" do que de qualquer outra coisa.

Mais tarde, depois de uma comemoração à altura, com todos os membros da equipe do Senhor Saboroso, confesso que eu estava meio bêbada quando Maurício, igualmente alto, me empurrou para dentro da suíte executiva e foi logo me jogando na cama *king size*. Seu corpo se depositou sobre o meu, como era a minha ânsia, e nossas roupas foram retiradas sem jeito, em uma pressa tão grande que parecia que o mundo acabaria se não estivéssemos encaixados o mais rápido possível.

Nós dois gememos em uníssono quando Maurício me penetrou. O momento foi tão cheio de intensidade quanto todos os outros que passamos juntos, de forma que, no meio das emoções latentes, da maneira perfeita como ele me preenchia, do choque entre nossos corpos, posso ter, sem querer, declarado que eu o amava.

Era a única explicação que eu podia dar para o que ouvi quando nós dois finalmente alcançamos o orgasmo:

— Eu também te amo, minha linda.

Adormeci em seus braços sem pensar muito a respeito.

CAPÍTULO 24
Inevitável despedida

Acordei com uma sensação terrível de vazio, justificada pela ausência de Maurício na minha cama. Fiquei meio desnorteada por alguns instantes e cheguei a achar que ele tivesse ido ao banheiro, mas, ao me levantar, vi a mesa já posta com o café da manhã e um recado escrito no guardanapo de papel, em uma letra bem redonda:

Precisei resolver umas coisas agora pela manhã, mas volto logo. Por favor, não vá embora sem se despedir. Tomei a liberdade de pedir o café no quarto.
Te amo,
Maurício
P.S.: Você é linda dormindo (e acordada também).

Abri um sorriso enquanto me espreguiçava. Aquele homem tinha uma capacidade impressionante de fazer com que eu me sentisse bem em um sentido amplo.

Estava com muita fome e com um pouco de dor de cabeça, certamente pela quantidade de álcool ingerida na noite anterior. Tomei um analgésico e, sentada à mesa para o desjejum, percebi que precisava colocar os pensamentos no lugar imediatamente. Aquele foi o momento em que fiz o que já deveria ter feito: medir as minhas emoções, realizar cálculos mentais baseados não somente na razão, mas nos meus desejos também.

Precisava decidir o que fazer com relação a Maurício. O voo estava marcado para às quatro e meia da tarde e já eram quase onze da manhã. Eu deveria chegar ao aeroporto pelo menos uma hora antes do horário do voo e ainda precisava considerar o tempo que levaria para chegar em Recife.

No fim das contas, não sobrava muito. O relógio corria inexoravelmente e o instante me pareceu tão decisivo que me deixava com a sensação constante de sufocamento.

Enquanto mastigava uma torrada com queijo e geleia, liguei para Débora com o objetivo de contar que o selo seria, sim, entregue ao Senhor Saboroso.

— Eu sabia! — Ela ficou toda contente do outro lado da linha. — Sabia que você ia dar o selo a eles. O lugar é muito bom, diferenciado! Certamente poderemos transformá-lo em uma rede, com o investimento correto.

— Você tinha razão, gostei muito do Senhor Saboroso. — Na verdade, gostei mais do que poderia resenhar. — Assim que eu chegar iremos nos reunir para decidir questões burocráticas e de um possível investimento, mas o plano de negócio é bem animador.

— Sim, vou acionar a equipe. Ah, uma cópia do contrato para os vencedores está dentro da pasta. Não se esqueça de pegar a assinatura do Maurício Viana.

— Pode deixar. — Soltei um suspiro de cansaço enquanto revirava a salada de frutas com uma colher. — Débora… Preciso que me ajude a pensar em uma resposta ponderada para um questionamento.

— Claro, pode falar.

— É necessário mesmo que eu retorne a São Paulo hoje? — perguntei com uma voz baixa, já fazendo uma careta por puro medo de uma resposta negativa. Sabia que Débora observaria a situação como um todo, de fora, e seria objetiva e consciente, diferentemente de como eu me sentia naquele momento.

— Como assim?

Minha assistente deve ter ficado surpresa. Em todos os anos em que trabalhou comigo, eu jamais tinha feito aquela pergunta. Poucas vezes quis passar mais de uma semana em uma mesma cidade. Não era de meu feitio parar quieta, me enraizar em um lugar.

Eu era uma cidadã do mundo.

— É que eu ganhei um voucher do hotel por causa do incidente de ontem — expliquei, pois seria muito complicado dizer a ela que na verdade queria ficar porque tinha me apaixonado perdidamente pelo proprietário do Senhor Saboroso. — Um mês aqui com tudo pago.

— Caramba! — Débora assobiou, admirada. Ficou algum tempo em silêncio, refletindo, e depois soltou: — Olha, Fran... Acho que talvez não seja uma boa ideia. Você tem um monte de papelada para resolver aqui em São Paulo, preciso de sua assinatura na maioria. Além do mais, tem outros restaurantes para visitar no Norte e no Sul, com resenhas já contratadas.

— Entendo — falei sem conseguir conter a tristeza.

— Se quiser, posso cancelar tudo e transferir para o mês que vem, mas... — Débora fez uma pausa longa. Não deu nem tempo para me empolgar com a possibilidade de remarcações.

— Mas...

— Estamos um pouco atrasadas. Não sei se conseguiremos fechar todas as avaliações do ano. Você tem muitas resenhas para publicar, e a editora não para de perguntar a respeito do livro novo. Estou preocupadíssima com isso.

Fechei os olhos para tentar suportar as consequências daquela notícia. No fundo, eu sabia que Débora estava coberta de razão. Não podia me dar o luxo de tirar férias tão cedo. A empresa precisava de mim e a minha carreira dependia da minha disponibilidade de colocar a mão na massa.

— Tudo bem, esquece o que falei. — Por fim, desisti de vez de tentar. Não tinha jeito. — Posso usar o voucher depois. Já conversei com o hotel.

— Farei o que for possível para você tirar férias o quanto antes. — Débora era um amor de pessoa. Ela cuidava não somente da minha agenda e do andamento da empresa, como também de mim. — Sei que está cansada.

— Estou exausta, na verdade. — Reabri os olhos e me levantei da cadeira. Tinha que organizar as coisas, me preparar para deixar o resort. — Mas não vou fazer corpo mole. Marque a nossa reunião com a equipe para amanhã de manhã, pois só chego à noite, mesmo.

— Até amanhã. Vê se descansa um pouquinho essa noite.

Eu duvidava muito de que descansaria, já que passaria uma noite solitária no meu apartamento, sem Maurício nem qualquer esperança de manter um relacionamento com ele. Depois de falar com Débora, abri o notebook em uma tentativa frustrada de me distrair por alguns minutos com o trabalho. Não demorou muito e desisti. Estava nervosa com a ausência do chef, tinha muito medo de ter que partir antes de ele aparecer.

Sentei em uma cadeira na varanda, que tinha uma vista privilegiada para o mar, e lá permaneci. Refleti bem sobre o futuro e sobre o que eu sabia que precisava fazer. Maurício e eu jamais daríamos certo. Não tinha como eu atender ao seu pedido e ficar em Porto de Galinhas. Mesmo se pudesse passar o mês, o que seria de nós depois? Era loucura insistir.

Tínhamos vidas totalmente diferentes, realidades que não se encaixavam. Ele era bem mais novo e cresceria muito ainda, tanto como pessoa quanto como profissional. Eu podia ver seu restaurante ficando famosíssimo, principalmente depois que minha resenha fosse publicada, e ele expandindo os negócios para outras cidades. Maurício tinha um futuro brilhante. Eu já havia construído o meu sozinha, partindo do nada, e estava vivenciando o que planejei para mim.

Eu era feliz.

Em muitos momentos da vida, precisei recuar, dar um passo para trás na intenção de seguir em frente. Precisei abrir mão de muitas coisas que eu amava. Cozinhar foi uma delas. Dei adeus às cozinhas porque sonhei em ser mais do que uma mera cozinheira vivendo à sombra de um homem. Desisti de montar meu próprio restaurante, de fazer minha própria comida, para ajudar outros profissionais a serem melhores e crescerem na área.

Aquela era a gasolina que me impulsionava. A razão para que eu existisse.

O meu selo não nascera com a intenção de rebaixar o trabalho alheio, mas de enaltecer os bons profissionais, de fazer com que se sentissem orgulhosos por serem competentes, por trabalharem em busca de um objetivo maior. As lágrimas de Maurício no dia anterior, ao receber a maravilhosa notícia, eram a prova do que eu pensava a respeito do Sabores de Francis.

Já era quase uma hora da tarde quando deixei a varanda e não havia qualquer sinal do Maurício. Arrumei as coisas com cautela, para não esquecer nada, ainda pensando na conversa difícil que teria com ele, quer dizer, se o homem aparecesse a tempo. Seria muito doloroso, mas o chef entenderia a situação.

Nossa paixão, ou seja lá qual fosse o nome do sentimento, havia sido apenas um sopro refrescante no meio do deserto. Eu estava voltando para casa transformada, com novos conceitos, graças a ele. Talvez o porquê de tanta química, de tanta intensidade, fosse aquele: nos transformar em seres melhores.

Tirei minhas roupas e decidi relaxar, ao menos pelo tempo que ainda restava, na banheira de hidromassagem que eu estava louca pra usar desde que a vira. Passei um tempo olhando para o teto do banheiro, tentando criar forças para partir um coração e para suportar quando o meu também se partisse.

Eu sabia que aconteceria. Sabia que as lembranças da minha viagem a Porto de Galinhas tirariam o meu sono em muitas noites e que às vezes seria insuportável ter feito aquela escolha.

Acabei dando um pequeno cochilo dentro da água morna e cheia de espuma e sais de banho. Acordei com Maurício abrindo a porta do quarto.

— Uau! — Ele sorriu e não pensou duas vezes antes de se despir e entrar na banheira. Não tive como impedi-lo, principalmente porque não queria. — Essa foi uma ótima ideia, moça.

Maurício deitou seu corpo sobre o meu, de forma que abri minhas pernas para mantê-lo perto. Ele me beijou com calma, como se não tivesse a menor pressa e aquele momento estivesse longe de ser o último. Sua despreocupação me deixou emocionada, por isso, meus olhos marejaram. Infelizmente, o chef percebeu.

— Eu também tô triste, mas quero ouvir o que tu tá pensando. — Ele apoiou a cabeça no encosto da banheira e me puxou para cima dele, de forma que acabei montando em seu corpo, com os seios para fora da água. — Me conta tudo, por favor. De preferência, diz que decidiu ficar.

— A gente precisa conversar.

Maurício aquiesceu, ficando bem sério de um segundo para o outro. Eu não sabia se a conversa teria o mesmo efeito se fosse feita dentro de uma banheira, com nós dois nus e ensaboados, mas minha vontade de sair dali era zero.

— Desculpa pela minha ausência. Precisei realmente receber uns fornecedores novos lá no restaurante — o chef foi logo explicando, com seu jeito todo afobado.

— Achei que não veria você de novo — eu disse com sinceridade. — Estava com medo de não dar tempo.

— Tu vai embora? É isso? Está decidida? — Maurício parecia transtornado. — Tudo bem se tu precisa ir, Franciele, só volte assim que puder, por favor. Resolve o que tem pra resolver e vem pra cá, eu me responsabilizo pelas suas passagens. Minha casa está de portas abertas e a gente pode...

— Maurício... — eu o interrompi erguendo uma mão. Ele se calou e ficou me olhando. — Realmente, não posso ficar, e o que preciso resolver longe daqui vai levar muito tempo, talvez mais de um ano.

Ouvi o seu suspiro exasperado e prossegui:

— Tenho muito trabalho e uma vida inteira para dar conta. Lutei muito para conquistá-la e não posso dar as costas para a minha carreira. Consegue entender?

Maurício fechou os olhos e, quando os reabriu, estava emocionado de verdade.

— Eu entendo.

— Não posso deixar você esperando por mim. — Balancei a cabeça em negativa. — Não faz o menor sentido. Até porque, ainda que eu arranje um tempo para voltar, precisarei prosseguir com minhas obrigações novamente.

— Franciele... — Maurício ia falar alguma coisa, até colocou as mãos no meu rosto e ficou me encarando com intensidade, mas parou porque, provavelmente, compreendeu tudo.

Não havia futuro para nós dois.

— Eu jamais vou te esquecer... — Alisei seus cabelos molhados com todo o carinho. Aquela troca de toques significou muito para mim. — Você marcou a minha vida em tão pouco tempo. Sou outra mulher, sem dúvida. Mas temos que seguir em frente. Será melhor assim.

— Seguir em frente? — Sua voz saiu tão dura que me assustei um pouco. Percebi que Maurício fazia força em sua mandíbula para se manter calmo.

— Sim, querido, seguir em frente. — Eu não sabia de onde estava tirando tanta firmeza para dizer aquelas palavras tão duras. — Você tem um futuro brilhante. Tenho certeza de que...

— Então essa é a tua resposta. — Maurício tirou as mãos de mim, porém não se afastou. Ficou quieto com seu corpo metade imerso na água da banheira.

— De certa forma, sim.

Maurício aquiesceu devagar, como se a verdade fosse dificílima de engolir. O olhar que me ofereceu partiu o meu coração de um jeito muito doloroso. O cansaço que me acometeu diante daquelas emoções foi insuportável.

— Só espero que tu tenha levado a sério o que falei. Que não esteja pensando que sou novo demais e não entendo nada sobre sentimentos. — Minha vontade de chorar se intensificou, mas me segurei. — Olha, moça, já me apaixonei várias vezes e já quebrei a cara mais do que possa imaginar. Sei o que tô falando quando digo que te quero, não sou um inconsequente.

— Então, vem comigo. — Dei de ombros, usando uma estratégia repentina e desesperada para fazê-lo entender o que de fato ele estava me pedindo. — Vem comigo e vamos viajar pelo mundo. Largue a cozinha que você tanto ama, deixe o seu restaurante, que você tanto lutou para construir, uma coisa pela qual trabalhou a vida inteira... E me acompanhe.

Maurício suspirou, creio que finalmente compreendendo o peso daquelas escolhas. Por mais que ele dissesse que não era inconsequente, abdicar de tudo para ficarmos juntos não parecia uma ideia nem um pouco ponderada. Nós dois havíamos trabalhado muito para simplesmente abrirmos mão de nossa realização.

— Esse convite é sério?

Meus olhos se abriram ao máximo automaticamente. Sua pergunta me deixou admirada e confusa. Ele não podia estar pensando em ir embora comigo.

— Maurício, que loucura! Não quero que largue o seu restaurante, a sua vida aqui em Porto. Pensei que, desta forma, você me entenderia.

— O convite é sério? Só me responde.

Continuei encarando-o.

— Eu adoraria ter a sua companhia, Maurício, de verdade, mas nunca te pediria um absurdo desses, assim como não é justo que você me peça isso. Não pode deixar sua vida aqui. Seus funcionários precisam de você.

— Tudo bem, moça. Talvez tu tenha razão... — Ele me puxou e me abraçou com força. Eu me aninhei em seus braços e me deixei levar, já sentindo a saudade se instalando. — Só não consigo aceitar de bom grado que tu simplesmente vai embora daqui a pouco.

— E estou começando a ficar atrasada — observei em um sussurro. — Mas eu entendo você, Maurício, também está sendo difícil para mim, acredite. Deixar você aqui será muito doloroso... — Ergui a cabeça e beijei seu queixo com intimidade. Continuei alisando seus cabelos na tentativa de acalmá-lo. Eu não queria que terminássemos brigados ou magoados por alguma palavra mal dita. Meu plano era apenas aproveitar aqueles últimos minutos. — Mas a vida é assim mesmo. Temos que ter maturidade para suportar as consequências das nossas escolhas.

— Eu sei, mas não precisava ser assim. Não queria que fosse assim. Tu é a melhor coisa que já me aconteceu.

Sorri de sua constatação, imaginando que, na vida de Maurício, houve muitas vitórias, ele não deveria me colocar em um pedestal tão alto. Mesmo assim, fiquei em silêncio e respeitei a sua opinião. Afinal, ele também tinha sido uma coisa maravilhosa que aconteceu comigo e eu estava muito grata por ter tido a chance de conhecê-lo.

Nós ficamos abraçados durante algum tempo, até que decidi mudar de assunto:

— Conseguiu resolver as coisas com os fornecedores?

— Sim, está tudo encaminhado. Hoje à noite teremos uma comemoração mais elaborada no Senhor Saboroso, aberta ao público do resort. O pessoal está nas nuvens com o selo.

— E você?

Maurício se sentou abruptamente, levando-me junto.

— Estou nas nuvens também — murmurou e suas mãos desceram pelos meus braços em uma carícia mais ousada. — Obrigado.

— Não, não me agradeça. Você fez por merecer.

— Mas aquele fio de cabelo...

— O cabelo foi culpa minha, Maurício. Esqueça isso. O selo é seu e você vai ficar famoso.

— Tu sabe que não me importo com fama.

— Eu sei. É por isso que... que... — Ele ficou me olhando, esperando pela conclusão da minha frase. Parei porque não soube o que dizer. Não podia agir como uma adolescente, falando coisas por impulso.

— Que... — ele incitou.

— Que eu gosto de você.

Maurício sorriu. Senti sua ereção entre minhas pernas e comecei a rebolar devagar, só para atiçá-lo.

— *Gaguejasse* tanto por algum motivo — murmurou com a voz meio rouca e começou a se movimentar também, na esperança de me penetrar. — Quando tu disse ontem pareceu mais fácil. — Ele riu sozinho enquanto meu corpo gelava: eu realmente havia me declarado? — Tente outra vez. Tu não vai ter outra chance.

Maurício finalmente conseguiu se encaixar dentro de mim. Soltei um gemido alto ao senti-lo firme, completo, preciso. Passei a subir e a descer, ajudada por suas mãos. Não sei se posso culpar a emoção, mas me inclinei para sussurrar em seu ouvido:

— É por isso que eu te amo, Maurício.

Depois do que falei, achei que entraríamos em uma discussão fervorosa sobre nossos sentimentos recém-confessados. Mas que nada, Maurício não fez qualquer comentário enquanto transávamos alucinadamente dentro da banheira, a última transa que teríamos, com um gosto de despedida que, ao contrário do que pensei, não foi amargo. Prosseguimos com a mesma doçura de sempre.

Quando, por fim, gozamos, percebi que eu tinha pouquíssimo tempo para me vestir, pegar o carro alugado e seguir rumo ao aeroporto. Precisava dirigir rápido se quisesse pegar o voo. Tomei um banho depressa, na velocidade da luz. Maurício assinou o contrato do selo e me ajudou a levar a minha bagagem até o veículo, sem tecer nenhum comentário.

Enfim, quando não existia mais nenhum segundo para usarmos a nosso favor, ele me encostou à lataria do veículo e me deu um beijo – o último. Aquele, sim, foi doloroso demais para suportar. Fiz de tudo para não abrir o maior berreiro, pois sabia que de nada adiantaria, só tornaria a situação ainda mais difícil.

Sua cara não estava das melhores ao se afastar. A minha também não. O clima era de velório, como se alguém muito importante para nós tivesse partido para sempre.

— Adeus — sussurrei com a voz embargada. — Foi incrível conhecer você.

Maurício apenas acenou com a cabeça. Não falou nada. Havia lágrimas não derramadas em seus olhos escuros. Ele me deu mais um beijo antes de se afastar e permitir que eu entrasse no carro.

— Não vai me dizer nada? — insisti para que falasse. Eu não poderia ir embora sem levar nenhuma palavra comigo, mesmo que fosse algo perturbador.

— Tem uma calça nova e um vestido florido dentro da tua bolsa — avisou de um jeito triste. — Coloquei lá escondido. Estamos quites agora.

Soltei uma risada nervosa. Não dava para acreditar naquele cara.

— Obrigada. Não precisava.

— Da próxima vez, antes de mergulhar, prometo verificar se não vou deixar ninguém em apuros...

Ri novamente, porém o mínimo esforço que fiz acabou permitindo que algumas lágrimas escapassem. Disfarcei na hora de enxugá-las, suspirei fundo e sentei no banco do motorista. Fechei a porta entre nós, mas abri a janela.

Maurício fazia uma expressão de cachorro sem dono.

— Nunca vou comer uma uva sem me lembrar de você — confessei entre novas lágrimas e risos. — E ciriguela. E morangos. E vinhos nacionais, surpresa de uva e sorvete... Pensando bem, acho que nunca mais vou comer nada sem me lembrar de você, Maurício.

Ele sorriu e fiz o possível para gravar aquele rosto na minha memória. Prestei bastante atenção em cada contorno.

— Eu te amo, Franciele — sua voz embargada me fez soltar um soluço e responder aos choramingos:

— Eu também te amo.

— Dirija com cuidado, por favor. Te cuida.

— Você também, se cuide. Não se esqueça de seguir em frente. — Achei por bem deixar claro que ele era livre para prosseguir do jeito que considerasse pertinente. Por mais que pensar em Maurício com outra pessoa doesse, sabia que era o que devia ser dito. Um dia aquela angústia teria fim para nós dois.

— Não me peça tantas coisas — falou no meio de um arquejo sufocado. — Por enquanto, estou concentrado em não gritar e nem te amarrar aqui à força.

Ri e, com um aceno, dei partida e deixei o resort sem ousar olhar pelo retrovisor. Eu não sabia de onde tinha tirado tanta força para ir embora. A sensação era de que eu estava sendo dividida em milhões de pedaços e a maioria deles havia ficado para trás. Meu coração estava destroçado, e eu não tinha nenhuma esperança de recuperação, mesmo sendo madura o suficiente para compreender que a dor um dia cessaria.

Naquele momento, porém, eu só queria chorar durante todo o longo caminho até o aeroporto.

CAPÍTULO 25
Um novo objetivo

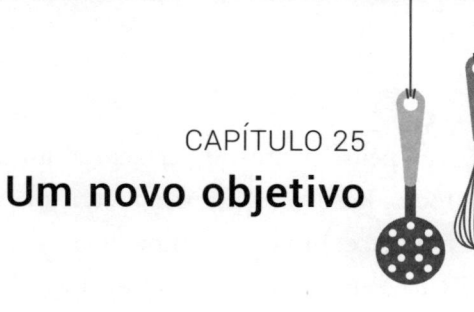

Cheguei ao aeroporto com os olhos vermelhos de tanto chorar e, meio envergonhada, com a cara toda inchada, entreguei o carro ao funcionário da empresa de aluguel. O funcionário ficou até sem jeito de me atender com a minha cara tão inchada daquele jeito. As pessoas me olhavam com pena do meu semblante arrasado. Não sei como consegui chegar sã e salva, já que dirigi todo o tempo com os olhos embaçados e um aperto insuportável no peito.

Eu não estava tão atrasada quanto achei que estivesse, provavelmente porque havia pouco movimento na estrada. Já no aeroporto, caminhei com calma, na tentativa de respirar melhor e não surtar na frente de todo mundo. Fiz o check-in e, como não tinha mala grande para despachar, segui para a sala de embarque.

Enquanto esperava, lembrei um detalhe importante: eu não tinha tomado a pílula do dia seguinte, havia me esquecido completamente. Entrei em desespero até fazer melhor os cálculos e descobrir que ainda estava em tempo de tomar o medicamento sem correr risco de uma gravidez indesejada.

Procurei uma farmácia, fiz a compra e voltei para a entrada da sala de embarque. Antes de entrar na área dos detectores de metais, no entanto, parei em frente a uma parede que mais parecia uma obra de arte. Percebi a assinatura do artista na pintura aparentemente feita na cerâmica: Brennand. Fiquei simplesmente ali, reparando em cada detalhe do painel que retratava, muito provavelmente, a vida no sertão nordestino.

A imagem de Maurício surgiu na minha mente e se instalou, impedindo-me de refletir sobre qualquer outra coisa. Antes que pensasse na possibilidade de cometer uma loucura, e com medo do rumo de meus próprios pensamentos, enfiei o comprimido na boca e o engoli de uma vez por todas. Resolvido. Eu não poderia ousar pensar na possibilidade de ter um filho dele. Em certo tempo, não haveria vestígios do Maurício em minha vida e era assim que deveria ser. Se nela não cabia um parceiro, muito menos caberia uma criança.

Continuei olhando para o painel, sem entender por que estava tão paralisada. Eu deveria entrar na sala de embarque imediatamente, já deviam ter anunciado a abertura do portão.

Suspirei alto.

Que eu não queria voltar para São Paulo não era novidade, porém o sentimento que me invadia era muito mais forte do que um simples não querer. Lutei tanto durante minha trajetória em busca de crescimento profissional, mas em nenhum momento pensei no amor. Nem em formar uma família. Nunca movi uma palha para me deixar confortável emocionalmente. Vivi numa eterna solidão que me era muito bem-vinda, mas que ali, diante daquele painel de cerâmica, não fazia o menor sentido.

Eu queria ter a mesma garra para lutar pelo meu coração como havia feito para lutar pelos meus sonhos. No fundo, sabia que só dependia de mim. A certeza de que os momentos com Maurício foram sinceros existia, bem como eu sabia perfeitamente que gostava dele como nunca tinha gostado de qualquer outro cara. Eu tinha amado Porto de Galinhas e me via ficando naquele paraíso na terra por muito mais do que míseros cinco dias.

Depois de mais um suspiro prolongado, tomei uma decisão. Quase todas as minhas escolhas mais relevantes eram feitas de forma impulsiva, quando eu, de repente, não gostava do rumo dos acontecimentos e sentia uma enorme vontade de mudar. E mudava imediatamente.

Saquei meu celular dentro da bolsa e digitei o número de Débora. Ela atendeu no segundo toque.

— Débora, envie as papeladas urgentes por Sedex — falei de uma vez, antes que eu me arrependesse ou que a razão me fizesse parar. — Repasse os e-mails e cancele as visitas. Eu as farei quando sentir vontade. Quanto ao livro, vou dar um gás.

Houve alguns segundos de puro silêncio. As minhas palavras me deram um alívio tão intenso que tive a certeza absoluta de que era o que eu deveria fazer. Não importava que não houvesse muito sentido.

Talvez só me faltasse uma bela dose de inconsequência.

— Francis? O que aconteceu? — Débora ficou mais do que surpresa com o meu rompante. — Está tudo bem?

— Está tudo perfeitamente bem. — Sorri enquanto ainda encarava a pintura. De repente, ela não mais me deixava triste, muito pelo contrário, trazia-me felicidade. — Vou ficar em Porto de Galinhas por tempo indeterminado. Enquanto isso, resolverei tudo online, inclusive o livro novo, que já está pela metade e terá a minha atenção. Devo liberar as resenhas atrasadas e mais artigos também.

Débora ficou calada por mais alguns segundos, até que buscou uma confirmação para uma das maiores loucuras que eu estava prestes a cometer:

— Tem certeza?

— Tenho. Chega de me autossabotar. — Ela não estava entendendo nada, mas para mim foi esclarecedor. — Vou ficar em Porto de Galinhas.

A verdade era que eu tinha medo de ficar e de não dar certo com Maurício. Morria de pavor de descobrir que não era amor, que não passava de uma paixãozinha de férias. Medo de me comprometer, de mudar, de não me reconhecer. Medo de ceder, de perder a pose durona, de me machucar no fim das contas.

O meu trabalho não me assustava; com bastante desenvoltura e boa vontade, eu sabia que poderia dar conta do necessário de maneira remota. Dinheiro não era problema e finalmente eu tinha arranjado uma forma de gastá-lo com algo que me interessava. A conta bancária gorda ganhou um novo sentido.

— Como assim tu vai ficar em Porto? — Alguém tocou no meu ombro e falou atrás de mim. Eu me virei no susto e quase soltei um grito ao ver Maurício. Soltei todo o ar dos meus pulmões, emocionada por vê-lo mais cedo do que imaginava. — Logo agora que comprei a minha passagem pra São Paulo! — O maluco chacoalhou seu bilhete de forma divertida.

— Francis? Ainda está na linha? — ela insistiu.

— Débora, eu ligo daqui a pouco.

Desliguei em um segundo e encarei os olhos escuros de Maurício. Não dava para acreditar que ele tinha deixado tudo para trás por minha causa. Talvez ele também tivesse pensado o mesmo que eu: de que adianta tantos planos se não podemos estar com quem nos faz feliz de verdade?

— O que você está fazendo aqui, seu doido? — perguntei alto demais, com uma voz esganiçada que mal reconheci.

— Sabia que nunca saí de Pernambuco? — O chef se moveu e percebi uma mala pequena, de rodinhas, atrás dele. Maurício só podia ter planejado aquilo com antecedência, porque não era possível! — Significa que nunca andei de avião e tô me tremendo mais que vara verde. Oxe, pense num medo! Mas comprei a passagem assim mesmo e...

— Maurício! Você não pode largar tudo pra viajar comigo!

Ele sorriu.

— Mas, menina, por que não? Tu tava prestes a fazer o mesmo ou eu *abiudei* errado?

Eu não fazia ideia do que significava a palavra *"abiudei"*, mas se ele tinha falado com aquele sotaque lindo, então estava tudo certo. Nem um pedaço de gelo em pleno sol escaldante podia estar mais derretido do que eu naquele instante.

— E o restaurante? E a sua vida?

— Franciele... — Suas mãos foram parar nas laterais do meu rosto. — Meu sonho sempre foi cursar gastronomia. Fui lá e cursei. Sempre quis abrir meu próprio restaurante, do meu jeito. Consegui. Tinha como um grande objetivo conquistar o selo Sabores de Francis. Mais uma vitória! — Maurício soltou um riso emocionado. — Sempre sonhei em encontrar uma mulher maravilhosa, que me deixasse completamente apaixonado de um segundo para o outro. Aconteceu... E isso é tão raro! — Ficou me olhando apaixonadamente antes de concluir: — Acha mesmo que vou te perder? De jeito maneira. Só se eu estivesse muito doido do juízo! Quantos presentes tu acha que a vida vai me dar? Eu que não perco essa oportunidade. Além do mais, eu sempre quis viajar.

— Mas... E o Senhor Saboroso?

— A minha equipe tem bastante autonomia e eu já vinha fazendo uma poupança pra sair por aí sem rumo. Eles sabem se virar e podem ficar sem mim, moça, mas eu não posso ficar sem você.

Eu estava tão emocionada que não sabia mais o que dizer. Só me restou fazer a mesma pergunta que Débora me fez:

— Tem certeza?

— Absoluta. E não acredito que tu achou mesmo que eu ia parar de insistir.

— Eu devia lembrar que você é o rei da insistência.

— Com muito orgulho! — Nós dois rimos.

Observei algumas pessoas passando entre a gente, seguindo para a sala de embarque. O horário do meu voo estava extrapolado e eu não tinha muito tempo para pensar.

— E se eu te disser que dei um jeito de ficar, pelo menos por enquanto?

— Mesmo? — O olhar dele se iluminou.

— Uhum. E acabo de ter uma ideia... E se a gente transferir essas passagens para daqui a um mês? — perguntei enquanto me aproximava mais de Maurício. Larguei minha bolsa no chão e envolvi meus braços em seu pescoço. O chef me apertou pela cintura. — E usar aquele voucher de uma vez?

— Tipo uma lua de mel antecipada? — Maurício abriu um sorrisão de orelha a orelha.

— Tipo isso. Vou trabalhar somente algumas horas e terei tempo de sobra pra ficar com você.

— Sinceramente, não quero nem pisar no Senhor Saboroso. Ainda não tirei férias desde que abrimos.

— Você nem precisa dizer que não viajou, pelo menos até dar uma descansada. A minha assistente já está se preparando para a minha ausência, se a conheço bem. — Maurício riu da minha ideia e eu o acompanhei. — Depois damos um pulo em São Paulo e partimos para as avaliações no Norte e no Sul. Você vem comigo. Quero te mostrar um pouco do meu mundo.

— Eu adoraria conhecer o teu mundo, meu amor — ele disse em um tom suave, que me fez ficar nas nuvens.

— E depois vamos para outros países. — Puxei sua nuca, obrigando-o a deixar nossos rostos mais perto um do outro. — Tenho tanta coisa pra te mostrar que nem sei por onde começar. Vamos ganhar o mundo, juntos.

— Eu já ganhei o meu mundo, Franciele.

Maurício me beijou ardentemente no meio do aeroporto movimentado. Parecia que estávamos em um filme de comédia romântica.

Voltamos para Porto de Galinhas em um ônibus que partia do aeroporto, já que Maurício havia pegado uma carona com um amigo, fazendo mil planos para o futuro, que naquele instante existia e batia em nossa porta. E nós o deixamos entrar de braços abertos. Depois daquela escolha, descobri que nós somos seres de possibilidades; um leque de novos caminhos se abria de acordo com nossas decisões.

Não há qualquer situação em que não se possa escolher diferente.

O chef estava disposto a me apresentar boa parte dos pontos turísticos do litoral pernambucano e eu não podia estar mais feliz em saber que conheceria todas as maravilhas daquela terra. O que alguns chamariam de irresponsabilidade, eu chamava de necessidade. Boba eu seria se não respeitasse minhas vontades e não lutasse pelo meu próprio bem-estar. Ficar com Maurício se tornou a minha prioridade na velocidade da luz.

Eu estava satisfeita e nem um pouco arrependida por ter deixado parte do meu trabalho em stand-by. Maurício me fez compreender que objetivos mudam e tudo bem se mudarem. Sempre haverá outros sonhos para serem sonhados, outros planos para serem arquitetados e colocados em ação. O importante, de verdade, é ser feliz com cada conquista que aparecer no caminho e saber exatamente o momento certo para mudar de direção, sem qualquer receio.

Aquele homem incrível era a grande conquista da minha vida, que certamente ocuparia seu espaço de direito dentro dos meus objetivos.

O meu coração, enfim, tinha sido devidamente escutado.

EPÍLOGO
Um ano depois

Londres era um dos meus lugares favoritos no mundo para um jantar solitário, tranquilo e requintado. A diversidade da culinária da região sempre me espantava; ideias novas se colocavam constantemente à prova e eu não podia estar mais feliz depois de uma ótima refeição. Eu tinha aprendido a gostar da simplicidade tanto quanto a adorar uma mesa posta com perfeição, ostentando luxo e charme. Naquela noite, o meu lado mais sofisticado dava as caras.

O restaurante era renomado e possuía duas estrelas Michelin, o que me deixava ainda mais espantada por terem solicitado a avaliação do Sabores de Francis. O meu selo começava a ganhar o mundo e eu sabia que era só o início. Ter meu nome vinculado a um lugar como aquele seria maravilhoso, faria Débora pular de felicidade, bem como toda a minha equipe. Entretanto, meu trabalho continuava sério e eu tinha a obrigação de avaliar qualquer estabelecimento utilizando os mesmos critérios, a mesma rigidez. Era o que eu tinha feito durante longos três dias.

Chegara o momento de me apresentar.

Solicitei ao garçom para que chamasse o proprietário do estabelecimento, já sabendo que aquele encontro não seria igual a nenhum outro que já tive durante uma avaliação. Respirei fundo porque o meu coração retumbava dentro da caixa torácica. Eu estava nervosa, apreensiva, trêmula, no entanto, mantinha a pose de durona intacta: nariz empinado, vestido elegante, porte superior. Francis Danesi estava em plena ação, atenta a qualquer deslize.

Depois de alguns minutos um homem alto, com o semblante carrancudo, preencheu o salão com a sua presença. Meu corpo ficou congelado durante alguns instantes, até que eu decidisse que não deixaria que nada me abalasse, seja qual fosse a sua reação. O garçom apontou para mim de um jeito tímido, e o olhar do sujeito vagou pelo amplo salão até finalmente me encontrar.

Primeiro, ele fez uma careta. Depois ele assentiu para o seu funcionário e veio caminhando devagar, sem pressa, olhando-me como se eu fosse um hipopótamo ou qualquer outro animal aleatório jantando no seu restaurante. De toda forma, senti como se não devesse estar ali, mas no fundo eu sabia que precisava encarar a situação, caso contrário jamais poderia seguir em frente.

— Você...? — o homem falou em inglês, ainda com uma expressão confusa, com direito a olhos semicerrados. Parou na minha frente e permaneceu de pé. — O que...? Eu não quero confusão aqui, garota.

Ele ainda achava que eu era aquela menina?

A forma como se referiu a mim me fez abrir um sorriso curto. Muitas águas já haviam escoado até que eu deixasse de ser a pessoa que ele conheceu. Mas eu o compreendia. Aos meus olhos, ele ainda era o mesmo. Incrível como o tempo parecia não passar quando resolvíamos deixar que um instante se repetisse em nossa mente de forma incessante, reverberando pela nossa história. Eu não queria permitir que aquele passado manchasse a minha vida inteira.

Foi por isso que me levantei e ofereci uma mão em cumprimento.

— Boa noite, eu sou Francis Danesi — falei em um inglês que eu sabia que tinha certo sotaque. — Responsável pela última avaliação do selo Sabores de Francis — prossegui diante da sua expressão incrédula, que havia se intensificado drasticamente. O homem até abriu um pouco a boca. De repente, a sua língua parecia não caber mais dentro dela. — Como é dono deste estabelecimento, preciso fazer uma entrevista com o senhor e também de sua autorização para avaliar o funcionamento da cozinha pessoalmente.

Ele ficou em silêncio, mas não ousou deixar a minha mão no ar: cumprimentou-me com leveza, como se não quisesse exatamente me tocar. Ou não soubesse se era o mais ponderado a ser feito.

Como ele nada falou, prossegui:

— Sente-se, senhor. — Apontei para a cadeira à frente e voltei a me sentar.

Ele se sentou no modo automático. Pela cara, com certeza não refletiu muito sobre como agia. Ainda me olhava com os olhos arregalados, surpresos, estarrecidos. Para ele, eu devia ser um fantasma que voltou para assombrá-lo. Mas tudo bem, para mim ele também era. Chegara o momento de nos espantar de uma vez por todas.

— Você... A senhora... É Francis Danesi? — o homem gaguejou e falou o meu pseudônimo de um jeito engraçado, como se não soubesse exatamente pronunciar a palavra. — Não pode ser. Achei que Francis Danesi fosse um homem.

— É um erro comum. — Voltei a sorrir para ele, tendo plena consciência do meu nervosismo. — Em nenhum momento me apresentei como um homem, só criei um pseudônimo e as pessoas acreditam no que querem.

— Isso é... — O sujeito balançou a cabeça em negativa. — Isso é... — E então esperei pelo seu rompante. Estava pronta para tudo, inclusive para sair aos socos com ele mais uma vez. Só que não foi o que aconteceu. — Isso é fantástico! Sabe, eu venho pensado em você em todos esses anos. — Continuou balançando a cabeça. Sua expressão se iluminou de repente, demonstrando alegria. — Pensei muito naquela lamentável situação que passamos na França. Eu fui muito injusto com você, era apenas um jovem imbecil. Sempre pensei que um dia teria a oportunidade de me desculpar, mas não imaginei que seria assim. — Ele riu e foi a minha vez de ficar atônita, com os olhos arregalados em sua direção. — Que alegria saber que você ignorou as merdas que falei e cresceu na vida. De qualquer forma, sinto que devo te pedir perdão por aquilo.

Ele ergueu a mão e fez um gesto para o garçom mais próximo, que veio todo solícito.

— John, por favor, traga duas taças de champagne.

— Sim, senhor.

O garçom foi atender ao pedido enquanto eu ainda estava sem palavras. Achei que eu iria causar surpresa naquela noite, mas o tiro saiu pela culatra. Fui atingida em cheio pela reação inusitada daquele homem. O croata Andrej Dragovič, famoso, bem-sucedido e protagonista de um dos maiores traumas pelos quais eu já tinha passado, estava na minha frente, me pedindo desculpas por ter acabado com a minha raça e aniquilado as minhas expectativas.

E só naquele momento percebi que, na verdade, eu que era grata a ele. Se não fosse aquela discussão, eu nunca teria tido coragem de abandonar tudo para me dedicar ao selo. Não teria me reinventado, pensado diferente, encontrado outros caminhos. E eu era apaixonada pela trajetória que tinha traçado até ali.

Não havia arrependimentos.

Só me restou abaixar a guarda de uma vez por todas; para ele e para tudo o que pudesse me paralisar. Tomamos algumas taças de champagne enquanto eu o entrevistava e depois fiz minha primeira visita à cozinha, que se encontrava em perfeito funcionamento. Achei por bem marcar outra visita para o dia seguinte, assim poderia ter mais certeza do veredito, sem o choque inicial e sem ingerir nada alcoólico.

Andrej se mostrou bem solícito, revelou-me cada detalhe do que eu precisava saber, apresentou-me aos seus funcionários e não poupou elogios ao meu selo. Claro que eu não precisava da opinião dele para me afirmar nem para ter certeza de que eu estava no caminho certo, mas foi bacana compreender que o tempo passa e que temos a chance de mudar como pessoas. O seu pedido de desculpas, no fim das contas, não fez diferença. Eu continuava acreditando em meu potencial.

Cheguei um pouco tarde, e bastante cansada, ao pequeno apartamento alugado no coração de Londres. Naquele dia houve outras visitações em restaurantes diferentes, o que me deixou ocupada. Logo senti um cheiro delicioso, que me despertou a curiosidade e a vontade de provar o que quer que emanasse tão delicioso odor, ainda que estivesse sem fome.

— Ei! O que está fazendo? — perguntei com um sorriso, em tom divertido.

Atravessei a sala e encontrei Maurício em seu habitat natural, vestindo apenas uma cueca boxer, graças ao sistema de aquecimento, e com uma enorme colher de pau em uma das mãos. Havíamos escolhido um apartamento com a cozinha toda equipada em nossa visita a Londres, pois estávamos trabalhando em um menu totalmente inovador por puro esporte. Um ou outro prato poderia ser reaproveitado no Senhor Saboroso, mas a ideia principal era lançarmos um livro novo, com várias receitas, inclusive o famoso pão do meu pai.

O chef tinha finalmente me convencido a passá-la adiante.

— A Sopa do Mar de que você tanto tem saudade. — Ele riu e senti o coração esquentar como sempre fazia quando aquele homem me olhava. — Mas fiz umas mudanças. Prove.

Ele colocou a ponta da colher na minha boca e um sabor divino me trouxe uma sensação nostálgica. Por um segundo, fui levada a Porto de Galinhas; senti a areia branca em meus pés, o cheiro de maresia e uma tranquilidade que me fez suspirar.

— Uau... Parece ainda mais gostosa. O que colocou?

Maurício fez uma careta. Ele já tinha compartilhado todas as suas receitas comigo, menos aquela, e creio que assim prosseguiria. Toda vez que tínhamos uma ocasião especial, ele a reproduzia. Na semana anterior, eu tinha comentado estar com saudade do sabor, porque trabalhávamos tanto que quase não parávamos quietos. Depois de um mês no resort, fazendo amor como dois coelhos e descansando ao máximo, tivemos tantas ideias de coisas que poderíamos fazer juntos que não havíamos desgrudado desde então.

Juntamos as nossas escovas de dente espontaneamente, por pura necessidade e também por pura vontade de ficarmos juntos. Passamos a colocar a mão na massa como uma verdadeira equipe: ganhei uma posição de respeito no conselho de seu restaurante e ele passou a ser uma espécie de assistente no Sabores de Francis.

O Senhor Saboroso estava se preparando para ganhar a sua primeira filial em Angra dos Reis: as obras no terreno que compramos se iniciariam no próximo mês. O meu selo fizera um contrato de investimento com ele, e a nossa pretensão era abrir outros restaurantes tão bons quanto a matriz em Porto; para isso, não poderíamos ter qualquer pressa.

— Como foi a visita? O imbecil te recebeu? — Maurício perguntou com certo cuidado. Ele sabia que aquela noite seria importante para mim e pedi a ele mais cedo que ficasse no apartamento porque precisava passar por aquilo sozinha. Ele respeitou a minha vontade.

— Recebeu e me pediu desculpas por tudo. Acredita nisso?

— Acredito, sim. Tu é maravilhosa, amor. — Ele beijou a minha testa. — E também às vezes a gente faz umas merdas na vida, é normal... Nunca é tarde pra mudar, né? Já faz tantos anos.

— Pois é. Estou aliviada.

— Que bom, linda. Eu tava com medo por você, mas assim que te vi também fiquei aliviado. Tu tá brilhando.

— Brilhando?

— Sim, seus olhos estão diferentes.

Levei os meus braços ao redor de seu pescoço, puxando-o para mim. Maurício largou a colher de pau sobre a pia e me agarrou pelas nádegas, obrigando-me a pular ao redor de sua cintura. Segurou-me como se eu não pesasse nada, oferecendo aquele sorriso lindo, que eu amava mais que tudo na vida.

— Eu me sinto diferente e igual ao mesmo tempo.

— Hum... Fale mais sobre isso — ele pediu depois de ter me dado um selinho.

— Certo, vou te fazer uma pergunta. De zero a dez, qual é a sua vontade de se envolver com confeitaria? Doces finos, bolos, tortas...

Maurício fez uma careta de confusão.

— Tu sabe que sempre tive interesse nessa parte, mas não sou tão jeitoso. Por quê? Quer colocar doces finos no nosso menu?

Colei as nossas testas.

— Na verdade, quero que a gente faça o bolo, os doces, os salgados, o jantar... Quero que toda a comida do nosso casamento seja assinada por nós dois. Maurício Viana e Franciele Reis.

Maurício quase me deixou cair. Os braços dele perderam a força, bem como as pernas, e ele precisou me depositar sobre a bancada da cozinha para que um acidente não acontecesse. Comecei a rir da sua reação enquanto ele mantinha uma expressão completamente perdida, como se não acreditasse no que estava acontecendo.

A culpa era minha. Eu tinha negado todos os seus pedidos de casamento até então, ainda que tivessem sido informais. O coitado nutria verdadeiro pavor de fazer algo elaborado e receber outra negativa. Antes eu não via motivos para oficializar a nossa relação, mas naquela noite percebi que tudo não passava de medo e que eu era uma completa imbecil. Já estávamos casados há um ano, desde que escolhemos seguir adiante lado a lado. Nada mudaria. Só que o pedaço de papel e uma festa de arromba eram importantes para ele, então, não havia qualquer motivo para continuar negando.

Na verdade, eu estava até animada.

— Sério, amor? Sério?

— Seríssimo. — Depositei as duas mãos em seu rosto lindamente desenhado.

— Vai assinar com seu nome de batismo?

— Está na hora de sair do anonimato. Quero que mulheres conheçam a minha história e tenham um exemplo a ser seguido. Representatividade.

Ele parecia maravilhado com as minhas palavras. Eu não me sentia diferente.

— Eu tô tão feliz e tão orgulhoso de você que acho que vou te apertar até te estourar. — Maurício me agarrou com força, em um abraço que foi capaz de arrancar de vez qualquer incerteza que eu possuía.

— Mas você não disse se aceitava o meu pedido.

Ele me largou apenas para me olhar de perto.

— Mas é claro que eu aceito, poxa, aceito um milhão de vezes! — O homem estava eufórico. — Eu tô quase enfartando, meu Deus! Olha, tu me avisa antes de falar um negócio desse pra mim porque na próxima posso não aguentar.

— Tudo bem, então amanhã a gente fala sobre o bebê que estou a fim de encomendar... — soltei de uma vez.

Maurício deu um pulo de susto e arregalou os olhos na minha direção.

— Não, amor... — Ele chacoalhou a cabeça, completamente surpreso. — Mentira, né? É sério isso? Não brinca comigo, dona Danesi.

Soltei um suspiro audível e sorri.

— Chega de adiar, meu lindo — expliquei com tamanha emoção que comecei a chorar. Maurício também estava emocionado, com os olhos brilhantes pelas lágrimas não derramadas. — Tenho trinta e sete anos, daqui a pouco não vou poder mais ter um filho. E eu quero ter uma família. No fundo, sempre quis, só tinha medo de não encontrar alguém como você.

— Eu tô explodindo de felicidade — Maurício comentou com emoção, voltando a me dar um abraço de urso. Eu sabia o quanto ele queria formar uma família comigo. — Eu te amo tanto... Tanto, tanto, tanto... — Começou a beijar o meu rosto em vários pontos.

— Eu também te amo e não vejo a hora do nosso "felizes para sempre", meu amor — falei entre lágrimas, enfim, sentindo-me repleta pelas novas decisões tomadas. Maurício começou a retirar a minha roupa, e o meu corpo acendeu imediatamente. Aquele sexo teria gosto de alívio e de liberdade.

— Agora vem cá que eu já quero testar como será a encomenda desse bebê. — Nós dois rimos enquanto ele beijava o meu pescoço.

Eu me sentia completamente pronta para aquela etapa de nossa vida.

fim

Agradecimentos

Agradeço a Deus pela oportunidade de concluir mais uma história, a toda a minha família pelo apoio de sempre, aos meus leitores, que me enchem de força todos os dias e às minhas queridas leitoras betas: sem elas, não seria possível que eu saísse da primeira página. Agradeço imensamente a toda equipe da Editora Planeta por acreditar em meu trabalho e me ajudar na realização dos meus sonhos.

Essa história é uma homenagem ao meu povo pernambucano, a essa terra que tanto me enche de orgulho e me deixa encantada com as suas maravilhas. Obrigada a todo o Nordeste por ser uma grande fonte de inspiração!

Beijos,
Mila

Leia também:

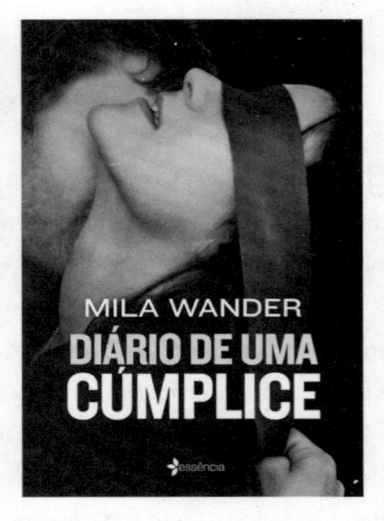

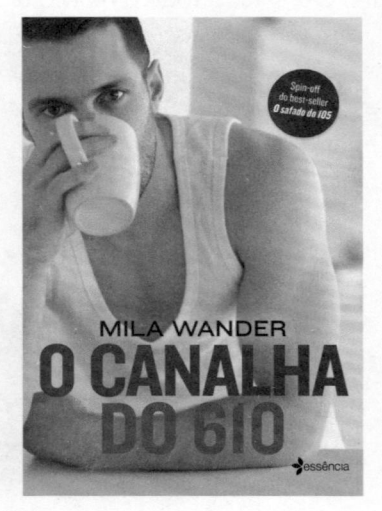